suhrkamp taschenbuch 4889

Was passiert, wenn ein ganzes Land plötzlich von der Außwelt abgeschnitten ist? Die Ressourcen knapp werden? Nicht alle überleben können? Die Menschen zu Selbstversorgern werden, Eltern ihre Kinder suchen, die in Banden hungernd durchs Land irren? Milizen marodieren? Bürgerkriegsähnliche Verhältnisse herrschen?

In einem abgelegenen isländischen Fjord lebt der ehemalige Journalist Hjalti aus Reykjavík unter primitiven Bedingungen auf dem alten Hof seines Großvaters. Er versorgt die Schafe, bewirtschaftet das karge Land und lebt von dem, was er dem Boden und dem Meer abtrotzt. Gesellschaft leistet ihm neben den Schafen nur noch sein Hund. Hjalti führt einen harten Kampf ums Überleben, denn Island ist seit geraumer Zeit von der Außenwelt abgeschottet, seine Lebensgefährtin María und deren Kinder sind von ihm getrennt, ihr Schicksal ist ungewiss. An den langen, einsamen Abenden protokolliert er die Ereignisse, die zu dieser Situation geführt und die ehrgeizige Innenministerin Elín Ólafsdóttir dazu gezwungen haben, den Ausnahmezustand auszurufen.

Sigríður Hagalín Björnsdóttir, geboren 1974, studierte Journalismus in Salamanca, Spanien, und in New York. Sie ist eine in Island sehr bekannte Journalistin und arbeitet für den Icelandic National Broadcasting Service. *Blackout Island* ist ihr erster Roman, der in Island gleich nach Erscheinen auf den Bestsellerlisten stand.

Sigríður Hagalín Björnsdóttir

BLACKOUT ISLAND

Roman

Aus dem Isländischen von
Tina Flecken

Suhrkamp

Titel der Originalausgabe: *Eyland*,
erschienen bei Benedikt, Reykjavík 2016

Für Gummi

Erste Auflage 2018
suhrkamp taschenbuch 4889
Deutsche Originalausgabe

Druck und Bindung: CPI – Ebner & Spiegel, Ulm
Umschlagfoto: Jean Marmeisse/plainpicture
Umschlag: Rothfos & Gabler, Hamburg
Printed in Germany
ISBN 978-3-518-46889-0

BLACKOUT ISLAND

No man is an Iland, intire of it selfe; every man is a peece of the Continent, a part of the maine; if a Clod bee washed away by the Sea, Europe is the lesse, as well as if a Promontorie were, as well as if a Mannor of thy friends or of thine owne were; any mans death diminishes me, because I am involved in Mankinde: And therefore never send to know for whom the bell tolls; It tolls for thee.

John Donne, 1572-1631

PROLOG

Hört mir zu.

Wir sind hier. Wir leben.

Wir sind über tausend verschiedene Wege miteinander verbunden; Worte, Stimmen, Berührungen, Blutsbande, Geschichten, Lieder, Kabelstränge, Straßen, digitale Mitteilungen. Manchmal auch einfach nur, weil wir dieselbe Sonne über den Himmel wandern sehen, dasselbe Lied im Radio hören, denselben Text vor uns hin summen, gedankenverloren, während wir die Teller vom Abendessen abspülen.

So ist es, wenn man einer Gesellschaft angehört. Oder einer Nation, oder der Menschheit.

Und manchmal passiert etwas, das uns noch fester zusammenschweißt. Hochzeiten, Geburten und Todesfälle verbinden Familien; Katastrophen, Kriege und Sportwettkämpfe vereinen Nationen, bringen die Menschen dazu, im Gleichschritt zu marschieren.

Und manchmal passiert etwas, das die gesamte Menschheit vereint, unser aller Schicksal miteinander verknüpft, als wäre die Gravitation ins Schlingern geraten und die Welt für einen kurzen Moment geschrumpft, enger geworden. Später weiß jeder, wo er war, als es geschah, als die Meldung kam.

Und manchmal wird die Welt so klein, dass sie nur noch aus einem einzigen Menschen besteht. Ein einsamer Mann in einem verlassenen Fjord.

SVANGI

Das Licht bricht durch das Grau, strahlt über den Bergrücken und ergießt sich wie Milch in den Fjord. Das zweite Lamm kommt heraus und fällt auf den steinigen Strand, es ist rostbraun, genau wie das erste.

Blödes Vieh, runter zum Meer zu laufen, zum Gebären, man könnte meinen, es wollte die armen Kleinen ertränken. Ich spüle mir das Blut von den Händen, während das Lamm zusammen mit seinem Geschwisterchen zum Euter wankt. Beide sind munter, obwohl die Mutter ausgemergelt ist, führen einen heldenhaften Kampf gegen die Schwerkraft, zittern auf ihren dünnen Beinchen, mühen sich ab, zur Zitze zu gelangen.

Die Hündin gähnt und legt den Kopf auf die Vorderpfoten, sie ist erschöpft von der Suche nach dem entlaufenen Schaf. Ich halte Ausschau nach Raben und Möwen und anderen ungebetenen Gästen, befürchte, sie könnten sich die Lämmer am Hof schnappen. Wir müssen zurück nach Hause.

Móra fixiert mich mit misstrauischen Schafaugen, kein Hauch von Dankbarkeit oder Gehorsam im Blick. Sie ist mein bestes Schaf, führt stets die Herde an, und die anderen folgen ihr blind. Es verheißt nichts Gutes, dass sie nicht zu Hause gebären will, sondern runter zum Strand läuft, als wollte sie mitten in der Geburt hinaus aufs Meer.

Ich klemme mir unter jeden Arm ein Lamm und mache mich auf den Rückweg. Týra läuft voraus, und die Aue folgt uns blökend, lässt es sich aber nicht nehmen, die ersten blassen Halme auszurupfen. Der Frühling kommt zeitig dieses Jahr. Vielleicht wird es ein trügerischer Frühling mit Frost bis in den Juni. Hier ist nicht viel zu holen.

Tau tropft vom welken Gras, die Straße hat sich in ein Bachbett verwandelt, hin und wieder hört man donnernde Erdrutsche an Felshängen und Klippen, wenn der Winter den Fjord aus seinen Klauen entlässt und Schneewechten und Bruchgestein ins Meer stürzen. Jedes Mal steht das Herz für einen Moment still, und der geschundene Leib zuckt zusammen - jetzt kommen sie, jetzt haben sie mich entdeckt, zur Hölle mit ihnen.

Noch nicht.

Die Rastlosigkeit hat mich schon mehrmals fjordauswärts die Hänge hinaufgetrieben, um von dort über mein kleines Königreich zu blicken, diesen kargen Grund. Ich muss mich vergewissern, dass es zwischen Felsen und Gestrüpp gut versteckt liegt, das verlassene Gehöft, in dem seit Jahrzehnten niemand mehr gelebt hat, das Haus, das einst einen anderen, optimistischeren Namen trug, aber nun Svangi, der Hungrige, heißt. Der Name wird das Schicksal nicht herausfordern, darauf vertraue ich.

Der wolkenlose Himmel wirft keinen Schatten, ich sehe nirgends Rauch, höre weder Hundegebell noch menschliche Stimmen oder Motorengeräusche. Doch ich traue der Stille nicht, ruhig Blut, husche zum Haus wie ein Fuchs in seinen Bau, wie ein Flohkrebs unter einen Stein, wie ein Geächteter mit zwei gestohlenen Lämmern. Das Tageslicht ist ein verräterischer Freund, aber ich hüte mich davor, es zu verfluchen, nach dem schwarzen, nicht enden wollenden Winter.

Ich lasse Móra und die Lämmer auf die Wiese zu den anderen Schafen, will dann ins Haus. In der Türöffnung bleibe ich stehen, schließe die Augen und atme tief ein, der Geruch im Haus ist erdig und merkwürdig tröstlich, es riecht nach Feuchtigkeit, Schafmist und nassem Hund. Früher war der

Türrahmen einmal weiß gestrichen, aber jetzt ist das Holz schmutziggrau, fühlt sich glatt und geschmeidig an wie der Arm einer Frau, und ich streiche darüber, als ich ins Haus gehe. Eine Marotte, eine von tausend kleinen Angewohnheiten, die mein Dasein ausfüllen, die mich ablenken, wenigstens ein bisschen.

Acht Stufen führen hinauf zum Dachboden und in die alte Wohn- und Schlafstube, wo mein Tagebuch auf dem Schreibpult unter dem kleinen Fenster auf mich wartet. Die Seiten sind vergilbt und feucht, heute ist der 15. Mai, grob geschätzt. Wolkenlos, windstill, acht Grad. Móra hat zwei rostrote Zibbenlämmer geboren. Könnte schlimmer sein.

Ich wickele mich in die Decken, nehme die Fingerhandschuhe aus der Schublade und vermeide es, zu dem kleinen gusseisernen Ofen zu schauen. Das Wetter ist zu schön, um ihn anzuzünden, da könnte ich gleich eine Signalrakete abschießen.

Es gibt nichts zu tun außer schreiben, sich erinnern und schreiben. Früher bezeichnete ich mich immer als Dokumentar der Gegenwart und fand das ziemlich cool. Das passt gut, denn jetzt kann ich eine Chronik der zurückliegenden Ereignisse schreiben, das Verlorene beweinen, die Vergangenheit bezwingen, mir ins Gedächtnis rufen, wie die Verbindung abriss, wie das Licht schwächer wurde, wie die Dunkelheit hereinbrach.

HJALTI

Hjalti Ingólfsson weiß noch, wo er war, als er von dem Anschlag auf die Zwillingstürme in New York erfuhr. Er saß in einer überteuerten Tapas-Bar in Kopenhagen und überlegte gerade, ob er die Riesengarnelen in die Küche zurückgehen lassen sollte. Eben waren die Kellner noch geschäftig durchs Lokal geeilt, aber jetzt hatten sie sich in Luft aufgelöst. Er entschuldigte sich bei seiner Begleitung, einer dänischen Kommilitonin aus der Internationalen Politikwissenschaft, die seine Einladung auf einen Drink nach der Uni offenbar aus purem Mitleid angenommen hatte, und machte sich auf die Suche. Er landete schließlich in der Küche, wo die Mitarbeiter des Restaurants dicht gedrängt vor einem Fernseher standen und zuschauten, wie sich ein Passagierflugzeug durch einen Wolkenkratzer bohrte wie eine Messerklinge durch ein Stück Butter. Hjalti machte auf dem Absatz kehrt, verließ die Küche durch die Flügeltür, setzte sich wieder auf seinen Platz und berichtete dem Mädchen, dass alle Kellner in der Küche seien und einen Katastrophenfilm anschauen würden. Sie lachte zum ersten Mal an diesem verhangenen Nachmittag, trank ihren Weißwein aus und fragte ihn, ob sie seine Mitschrift kopieren dürfe.

Erst auf dem Nachhauseweg, als er an den Elektrogeschäften in der Vesterbrogade vorbeikam, wurde ihm klar, dass hier nicht in allen Fernsehern derselbe Film gezeigt wurde; dass die Welt zu einer kleinen Kugel zusammengepresst worden war, während er in einem dämmrigen Lokal gesessen und mit einer Gabel in ein paar matschigen Garnelen herumgestochert hatte, ohne die geringste Hoffnung, dass sich seine Begleitung jemals dazu herablassen würde, mit ihm zu schlafen; dass von nun an nichts mehr so sein würde, wie es vorher war.

~

Viel später, in einem ganz anderen Leben denkt Hjalti in einer kleinen Küche im Hlíðar-Viertel in Reykjavík darüber nach, ob dieses Ereignis dazu geführt hat, dass er beschloss, kochen zu lernen. Er nippt an seinem trockenen Sherry, schaut auf den Küchentisch, wo das eingeschweißte Fleisch in einem lauwarmen Wasserbad schwimmt. Vielleicht hat er nicht alles geschafft, was er sich vorgenommen hatte, hat keine Karriere in Internationaler Politikwissenschaft gemacht, war nie Korrespondent im Irak oder in Afghanistan, aber heute Abend wird er seine Gäste mit einem perfekten Rinderfilet Sous-vide verblüffen.

María ist noch nicht zu Hause, er weiß, dass sie seine Begeisterung für dieses Gericht nicht teilt. Das ist kein Kochen, sagt sie, das ist ein chemisches Experiment. Wenn man ein rohes Stück Fleisch in eine brutzelnde Pfanne legt und hineinsticht, um herauszufinden, ob es schon gar ist – das ist echtes Können, Risiko, wahre Kochkunst. Aber das da, sagt sie naserümpfend, ist die Kastration eines tapferen Stiers.

Hjalti schleift ein Messer, um Pilze zu hacken. Ihr Zusammenleben ist nicht so angenehm, wie er es sich vorgestellt hat.

Als die Freunde kommen, ist alles perfekt vorbereitet, das Gratin köchelt im Ofen vor sich hin, der Salat ist fertig, die Sauce Béarnaise wartet in einer Schüssel über heißem Wasser, fehlt nur noch das Fleisch, dann kann er die Köstlichkeiten auftischen.

Und auf María warten. Er lächelt entschuldigend, während er den Gästen die Mäntel abnimmt und aufhängt, sie ist noch bei der Probe, hat sich ein bisschen verspätet.

Er mixt Drinks, Gin mit teurem Tonic und Gurkenscheibe. Im Wohnzimmer stoßen sie an, schauen sich lächelnd über die braunen Kristallgläser hinweg in die Augen. In den dunkelsten Monaten des Jahres ist es wichtig, dass man Freunde trifft und gesellige Abende miteinander verbringt, über die Arbeit redet, über die Medien, Politik, Wirtschaft, ein Gruppenfoto macht, um es anschließend auf Instagram zu posten. Prost! Auf uns!

Endlich kommt María wie ein Wirbelsturm, entschuldigt sich freundlich lächelnd, begrüßt die Gäste mit Küsschen, äußert sich anerkennend über den Essensduft, hat sogar daran gedacht, Erdbeeren fürs Dessert zu kaufen, und kippt ihren Drink herunter, während die anderen die Reste schlürfen, die Eiswürfel in ihren leeren Gläsern klirren lassen. Sie lacht mit seinen Freunden, schwatzt mit deren Frauen, erzählt von der Probe, zeigt ihnen die Schwielen an ihren Fingerkuppen und legt irgendeine abgedrehte Musik auf, während alle am Tisch Platz nehmen, attraktiv, charmant, immer ein bisschen exotisch. Dann mustert sie den Tisch, wo sollen die Kinder sitzen?

Die Kinder?

Meine Kinder, erinnerst du dich an sie?

Ach, die hatte ich gar nicht mit eingeplant, sagt er. Sollen wir ihnen nicht einfach eine Pizza bestellen?

Eiskaltes Schweigen legt sich über den Tisch, María ist blass um die Nase geworden, die Gäste schauen auf ihre Teller.

Sie steht auf, holt zwei Teller, Messer, Gabeln und Gläser

und stellt alles auf den Tisch, ruft dann nach den Kindern, ohne Hjalti eines Blickes zu würdigen. Elías kommt sofort, ordentlich gekleidet in einem Hemd, grüßt schüchtern und setzt sich dicht neben seine Mutter. Margrét nimmt neben Hjalti Platz und blickt herausfordernd in die Runde.

Hjalti lächelt breit und beginnt, das Fleisch zu portionieren, es müsste reichen, wenn María und er sich nur einmal nehmen. Darf ich euch die Überraschungsgäste des heutigen Abends vorstellen, das sind der junge Elías und ihre salbungsvolle Exzellenz, Margrét.

Als Margrét nach dem Gratin greift, klopft er ihr leicht auf den Handrücken, es wurde noch nicht guten Appetit gewünscht, meine Liebe, normalerweise nehmen sich die Gäste zuerst.

Margrét starrt ihn an, und María springt auf, besten Dank, ich kann meine Kinder selbst erziehen, und danach ist der Abend im Eimer. Die Gespräche beim Essen sind gezwungen, kommen nicht richtig in Gang, die Kinder haben keinen Appetit und flüchten schnell in ihre Zimmer. María kippt sich einen Rotwein nach dem anderen hinter die Binde und scheint es nicht erwarten zu können, die Gäste loszuwerden. Hjalti scharwenzelt beflissen um seine Freunde herum, lacht zu laut über ihre Witze und lässt auf dem Weg in die Küche einen Teller fallen, der auf dem Boden zerbricht.

Zum Nachtisch essen sie Marías Karamellpudding, interessant, sagt Halldór und schiebt das hellbraune Gelee auf seinem Teller hin und her. Sie trinken Calvados zum Kaffee und bedanken sich für den wundervollen Abend, nächstes Mal müsst ihr zu uns kommen, und sind weg.

María und Hjalti bleiben allein in der Küche zurück, stehen in den Trümmern des misslungenen Abends und schreien sich bis tief in die Nacht hinein an. Ihre Wortgefechte sind nie harmlos, sie stehen sich in ihrer Wut und Schlagfertigkeit in nichts nach, es fällt ihnen leicht, den anderen zu verletzen. Dieser Streit ist der schlimmste in ihrer kurzen, stürmischen Beziehung. Elías öffnet leise die Tür zum Zimmer seiner Schwester, sie streckt die Hand nach ihm aus, lässt ihn unter ihre Bettdecke schlüpfen und hält ihn im Arm, während sie mitanhören, wie ihre Mutter mit ihrem Lebensgefährten Schluss macht.

~

Nach diesem Wochenende wird María ihn verlassen. Sie weint, aber er hat das Gefühl, dass sie schon weg ist, fühlt sich einfach nur erleichtert, wenn er sie anschaut, ihr gräuliches Gesicht mit den dunklen Ringen unter den Augen, eingesunken und glasig von Schlafmangel und Frust. Ihre Stimmen sind rau und tonlos, als endlich der Montag anbricht.

Also, ich muss zur Arbeit, sagt er. Sie nickt betrübt.

Ich packe, wenn du weg bist, Hjalti. Ich nehme unsere Klamotten und Bücher, die Instrumente und die Sachen der Kinder mit, den Rest können wir später durchsehen.

Jalti. Nach fünfzehn Jahren in Island kann sie immer noch kein H am Wortanfang aussprechen, ihre Herkunft scheint immer durch, wie sehr sie sich auch bemüht. Bei ihren ausufernden Streits kommt sie immer irgendwann aus dem Konzept, und die Grammatik lässt sie im Stich. Es ist ein ungleiches Spiel, aber er kann sich nicht beherrschen, korrigiert sie wie ein kleines Kind, barsch, überheblich. Ich heiße nicht Jalti, wann kapierst du das endlich?

Sie will zu ihrer Freundin Inga, die Kinder sind schon seit

Samstagmorgen bei ihr, während sie die Sache beendet, den Kadaver ihrer Liebesbeziehung obduziert und zerstückelt haben, du hast alles kaputtgemacht, ich bin nun mal so, du bekommst dieses Teil und ich jenes.

Er geht unter die Dusche und rasiert sich, blickt dem Single-Mann im Spiegel in die Augen. Als er aus dem Bad kommt, hockt María immer noch da und stiert auf den Boden, die schwarzen Haare fallen ihr ins Gesicht und auf die schmalen Schultern. Sie trägt diesen Pulli, der ihren weiblichen Formen schmeichelt, wie er früher einmal fand, ihren kleinen, weichen Brüsten, jetzt kauert sie wie ein Sack auf dem Sofa.

Sie schaut auf. Du bist ein selbstsüchtiges, egoistisches Kind!

Die Müdigkeit überkommt ihn in Wellen, er würde alles geben, um diese Diskussion zu beenden, einfach so zu tun, als wäre das alles nie passiert.

Ich hab mein Bestes gegeben.

Dein Bestes war so gut wie nichts.

~

Er geht zu Fuß zur Arbeit, denn die Vorstellung, die Autoscheiben freikratzen und sich in den kalten Wagen setzen zu müssen, schreckt ihn ab. Der Januarmorgen ist genauso hart und schwarz wie das Glatteis auf den Straßen, seine Lunge brennt in der Kälte. Er geht so schnell, wie es bei dieser Witterung möglich ist, seine Schuhsohlen schlingern über das Eis, und der Mantel taugt nichts bei dem eiskalten Wind. Er begegnet niemandem, bis auf zwei Raben, die im Schein einer Straßenlaterne miteinander plänkeln, sich abwechselnd vom Laternenpfahl stürzen, wieder hochschießen, kurz bevor sie den Boden berühren, einen großen Bogen am Himmel ziehen und erneut auf dem Pfahl landen, krächzend und lachend.

So früh sind erst wenige Kollegen auf der Arbeit, und die Nachrichtenleiterin mustert ihn forschend.

Du siehst ja topfit aus. Bist du krank?

Er wirft ihr einen genervten Blick zu, holt sich einen Kaffee, setzt sich an seinen Schreibtisch und fährt den Computer hoch. Über Nacht ist nicht viel Neues passiert, die Webseiten bringen Kommentare zu alten Meldungen.

Nach und nach trudeln die Kollegen ein, grüßen müde und machen ihre Computer und Lampen an. Die Schreibtische werden zu warmen Lichtkugeln in dem schummrigen Saal, sie biegen sich unter staubigem Weihnachtsschmuck und Stapeln von Papier.

Das Morgenmeeting ist zäh, Úlfhildur baut auf die Auslandsabteilung und die Flüchtlingskonferenz in Berlin, die Kollegen von der Inlandsabteilung sollen erste vage Hinweise verfolgen, die womöglich zu etwas Berichtenswertem führen, oder sich weiter auf die ausgelatschte Spur alter Themen begeben.

Vielleicht ruft ja noch jemand an, murmelt Hjalti in seine Kaffeetasse.

Ja, vielleicht ruft noch jemand an, wiederholt sie grinsend. Alles okay mit dir?, fragt sie ihn nach dem Meeting. Du siehst echt scheiße aus.

Hab schlecht geschlafen, sagt er. Gib mir ein paar Tassen Kaffee, dann geht's schon wieder.

Er überlegt, Leifur anzurufen und ihm von den Ereignissen des Wochenendes zu erzählen, verschiebt es aber, hat keine Lust auf die väterliche Besorgnis seines Bruders, den moralisierenden Ton, warst du seit Weihnachten noch mal bei Mama? Hjalti holt tief Luft, verdrängt den Gedanken.

María packt jetzt bestimmt ihre Sachen, räumt ihre Kleiderschrankseite leer, spaltet ihr Leben in zwei Teile. Sie holt den Koffer aus der Abstellkammer, faltet Blusen und Hosen, das schwarze Kleid, das er ihr letztes Jahr für das Konzert geschenkt hat, das Konzertmeisterkleid. Es steht ihr gut, der Ausschnitt betont ihren schlanken, weißen Hals und ihre zarten Schlüsselbeine. Hjalti vertreibt das Bild aus seinem Kopf und konzentriert sich auf die morgendlichen Aufgaben.

~

Viel später, als das Chaos überhandgenommen hat, verfolgt ihn der Gedanke, ob er sie hätte stoppen können, sie dazu hätte bringen können, ihnen noch eine Chance zu geben, wenn er sie nur angerufen hätte, noch einmal zurück nach Hause gegangen wäre.

Er ist kein komplizierter Mann. Seine Mutter pflegte immer mit ernstem Nachdruck zu sagen: Der Hjalti, der braucht eine gute Frau, als wäre er ein Problemfall. Ein Verbrecher oder ein Depressiver. Er ist weder noch, hält sich sogar für ein ziemlich gelungenes Exemplar.

Aber er ist nicht besonders stressresistent. Er hasst Durcheinander, Geldsorgen, übel riechende Krankheiten, schlechtes Essen, benutzte Taschentücher und klebriges Plastikspielzeug auf den Badezimmerfliesen. Er will einfach nur, dass die Dinge ihre Ordnung haben, dass alle nett miteinander umgehen, dass er keine Sachen vom Boden aufheben und jeden Tag staubsaugen muss, damit man sich in der

Wohnung aufhalten kann. Und er räumt durchaus ein, dass das Zusammenleben mit María und den Kindern manchmal anstrengend war.

Aber er hat sie nicht schlecht behandelt. Damit tut sie ihm einfach unrecht.

~

Er ruft nicht zu Hause an. Stattdessen geht er raus, mit Aufnahmegerät und Notizblock bewaffnet, um die Minister nach dem Regierungstreffen abzufangen. Die Stadt ist dunkel und still, und der Regierungssitz wirkt verlassen, bis auf die behäbigen Ministerkarossen, die draußen warten. Das Meeting wurde um einen Tag vorgezogen, normalerweise trifft sich die Regierung immer dienstags, aber die Presse hat Wind von der Verschiebung bekommen. Die Reporter sitzen im eiskalten Foyer, Rivalen, jeder gegen jeden, grüßen sich kurz und verharren dann gemeinsam in trotzigem Schweigen.

Endlich dringen Geräusche aus dem Saal, und die Minister strömen heraus, alle gleichzeitig. Das ist schlecht, dann gibt es weniger Interviews, denn einige sind sehr geschickt darin, sich unauffällig aus dem Staub zu machen. Er erwischt den Finanzminister draußen auf dem Bürgersteig, einen hageren Mann, der die besondere Fähigkeit besitzt, einem die Fragen im Mund umzudrehen, wenn sie nicht ganz präzise gestellt sind, und den Kulturminister, der allem Anschein nach genauso wenig über die geplanten Einschnitte im Kulturbereich weiß wie Hjalti. Daraus lassen sich keine vernünftigen Meldungen stricken.

Allmählich wird es hell. Die Umrisse des Bergmassivs

Esja zeichnen sich hinter der Harpa ab, der Windharfe, Konzerthaus und Schutzmauer der Stadt vor dem arktischen Feuer. Hjalti dreht sich um und steht Elín Ólafsdóttir gegenüber.

Grüß dich! Wir haben uns ja ewig nicht mehr gesehen.

Sie geben sich Küsschen auf die Wange, sie trägt einen hellen Mantel, und ihre Augen sind noch blauer, noch stechender als bei ihrer letzten Begegnung.

Haben sie dich heute an die Front geschickt?, sagt sie neckend, ich dachte, über solche Botengänge wärst du längst hinaus.

Für ein Regierungstreffen ist sich keiner zu fein, da lässt sich meistens was bei rausholen.

Heute wohl eher nicht, oder?

Nein, ziemlich tote Hose. Oder gibt's bei euch was Neues?

Bei uns gibt's immer was Neues. Die Wirtschaft ist auf dem richtigen Weg, und die Gesellschaft floriert, dem Land ist es noch nie so gut gegangen. Aber darüber berichtet ihr ja nicht.

Nein, die guten Nachrichten meiden wir tunlichst. Wir sind wie kleine Teufelchen, die sich jeden Morgen vornehmen, so richtig fies zu sein. Besonders zu Politikern.

Das merkt man.

Sie zögert, beugt sich dann zu ihm und senkt die Stimme. Du könntest den Außenminister fragen, warum er nicht bei der Konferenz in Berlin ist. Warum der Ministerpräsident hingefahren ist, um über die Flüchtlingskrise zu debattieren. Das gehört eigentlich nicht in seinen Aufgabenbereich.

Sag du's mir doch! Ist er jetzt außen vor?

Das fragst du ihn lieber selbst. Sie lächelt, schaut ihm in

die Augen, war nett, dich zu sehen, wir sollten uns mal treffen und ein bisschen quatschen. Du weißt ja, wo du mich finden kannst.

Ja, er weiß, wo er sie finden kann, Elín Ólafsdóttir, Innenministerin, ehemalige Dozentin der Politikwissenschaft und unverhoffter Shootingstar auf der Kandidatenliste der Partei im Wahlbezirk Reykjavík Nord. Eine große Idealistin oder gefährlich ehrgeizig, je nachdem mit wem man spricht, trägt immer Weiß, stets elegant. Sie stöckelt auf ihren hohen Absätzen die Treppe vor dem Regierungsgebäude hinunter, der Fahrer kommt ihr entgegen und hält ihr die Tür des schwarz lackierten Jeeps auf. Sie steigt ein, lächelt Hjalti noch einmal zu und zieht ihre wohlgeformten Waden ins Auto. Ihr Stil ist nicht zufällig gewählt, die Macht steht ihr gut.

~

Hjalti kehrt zurück in die Redaktion, ein Interview mit dem gekränkten Außenminister in der Tasche, der so enttäuscht darüber war, dass er zu Hause bleiben musste, dass er es nicht für sich behalten konnte. Es knirscht im Gebälk der Regierung, und Hjalti ist der Einzige mit dieser Meldung, ein guter Scoop.

Super Titelstory, sagt Úlfhildur vergnügt. Bekommst du öfter solche Hinweise von deinen Ex-Freundinnen?

Er grinst. Sie ist nicht meine Ex-Freundin. Wir kennen uns von früher, vom Gymnasium und aus dem Studium. Elín war nie mein Typ.

Nee, ist klar, sagt Úlfhildur. Du bist doch vorsichtig, oder? Die gibt dir nur Infos, wenn sie davon profitiert. Die will hoch hinaus, die Frau.

Hjalti seufzt, darüber haben sie schon öfter gesprochen. Úlfhildur ist als Nachrichtenleiterin genau an der richtigen Stelle. Sie gehört zu den Kollegen, die immer alles besser wissen, die Ausdrucksweise der anderen korrigieren, gnadenlos, barsch, einem bei der Arbeit über die Schulter schauen. In ihrer Welt befinden sich Politik und Medien in einem ewigen Konflikt, bei dem der Politiker versucht, den Journalisten zu täuschen und zu manipulieren, der wiederum alles tut, um den Politiker zu entlarven und in die Knie zu zwingen. Hjalti ist da anderer Meinung, er mischt sich bei gesellschaftlichen Anlässen gern unter die Politiker, stößt bei Sekt und Häppchen mit ihnen an, behält manche Geheimnisse für sich und bringt andere in Umlauf. Dafür genießt er ihr Vertrauen, bekommt oft Dinge als Erster zu hören, während Leute wie Úlfhildur das Nachsehen haben und auf die Presseerklärung warten müssen.

Auf ihrem Schreibtisch stapeln sich schmutzige Servietten, halbvolle Tassen mit kaltem Kaffee, aufgeschlagene Berichte und Regionalzeitungen, die außer ihr keiner liest. Sie färbt sich die Haare schon lange nicht mehr, und ein Vierteljahrhundert unerbittliche Redaktionsleitung hat zwei tiefe Falten zwischen ihre Augenbrauen gegraben. Sie funkelt ihn angriffslustig an.

Er schüttelt den Kopf. Du solltest dich mal hören. Mach dir um Elín und mich keine Gedanken. Wir sind nur alte Bekannte.

Ach, schmeiß dich doch ruhig deiner Ex-Freundin an den Hals, entgegnet Úlfhildur mit zuckersüßem Grinsen. Solange was Berichtenswertes dabei herauskommt ...

Ex-Freundin, wie passend. Hjalti stürzt aufs Klo und kotzt kaffeefarbene Galle, spritzt sich danach kaltes Wasser ins

Gesicht und sieht sich in dem schlierigen Spiegel, verkniffen und mit rotunterlaufenen Augen. Eigentlich müsste er sich über seine neu gewonnene Freiheit freuen, empfindet aber nichts als abgrundtiefe Selbstverachtung. Um die vierzig, alleinstehend und festgefahren, während seine Altersgenossen die Karriereleiter hochklettern, ihre Kinder konfirmieren lassen und sich neue Jeeps kaufen. Er schaut noch einmal in den Spiegel, wenigstens hat er noch Haare. Seine Attraktivität hat noch nicht gravierend gelitten, er klopft sich auf den flachen Bauch unter dem maßgeschneiderten Hemd, Kopf hoch, Hjalti Ingólfsson!

~

Zu Hause erinnert nicht mehr viel daran, dass dort noch vor knapp vierundzwanzig Stunden eine vierköpfige Familie wohnte. Die freien Flächen im Bücherregal starren ihn traurig an, ein paar Hemden und Anzüge schaukeln einsam im Kleiderschrank. Nur noch eine Zahnbürste im Zahnputzbecher im Bad, das Kinderzimmer gähnend leer. Selbst Elías' Bilder sind weg, und die Reste des Poster-Klebers prangen wie blaue Flecken an der Wand.

María hat die Instrumente aus dem Wohnzimmer mitgenommen, sie hatte sich bemüht, ihm die verschiedenen Namen und Klangunterschiede beizubringen, aber er hat es nie richtig verstanden, Oud, Dulcimer, Kantele, Musik aus vergangenen Zeiten und versunkenen Welten, wehmütig und betörend, ihre zartgliedrigen, starken Hände beim Trommeln, Zupfen, Streichen und Stimmen, die Augen halbgeschlossen und die Lippen konzentriert zusammengepresst. Jetzt herrscht Stille im Wohnzimmer.

Er blickt durchs Wohnzimmerfenster und kaut auf einem späten Abendessen herum, ein in Plastikfolie eingepacktes Sandwich mit Räucherlamm und italienischem Salat. Sein Spiegelbild stiert ihn aus dem öden Fenster an, wo vorher noch Friedenslilien und Pelargonien blühten. Die Pflanzen, die frierend in der trüben Dunkelheit standen und der Esja und dem tosenden Nordatlantik trotzten, hatten María an ihre Heimat erinnert.

Friedenslilien. Ausgerechnet.

Die Zeitung ist gekommen, Úlfhildur hat das Interview mit dem Außenminister wie angekündigt auf die Titelseite gesetzt. Hjalti geht in die Küche, wirft das halb gegessene Sandwich in den Mülleimer, öffnet eine Flasche Chianti und vertieft sich in die Lektüre.

~

Wir haben kein Netz, sagt Úlfhildur, als er am nächsten Tag zur Arbeit kommt, mit pochenden Schläfen von den Nachwirkungen des Rotweins. Nicht nur hier im Haus – die gesamte Datenübertragung scheint zusammengebrochen zu sein. Wir haben seit drei Uhr letzte Nacht keine Fotos oder Mails mehr bekommen.

Sie fixiert ihn. Kannst du das übernehmen?

Die Kollegen von der Morgenschicht sitzen verschlafen an den Schreibtischen und versuchen verzweifelt, funktionierende Websites auf den Computern aufzurufen. Wenigstens scheint das Telefonsystem zu funktionieren, jeder einzelne Apparat in der Redaktion klingelt, und der Lärm grenzt an körperliche Gewalt. Auf den Fernsehbildschirmen sitzen die Sprecher der Nachrichtensender wie eingefroren mit offenen Mündern da und die Wettermoderatoren zeigen steif auf Cardiff, Kiew, Los Angeles.

Hjalti hängt sich an die Strippe und beginnt einen unerfreulichen und zähen Austausch mit der Telekommunikationswelt. Die Telefonfirmen untersuchen die Störung und wollen baldmöglichst eine Pressemeldung herausgeben. Er bekommt eine gestresste Pressesprecherin bei der Behörde für Post und Telekommunikation an den Apparat, die Sache wird überprüft, zu diesem Zeitpunkt kann man noch nicht viel sagen. Hjalti lässt nicht locker, er braucht unbedingt einen Interviewpartner. Es gibt nichts Schlimmeres als keine Antworten.

Zehn Minuten später schaltet Úlfhildur das Radio ein, die Morgennachrichten laufen, der Direktor der Behörde ist in der knackenden Leitung: Es handelt sich um einen großflächigen Ausfall, aber wir wissen noch nicht, wo die Störung herrührt. Das Internet scheint größtenteils ausgefallen zu sein, die Telefonverbindungen im Inland funktionieren, aber es gibt keinen Kontakt zum Ausland. Wir vermuten, dass der Vorfall mit den Tiefseekabeln zusammenhängt.

Der Nachrichtensprecher erkundigt sich nach Satelliten, und der Direktor räuspert sich und weicht der Frage aus.

Wir halten es für wahrscheinlich, dass die Störung auf einen Stromausfall zurückzuführen ist, zum Beispiel einen Kurzschluss in einer zentralen Anlage. Unsere Technikabteilung und die Netzbetreiber setzen alles daran, das Problem zu lösen. Seekabel führen aus mehreren Ländern zu uns und werden an diversen Stellen an Land geleitet, es ist ausgeschlossen, dass sie alle gleichzeitig ausfallen. Vermutlich handelt es sich um einen Defekt hier bei uns im System.

Was könnte die Ursache dafür sein?

Der Direktor räuspert sich wieder. Es gab schon mal eine solche Störung, als ein schottischer Baggerfahrer das Kabel durchgetrennt hat. Ein anderes Mal wurde es von Ratten zerbissen. Es kann also alles Mögliche passieren. Das ist nun mal so, wenn man auf einer Insel im Nordatlantik lebt und sich bei der Kommunikation mit der Außenwelt auf die Technik verlassen muss.

Der Sprecher bedankt sich bei dem Direktor und verabschiedet ihn. Seufzend schaltet Úlfhildur das Radio aus, sie hätte mehr aus dem Mann herausgequetscht.

In der Druckerecke ertönt ein altmodisches Rattern, und das Faxgerät spuckt piepend ein Blatt Papier aus.

Aufgrund eines totalen Netzausfalls hat die Nationale Polizeidirektion im Einvernehmen mit allen Landespolizeichefs entschieden, die erste Stufe im Rahmen des Zivilschutzes auszurufen. Sie tritt bei einem Ereignis in Kraft, das bereits eingesetzt hat und zu einer Gefahr für Menschen und/oder Gebäude führen könnte. Der Zivilschutz untersucht das Ereignis in Zusammenarbeit mit den betroffenen Institutionen und führt eine fortlaufende Gefahrenbeurteilung durch. Bitte beachten Sie weitere Informationen des Zivilschutzes.

Die haben doch keine Ahnung, was da los ist, sagt Úlfhildur und starrt auf das Blatt. Die können noch nicht mal eine Mail rausschicken.

Die Leute von der Auslandsabteilung wirken beunruhigt, sie haben seit letzter Nacht weder Bild- noch Textmaterial aus dem Ausland erhalten. Es könnte zu Kriegen, Terroranschlägen und allen möglichen Katastrophen in der Welt kommen, und sie würden nichts davon erfahren. Andere

Kollegen sind in fieberhaften Aktionismus verfallen, wie sonst nur bei Vulkanausbrüchen, und die normalerweise eher verschlafene Redaktion pulsiert vor angespannter Erwartung.

Sie sitzen an ihren schrillenden Telefonen und führen Gespräche mit dem Flughafen, mit den Hotels, mit den Banken, wo Ökonomen und Finanzanalysten Panik verbreiten, die Börse ist zum Erliegen gekommen, und es gibt keine Möglichkeit, die Aktienkurse an den ausländischen Märkten zu verfolgen.

Hjalti, fahr zur Behörde für Post und Telekommunikation und sprich mit dem Direktor, sagt Ulfhildur, ohne ihn anzuschauen. Besorg mir ein vernünftiges Interview.

Hjalti setzt sich in ein Taxi, froh, von der hektischen Redaktion wegzukommen. Die Fahrt ist kurz, nur bis zur Suðurlandsbraut, und er schließt währenddessen die Augen und versucht, das dumpfe Pochen aus seinem Kopf zu vertreiben.

Die Stimmung in der Behörde ist gereizt, Mitarbeiter hasten zwischen den Büros hin und her, und der Direktor lässt ihn lange auf der pilzbraunen Couchgarnitur warten, bis er endlich seine Bürotür aufstößt und ihn hereinruft, mit einem Gesichtsausdruck, als wäre Hjalti Ingólfsson der Verursacher all seiner Probleme und nicht ein Kurzschluss in einer zentralen Anlage.

Hjalti schaltet das Aufnahmegerät ein, und der Direktor wiederholt, was er schon in seinem Radiointerview gesagt hat – man arbeite an der Wiederherstellung, wisse aber noch nichts über die Ursachen. Nach dem Gespräch lehnt er sich an die Schreibtischkante und mustert Hjalti forschend. Er ist ein dynamischer Typ, glatzköpfig und bärtig, mit hochgekrempelten Hemdsärmeln und markanten Falten auf der hohen Stirn.

Ihnen ist doch sicher bewusst, dass alle, die hier arbeiten, Fachleute sind?, sagt er. Ingenieure, Elektrotechniker, Programmierer. Unser Job besteht darin, technische Ursachen zu ermitteln und Probleme zu lösen. Das Ding ist nur, dass wir keine Ursachen finden. Wir haben jede einzelne Leitung und jede einzelne Steckdose überprüft, und die sind alle in Ordnung. Zumindest hier an Land.

Worauf wollen Sie hinaus?

Der Direktor schüttelt den Kopf.

Das ist vertraulich, aber Sie sollten es wissen. Das bleibt also unter uns. Offiziell gibt es drei aktive Seekabel zwischen Island und der Außenwelt. Die sind alle tot. Außerdem existiert noch das alte Cantat-Kabel, das nur in Notfällen benutzt wird, was allerdings hinfällig ist, weil es auch nicht mehr funktioniert. Abgesehen davon gibt es noch ein weiteres altes Kabel, von dem nicht viele wissen, ein amerikanisches Geheimdienstkabel aus dem Kalten Krieg. Auch tot.

Hjalti merkt, wie sein Gesicht taub wird.

Alle diese Kabel funktionieren völlig unabhängig voneinander, fährt der Direktor fort. Er geht zu der gerahmten Island-Karte, die an der Wand hängt, und bedeutet ihm, näher zu treten.

Danice führt von Jütland nach Landeyjar in Südisland. Farice führt von Schottland zum Funningsfjord auf den Färöer-Inseln und von dort weiter nach Seyðisfjörður in Ostisland. Greenland Connect führt von Neufundland über Qaqortoq in Grönland nach Landeyjar. Cantat endet auf den Westmännerinseln, und das alte Spionagekabel kommt in Reykjanes an Land. Das ist hier nicht eingezeichnet.

Der Direktor blickt zu Hjalti.

Es könnte für alles eine natürliche Erklärung geben, aber das ist nicht das Einzige. Wir haben über Satellit eine Notleitung durch Norwegen. Die Kapazität reicht noch nicht einmal für Telefonate und Banküberweisungen, aber wir müssten Kontakt zum Ausland herstellen können, selbst wenn alles andere zusammenbricht.

Er schaut wieder auf die Karte.

Die Funkstation in Gufunes müsste über Kurzwelle eine ständige Verbindung zu der Station in Ballygirreen in Irland haben, wegen des internationalen Luftverkehrs, außerdem über Radardatennetze zu Stationen in London, Norwegen, Kanada und Grönland. Alle diese Verbindungen sind letzte Nacht um drei Uhr ausgefallen.

Ich verstehe nicht ganz, was wollen Sie damit sagen?

Der Direktor wirft ihm einen finsteren Blick zu. Wir haben keinen Kontakt mehr. Und wir haben keine Ahnung, warum.

~

Auf dem Weg aus dem Gebäude piept Hjaltis Smartphone. Der Zivilschutz hat aufgrund einer schweren Störung im Telekommunikationssystem sowie Ungewissheit bezüglich der Kommunikation und der Verkehrsverbindungen ins Ausland das Krisenkoordinationszentrum in Skógarhlíð mobilisiert. Es wird darauf hingewiesen, dass der Service des isländischen Wetterdienstes weitestgehend brachliegt, weil die GPS-Ortungsvorrichtungen und Satellitenverbindungen inaktiv sind.

Eine Sekunde später ruft Úlfhildur an. Die gute Nachricht

ist, dass das Internet wieder funktioniert. Und die schlechte, dass es nur aufs Inland beschränkt ist, aber jetzt können wir wenigstens Meldungen ins Netz stellen. Kannst du nach Skógarhlíð fahren?

Auf dem Weg zum Krisenkoordinationszentrum macht Hjalti einen Abstecher in die Redaktion und geht ins Büro des Chefredakteurs. Der streicht sich hinter seinem unaufgeräumten Schreibtisch mit den Händen über die Wampe und wirkt nicht sonderlich erstaunt über die Infos aus der Behörde für Post und Telekommunikation.

Weißt du schon, dass es heute Morgen keine Flüge gab? Sie können keinen Kontakt mehr zu Schiffen außerhalb der isländischen Hoheitsgewässer herstellen. Es ist, als wären die gar nicht mehr da. Alle Verbindungen sind gekappt, als hätte man eine Mauer um uns errichtet.

Hast du irgendwelche Insiderinfos?, fragt Hjalti. Der Chefredakteur ist in der politischen Szene gut vernetzt, zu gut vernetzt, wie manche meinen. Auf seinem Weg über die isländischen Chefredakteurstühle hatte er auch ein kleines Intermezzo im Innenministerium und wird gelegentlich beim Mittagessen mit Politikern und Amtsträgern gesichtet, mit denen ein Chefredakteur eigentlich nicht zu Mittag essen sollte, wie manche sagen. So ein Mittagessen kriegt man schließlich nicht umsonst. Island ist ein kleines Land.

Man nimmt an, dass es sich um eine Cyberattacke handelt, sagt der Chefredakteur. Größer und besser vorbereitet als je zuvor – da müssen viele Leute zusammenarbeiten und einige der bestgesicherten Systeme der Welt hacken, damit so was gelingt. Unfassbar.

Warum sollten sie das tun?

Er zuckt mit den Achseln. Wer weiß? Der Walfang, die

Russen – es könnte ein terroristischer Anschlag oder Erpressung sein. Er zögert. Falls es tatsächlich ein Cyberangriff ist. Alle anderen Möglichkeiten sind noch absurder.

Andere Möglichkeiten? Welche denn?

Der Chefredakteur schüttelt den Kopf. Niemand weiß Genaueres. Natürlich fangen die Leute an, sich alle möglichen Sachen einzubilden, aber wir hätten doch mitkriegen müssen, wenn irgendwas passiert wäre, oder? Es reißt doch nicht einfach so der Kontakt zum Rest der Welt ab.

Der Chefredakteur hat Schweiß auf der Stirn, bemüht sich aber um ein aufmunterndes Lächeln. Jetzt mal ehrlich: Es gibt keinen Grund, durchzudrehen, wenn wir mal ein paar Stunden Stromstörungen haben. Wir müssen die Bevölkerung dazu anhalten, Ruhe zu bewahren.

Auf dem Weg nach draußen läuft Hjalti Úlfhildur in die Arme, die gedankenversunken am Kaffeeautomaten lehnt. Ihre Tasse steht leer unter der Düse.

Ich weiß wirklich nicht, was wir den Leuten sagen sollen, klagt sie. Wir wissen so wenig. Wir berichten darüber, dass alles Mögliche ausgefallen ist, aber wir haben keinen Überblick, kein Gesamtbild.

Sie nimmt einen Zuckerwürfel aus der Schale und legt ihn vor sich auf den Tisch. Es gibt keine Telefonverbindung ins Ausland. Keine Mails, kein Internet. Seit letzter Nacht sind keine Flugzeuge mehr gelandet, die Fluglotsen kriegen keine Verbindung zu den Maschinen, die zuletzt gestartet sind. Die Küstenwache hat seit vergangener Nacht keine Schiffe mehr auf dem Radar gesichtet. Noch nicht mal die Hobbyfunker kriegen Kontakt zur Außenwelt, und Radiowellen kann man nicht hacken.

Sie hat sechs Zuckerwürfel ordentlich vor sich aufgereiht

und betrachtet sie mit besorgter Miene. Sechs Probleme, die es zu klären gilt, sechs Rettungsleinen, die gerissen sind, sechs ungelöste Rätsel. Die Meldung nimmt in Úlfhildurs Kopf Gestalt an, und sie gefällt ihr gar nicht.

~

Die Bevölkerung ist zu einem ähnlichen Ergebnis gelangt. Die Leute kommen von der Arbeit und hasten durch die Stadt, um das Nötigste zu erledigen, die Straßen füllen sich mit Autos auf dem Weg zu Banken, Tankstellen, Supermärkten oder Kindergärten, man muss Geld abheben, den Wagen auftanken, Reis und Konserven und Trockenmilch und Windeln einkaufen und die Kinder nach Hause bringen.

Andere bleiben sitzen und schütteln den Kopf über die Hysterie ihrer Mitbürger, habt ihr keine Nachrichten gehört, das ist eine Stromstörung. Seid doch froh, dass ihr mal für eine Weile nichts über die vielen Kriege und Terroranschläge und Folter und Gewalt hören müsst, über all die Katastrophen und Hungersnöte und internationalen Beschlüsse und Hollywood-Klatsch, was geht uns das an hier oben am Arsch der Welt, auf unserer friedlichen Insel, mit Licht und Lyrik im dunklen Januar, auf 65 Grad nördlicher Breite und 18 Grad westlicher Länge?

Kein Wunder, dass man sich das fragt.

~

Drei Brandschutztüren, drei Stockwerke nach unten, drei Stufen nach oben, bevor man die Höhle betritt, aus der die Zivilschutzabteilung der Polizei bei Naturkatastrophen,

Großunfällen und Unwettern ihre Operationen steuert. Die Decke ist niedrig in dieser Halle, in der Leute vom Rettungsdienst, Techniker und Pressereferenten beflissen ihre Plätze zwischen den Polizisten einnehmen. Alle machen einen besonnenen und ernsten Eindruck, als würden sie auf den Beginn einer wichtigen Zeremonie warten.

Der Leiter der Operation, ein rotwangiger Hüne um die fünfzig, stapelt Kekspackungen und Chipstüten neben altgediente Kaffeemaschinen. Grüß dich, Hjalti, bist du heute für uns zuständig?

Ja, antwortet Hjalti, ich versuche, euch nicht im Wege zu stehen.

Er setzt sich an einen freien Tisch und klappt den Laptop auf. Alles ist bereit, nur dass keiner eine Ahnung zu haben scheint, was eigentlich los ist. Hjalti bemerkt einen zögernden Ausdruck in den wettergegerbten Gesichtern der Rettungsleute. Wenn es um Menschenleben geht, sind sie ganz in ihrem Element, bei Lawinenunglücken, Vulkanausbrüchen und Unwettern, aber dieses Gerede über Satelliten und Seekabel ist ihnen fremd.

Es ist zwei Uhr, Hjalti macht ein kurzes Interview mit dem Einsatzleiter und tippt es in den Laptop. Die Lage ist unverändert. Internet- und Telefonverbindungen funktionieren im Inland, aber nicht über die Landesgrenzen hinaus. Die Bevölkerung wird angehalten, Ruhe zu bewahren, man arbeitet an einer Wiederherstellung der Verbindung. Rettungsteams wurden zur Unterstützung zum internationalen Flughafen in Keflavík geschickt, wo eine größere Gruppe von Menschen auf ihre Flüge wartet und andere auf Nachrichten von Freunden und Verwandten im Ausland. Sämtliche Flüge und Schiffsverbindungen ins Ausland wurden gecancelt, und seit letzter Nacht sind keine Flugzeuge oder Schiffe mehr angekommen.

Was könnte die Erklärung dafür sein? Eine Cyberattacke?

Die Stimme des Einsatzleiters ist ruhig und gefasst, alles weist darauf hin, dass die Störung von außerhalb kommt. Es gibt keine Anzeichen für einen Defekt in unseren Systemen, aber für eine endgültige Bestätigung ist es noch zu früh. Wir müssen uns jetzt auf die Sicherheit der Bevölkerung konzentrieren, die Leute bitten, noch etwas Geduld zu haben. Es ist nur eine Frage der Zeit, wann die Verbindung wiederhergestellt sein wird.

Hjalti speichert das Interview im Content Management System, seine Hände zittern, als er die Maus bewegt. Das ist eine völlig neue Situation, nicht das hektische, spannungsgeladene Durcheinander wie bei Naturkatastrophen, sondern ein Vakuum, ein unbegreiflicher Abgrund.

Der Haupteingang öffnet sich erneut, und für einen kurzen Moment verstummen die Leute, dann setzt das Stimmengewirr wieder ein.

Die Innenministerin ist eingetroffen. Sie geht durch die Halle und grüßt die Anwesenden mit Handschlag, bedeutungsvoll und selbstsicher, ein Glück, dass ihr auf uns aufpasst, echt toll, dass wir überall so erfahrene Mitarbeiter haben, die besten Leute arbeiten an der Lösung des Problems, das wird sich alles bald klären.

Es ist eine Erleichterung, sie zu sehen, die Leute straffen sich automatisch, ja, es wird sich alles klären.

Sie entdeckt Hjalti und lächelt ihm zu, hallo, hast du einen Kaffee für mich?

Das ist zwar nicht seine Aufgabe, aber er reicht ihr trotzdem eine Plastiktasse mit einer bräunlichen, trüben Brühe, sie trinkt einen Schluck und verzieht das Gesicht. Merkwürdige Zeiten, Hjalti. Aber davon lässt du dich nicht entmutigen, oder?

Elín war schon immer taff, ein bisschen zu rigoros, als dass er auf dem Gymnasium näher mit ihr hätte zu tun haben wollen. Er erinnert sich an einen Redewettbewerb, bei dem ein Störenfried versuchte, sie wegen ihres Geschlechts zu verunglimpfen, was will denn das Mädel hier, und sie pflückte ihn auseinander, riss ihm gnadenlos eine Feder nach der anderen aus, am Rednerpult genauso treffsicher wie beim Handball, keiner wollte in Elíns Schusslinie geraten, jeder in ihrer Mannschaft sein, blonde Zöpfe und Islandpulli, und diese großen, lachenden Augen, die meistens spöttisch funkelten. Sie hat sich verändert, ist sanfter und gewiefter geworden, fast mütterlich, aber Hjalti erkennt noch das Raubtier unter der weißen Kostümjacke.

Ja, eine schwierige Situation. Was werdet ihr tun?

Sie schüttelt den Kopf.

Der Präsident und der Ministerpräsident befinden sich im Ausland, und wir können keinen Kontakt zu ihnen herstellen, genauso wenig wie zum Rest der Welt. Wir müssen jetzt aktiv werden und das Land am Laufen halten. Später gibt es eine Pressekonferenz, ich ... die Regierung muss eine Erklärung abgeben und die Leute dazu aufrufen, Ruhe zu bewahren, bis die Verbindung wieder steht. Das wird nicht lange dauern.

Wenn du das so sagst, könnte ich dir glatt glauben.

Das liegt nicht nur in meiner Verantwortung. Sie senkt die Stimme. Wir müssen das gemeinsam hinkriegen. Ich fände es gut, wenn ich mich an dich wenden könnte, während wir an einer Lösung arbeiten. Es ist wichtig, dass die Medien verantwortlich mit der Sache umgehen und das Wohl und die Sicherheit der Bevölkerung vor Augen haben. Ich vertraue dir, was das angeht.

Ich mache nur meinen Job. Ich berichte nur.

Natürlich, sagt Elín. Aber man kann auf unterschiedliche Weise berichten.

~

Es ist noch nicht einmal vier Uhr, aber die meisten Leute sind schon von der Arbeit nach Hause gekommen. Die Straßen sind menschenleer in der kalten Dämmerung, nur aus den Fenstern der Häuser dringt warmes Licht, viele haben Kerzen angezündet. Familien sitzen vor Computern, Radios, Fernsehern, unterhalten sich leise miteinander, warten auf die Nachrichten.

Die Kollegen haben sich nervös vor dem größten Fernsehbildschirm der Redaktion zusammengefunden, holen tief Luft, also dann, jetzt geht's los.

Liebe Isländer. Es war mein Wunsch, heute zu Ihnen zu sprechen, in dieser beispiellosen Situation.

Elíns Gesicht leuchtet im Blitzlichtgewitter immer wieder auf, sie schaut direkt in die Kamera und spricht frei. Sie wirkt ernst, strahlt dabei Wärme und Sicherheit aus.

Wie wir alle wissen, hat unser Land seit über zwölf Stunden keine Verbindung mehr zur Außenwelt. Unserer Kenntnis nach konnte niemand Kontakt zum Ausland herstellen, weder über Telefon, Computer, Satellit oder Radio. Der Schiffs- und Flugverkehr liegt lahm. Alles deutet darauf hin, dass es sich lediglich um einen technischen Defekt handelt. Ich habe mich mit sachkundigen Beamten und versierten

Sicherheitsexperten getroffen, und alle sind sich einig, dass die wahrscheinlichste Ursache für diesen Kontaktabbruch technischer Art ist, entweder ein Defekt oder eine Cyberattacke. Ich möchte betonen, dass es keinen Grund für die Annahme gibt, dass etwas Schlimmes passiert sein könnte.

Das Parlament wird noch heute über die Einführung von Notstandsgesetzen entscheiden. Sie sollen sicherstellen, dass unsere Infrastruktur dieser Herausforderung gewachsen ist, dass die Telekommunikation und die lokalen Netzwerke im Inland funktionsfähig bleiben, darunter auch die Zahlungssysteme der Finanzunternehmen. Die Höhe der Barentnahmen wurde vorübergehend begrenzt, um einem Ansturm auf die Banken vorzubeugen.

Ich glaube, fährt Elín fort und lächelt unerschrocken in die Kamera, dass wir schon bald mit Wehmut an diesen Tag zurückdenken werden, uns daran erinnern werden, wie vereint wir waren, wie fest wir in dieser schwierigen Situation zusammengehalten haben. Aber er wird uns auch eine Mahnung sein, dass wir die Struktur unseres Telekommunikationsnetzes und unsere Verbindungen zur Außenwelt stabilisieren müssen.

Sie macht eine Pause und blickt über das Stadion.

Liebe Landsleute. Wir bewohnen dieses Land seit über tausend Jahren. Wir haben zähe Kämpfe mit den Naturgewalten überstanden und unsere Existenz aufgebaut auf dem, was das Meer und das Land uns bieten. Nebenbei haben wir unsere Sprache und unsere Kultur bewahrt, unsterbliche Kunstwerke erschaffen und eine stabile Gesellschaft aufgebaut, in der jeder Wohlfahrt und Bildung genießt. Wir geben nicht auf, selbst wenn wir kurzzeitig keine Verbindung zum Ausland haben. Wir bewahren Ruhe und zeigen Solidarität.

Wir hamstern keine Lebensmittel oder Kraftstoff. Ich möchte alle, die auf Nachrichten von ihren Liebsten im Ausland warten, darum bitten, Geduld zu haben. Ich kann Ihre Ängste nachvollziehen, wir haben alle Verwandte und Freunde im Ausland, und ich versichere Ihnen, dass wir alles tun werden, was in unserer Macht steht, um schnellstmöglich wieder Kontakt zu unseren Landsleuten herzustellen. Abschließend möchte ich der Rettungswacht dafür danken, dass sie sich bereit erklärt hat, die Polizei bei der Versorgung der Bevölkerung und der Aufrechterhaltung von Gesetz und Ordnung im Land zu unterstützen, bis die Verbindung wiederhergestellt ist. Euer Einsatz ist, wie immer, überwältigend.

Die Übertragung geht zu Ende, in der Redaktion herrscht eindringliche Stille.

So weit ist es schon gekommen, sagt Úlfhildur schließlich und schaltet den Fernseher aus. Die weiße Königin ist Premierministerin, und die Rettungswacht bewaffnet sich.

Die Rettungswacht ist nicht bewaffnet, erwidert Hjalti.

Noch nicht.

SVANGI

Der graue Bleistiftstrich kommt auf dem grauen Blatt in dem gräulichen Licht ins Stocken, es dämmert allmählich.

Ich wollte nicht darüber schreiben. Ich wollte etwas Schönes schreiben, etwas Heilsames, etwas, woran ich mich in der Kälte und Einsamkeit wärmen kann. Die Erinnerungen, die mich tagsüber heimsuchen, während ich den Garten umgrabe, zum Fischen hinausrudere, die Schafe füttere, kreisen immer um etwas Warmes und Duftendes, Apfelkuchen, heißen Kaffee, verführerische Parfümwolken in geheizten Einkaufszentren, Benzin in einem neuen Auto, Spaghetti Bolognese, Rasierseife, Zimt, Minze, Apfelsinen. Wenn ich versuche, die duftenden Erinnerungen mit meinen eingerissenen, schmutzigen Pranken aufs Papier zu bringen, verströmen sie nur endlose Mühsal, alte Streitereien, uralte Verbitterung über Menschen aus einer anderen Welt, an deren Namen ich mich kaum erinnern kann. Ich hätte mich wohl besser auf den Apfelkuchen konzentrieren, mehr Apfelsinen essen sollen.

Ich stehe auf, steige die Treppe hinunter und recke mich, als ich unten angekommen bin. Auf dem Dachboden kann ich kaum aufrecht stehen, weil die Decke so niedrig ist. Es ist an der Zeit, die Schafe zusammenzutreiben und reinzuholen, damit sie das Haus über Nacht aufwärmen.

Týra begleitet mich, macht einen Satz über die Stufen nach draußen. Am Tor wartet sie auf mich, mit wedelndem Schwanz, für sie ist es der Höhepunkt des Tages, über den kargen Berghang zu jagen, zwischen Schneefeldern und Felsen die Schafe zusammenzutreiben, wachsam und mit der Erwartung, dafür ein Lob und vielleicht als Belohnung ein

Stück Fischhaut zu bekommen. Máni ist der Einzige, der uns begrüßt, der alte Bock ist sauer wegen des Bretts, das ich ihm unter den Bauch gebunden habe, damit er den Mutterschafen nicht nachstellt, doch am Ende kommen sie alle rein.

Ich folge den Schafen in den Stall und suche nach Ljóma, packe sie sanft am Horn und führe sie nach draußen, es ist Melkzeit. Inzwischen ist sie daran gewöhnt, lässt mich bereitwillig gewähren und tritt nicht mehr nach mir. Sie ist bestimmt froh, dass sie ihre Milch los ist, die Arme. Die wird mir bis Mitte des Sommers reichen, bis ich die anderen Schafe von dem Lämmern trennen und melken kann. Ljóma braucht sich vor dieser Trennung nicht mehr zu fürchten, ihr Lamm hatte zu schwache Hinterbeine und starb schnell, nachdem es für einen kurzen Moment das Licht der Welt hatte sehen dürfen.

Zwölf Schafe, das war alles, was dieses Land einst ernährte, heißt es, denn der Fuchs kam immer und holte das dreizehnte.

Ich streiche dem Schaf über den Widerrist, es ist mager, aber das wird sich geben. Himmlisches Grün wird aus der Grasnarbe sprießen, die Schneefelder werden verschwinden, auch hier am Ende der Welt. Wir schaffen das schon, sage ich zu Ljóma und schiebe den Eimer vorsichtig unter ihr Euter.

Ljóma gibt heute nicht viel Milch, nur gut zwei Tassen. Auf der Oberfläche schwimmen gelber Schaum und Schmutz aus ihrem Fell. Ich schöpfe das meiste davon ab, verziehe das Gesicht und trinke dann alles in einem Zug, direkt aus dem Eimer. Die melkwarme Schafmilch hat nicht viel gemein mit dem pasteurisierten, in Pappkartons verpackten wässrigen Gesöff, das ich aus meiner Kindheit kenne und das später zu einer überkandidelten Zugabe in Cafés wurde, zu Café au Lait, Latte Macchiato, sie ist dick und fett und klumpig und pumpt mich augenblicklich mit Kalorien voll.

Ganz kurz habe ich das Gefühl, die Milch wieder ausspucken zu müssen, aber ich unterdrücke den Impuls und merke, wie die pure Energie bis in meine Zehen dringt, in meine Finger, spüre sogar Leben in meinem schlaffen Penis. Wow, sage ich und streichle Ljómas Ohr, ein echter Powerdrink.

Für den Hund ist nicht mehr viel zu fressen da, Týra bekommt die Reste von dem alten Seehundfleisch, aber es stinkt so abartig, dass ich sie danach nicht zu mir auf den Dachboden lasse. Beleidigt rollt sie sich vor der Haustür zusammen, aber alles hat seine Grenzen, selbst meine Liebe zu ihr und meine Toleranz gegenüber stinkenden Hundefürzen.

Es wird Abend in Svangi, und im Haus weiß keiner mehr, wie es sich anfühlt, richtig satt zu sein. Ich setze mich an mein Pult, spitze den Bleistift, überlasse mich wieder meinen Erinnerungen.

Elín wird Ministerpräsidentin

Neuregelungen zur Abschwächung der Protestwelle

REYKJAVÍK, 23. Januar – Innenministerin Elín Ólafsdóttir gab dem Althing gestern die Neuaufteilung der Ministerien bekannt. Der Vorsitzende des Parlaments, der die Aufgaben des isländischen Präsidenten kommissarisch wahrnimmt, hatte Elín wegen der Abwesenheit des Ministerpräsidenten zu dessen Vertreterin bestimmt.

Finanzminister Arinbjörn Ólafsson vertritt den ebenfalls abwesenden Wirtschaftsminister, Kulturministerin Ingibjörg L. Leifsdóttir übernimmt stellvertretend das Amt des Sozial- und Gesundheitsministers, und Außenminister Skúli Halldórsson vertritt den Minister für Arbeit und Umwelt.

Das Parlament erhob sich von seinen Sitzen und begrüßte die Entscheidung mit Applaus.

Die neue Ministerpräsidentin beschrieb diese Maßnahme als außergewöhnlich, sie sei angesichts der Umstände jedoch unumgänglich.

»Ich halte es für falsch, neue Minister zu ernennen, solange nichts über den Verbleib der Personen bekannt ist, die sich zum Zeitpunkt des Kontaktabbruchs im Ausland befanden«, sagte Elín im Althing. »Die amtierenden Minister werden daher die Aufgaben ihrer Amtskollegen so lange übernehmen, bis der Kontakt wiederhergestellt ist.«

Neuregelungen eine Folge der Krawalle

Die Änderungen wurden bekannt gegeben, nachdem Polizei und Rettungsdienst gestern Schlagstöcke und Pfefferspray einsetzen mussten, um Demonstranten vor dem Parlamentsgebäude in Schach zu halten.

Die Krawalle brachen aus, nachdem die Küstenwache gemeldet hatte, dass sämtliche Versuche, Kontakt zur Außenwelt herzustellen, gescheitert seien. Drei Flugzeuge und ein Hubschrauber waren nach Grönland, Neufundland, Schottland und Norwegen ausgeschickt worden, dann jedoch über dem Atlantik vom Radar verschwunden, und man habe keinen Funkkontakt mehr zu ihnen herstellen können.

Auch von den Küstenwachschiffen Þór, Týr und Ægir sowie vom Forschungsschiff Árni Friðriksson wären keine Nachrichten mehr eingegangen, seit sie vor zehn Tagen die Wirtschaftszone verlassen hätten.

Die Demonstranten kritisierten die Untätigkeit der Regierung, bezeichneten das Land als führungslos und forderten Neuwahlen vor Ostern.

Elín ging in ihrer Rede weder auf die Ereignisse des gestrigen Tages noch auf die Forderungen der Demonstranten ein. Sie erklärte, dass der Parlamentsvorsitzende die Aufgaben des isländischen Präsidenten während dessen Abwesenheit vollständig übernehmen und seinerseits von der Vizevorsitzenden des Althings bis auf weiteres abgelöst werde.

»Eiríkur Jóhannesson übt das Amt des Parlamentsvorsitzenden seit fast vier Jahren vorbildlich und höchst erfolgreich aus. Die Bevölkerung vertraut darauf, dass er die Amtspflichten des isländischen Präsidenten während dessen Abwesenheit mustergültig ausführen wird«, sagte die Ministerpräsidentin und wünschte auch Valgerður Hauksdóttir, der neuen Vorsitzenden des Althing, alles Gute für ihr neues Amt.

HJALTI

Das Land treibt im eiskalten Nordatlantik, 65 Grad Nord, 18 Grad West, und die Wintersonne lässt alles messerscharf erscheinen, wenn sie sich ausnahmsweise mal blicken lässt. Hjalti sitzt an seinem Schreibtisch und schaut aus dem Fenster auf die schmuddelige, frostige Stadt, Plastikfetzen hängen in den Bäumen wie zerfledderte Partygirlanden. Die Wiesen frieren unter den schmutzigen Eisflächen, ein fauliger Frühling ist im Anmarsch.

Wenn es doch endlich anfangen würde zu schneien.

Der Kontaktabriss ist zu einer monotonen Konstante in den Nachrichten und auf den Webseiten geworden, die Zeitung druckt nur noch die Wochenendausgabe, um Papier zu sparen. Elín hat die Anzahl der Pressekonferenzen reduziert, hält sie immer montags und donnerstags, kurze Berichte zur Lage der Nation, nur wenige Fragen und Antworten. Stumme Angst liegt über dem Land, das Leben geht weiter, aber die Leute bleiben abends zu Hause, sitzen bei Kerzenlicht hinter verschlossenen Türen und unterhalten sich leise.

Hjalti zündet keine Kerzen an. Er ist seit vier Wochen von morgens bis abends in der Redaktion, auch an seinen freien Tagen, er kann nicht schlafen. Hjörleifur und Úlfhildur versuchen mit vereinten Kräften, ihn zu überreden sich freizunehmen, aber er wimmelt sie ab, er ist am besten über die Entwicklungen informiert, jetzt müssen alle Einsatz bringen.

Ich sollte Leifur anrufen, denkt er, ich sollte Mama besuchen. Aber er tut es nicht, kann den Gedanken an die Leere und Panik in den Augen seiner Mutter nicht ertragen, den säuerlichen, klaustrophobischen Geruch auf der Demenz-Abteilung.

~

Wir haben keine Angst.

Wir haben nichts zu befürchten.

Wir leben seit fast zwölfhundert Jahren in Island und sind immer allein klargekommen. Manchmal war es schwierig, manchmal war es kalt, aber wir haben überlebt. Und wir sind immer noch hier, mit unserer schönen, alten Sprache, mit unseren Geschichten und Gedichten, mit unserem fruchtbaren Land, dem Meer voller Fische, den Flüssen voll grüner Energie. Wir haben die stärksten Männer und die schönsten Frauen, die die gesündesten Kinder zur Welt bringen. Wir haben die höchste Lebenserwartung von allen Nationen. Wir halten zusammen, wir packen die Dinge an, wir tun das, was getan werden muss. Vorwärts Island!

Vorwärts Island! Die Menge jubelt begeistert, und der junge Mann schreitet mit hochgereckter Faust über die Bühne. Hinter ihm, über ihm und um ihn herum erscheinen Bilder von saftigen Wiesen, Nordlichtern und Wasserfällen, die isländische Fahne. Ein mehrstimmiger Chor intoniert das wehmütige Lied *Ich bin heimgekehrt*, und die Zuschauer stimmen mit ein: Es grünt das Feld, der Winter flieht, die Sonne wärmt den Grund ...

Ganz schön überzeugend, der Knabe, sagt Hjalti, und Elín nickt.

Er kann die Menschen mitreißen. Man muss ihn nur ein bisschen auf Spur bringen, aber die Kinder lieben ihn. Sie dreht sich zu ihm. Bist du okay?

Die Frage bringt ihn aus dem Konzept, er hatte nicht mit solchen Vertraulichkeiten gerechnet, hier im Seitenflügel des Sportstadions, er ist nur da, um über das Winterfestival zu berichten, das größte Fernsehereignis der Saison nach dem Ausfall der Eurovision-Übertragung.

Du siehst toll aus, sagt er. Die weiße Königin macht ihrem Namen heute alle Ehre. Sie trägt ein weißes, enganliegendes Kleid und einen himmelblauen Schal um die Schultern, die blonden Locken fallen ihr auf den Rücken, sie ist nicht mehr die ernste Pragmatikerin im Kostüm, die die Leute aus dem Fernsehen kennen.

Danke, sagt sie, greift nach seiner Hand und drückt sie, eine sittsame und zugleich deplatzierte Berührung.

Der junge Mann spricht abwechselnd zum Publikum und in die diversen Kameras, die ihm vom Aufnahmeleiter angezeigt werden, zwischendurch gibt es immer wieder Schwenks über die Tribünen. Der Aufnahmeleiter wählt einzelne fotogene Zuschauer aus und projiziert sie auf die Fernsehbildschirme in den Wohnzimmern, eine junge Frau schaukelt ein süßes Kleinkind auf den Knien, ein älteres Paar schenkt sich aus einer Thermoskanne Tee ein, ein paar Jugendliche haben ihre Gesichter in den Farben der isländischen Fahne geschminkt und winken fröhlich in die Kamera.

Die Begeisterung im Stadion ist wie eine Druckwelle, die halbe Nation scheint zusammengekommen zu sein, entschlossen, alle Sorgen und Zweifel zu vergessen und zu feiern, dass der Frühling bevorsteht, wir sind noch hier, das Leben geht trotz allem seinen gewohnten Gang.

Der Kinderchor stellt sich auf der Bühne auf, kleine Mädchen in weißen Kleidern und Jungen in blauen Westen, ihre dünnen Stimmen singen vom Frost in Island, von Lämmern und Goldregenpfeifern und Schafhirten. Sie sind im Publikum kaum zu hören, aber was macht das schon, alle kennen die Lieder, und viele singen mit. Dann ist Elín an der Reihe.

Sie scheint zu schweben, als sie die Bühne betritt, zielstrebig und optimistisch und lächelnd. Liebe Isländer, frohes

Fest! Vorwärts Island! Ein Hoch auf euch alle! Ein Hoch auf die Nation und unser Land – und Applaus für Sindri! Er und die anderen Jungs aus der Nationalmannschaft werden ab drei Uhr auf dem Fußballplatz sein und Autogramme geben und mit den Kindern kicken!

Sie stellt sich hinter das Rednerpult und lässt den Blick über die Menschenmenge schweifen.

Liebe Landsleute. Zunächst einmal möchte ich euch meine Dankbarkeit ausdrücken. Ich möchte euch für euren Mut, euren Fleiß und eure Selbstbeherrschung danken. Es ist jetzt einen Monat her, seit unser Kontakt zur Außenwelt abgerissen ist. Ich will heute nichts zum Stand der Dinge sagen, wir haben genug Zeit mit Sorgen verbracht. Das Einzige, woran wir heute denken sollten, ist, dass wir hier sind, in unserem schönen Land, das uns das Schicksal zugewiesen hat, und dass es uns gut geht! Viele befürchteten, es könnte Chaos ausbrechen, die Bevölkerung könnte die Geduld verlieren, wenn es keinen Kontakt mehr zum Ausland gibt. Doch das Gegenteil ist der Fall.

Sie macht eine Pause, blickt über das Stadion, das Licht verleiht ihren Haaren einen goldenen Glanz, ihre Augen leuchten.

Ihr habt Besonnenheit und Vernunft bewiesen. Und vor allem Einigkeit. Die Nation hat ihre Differenzen und Interessenskonflikte ad acta gelegt und sich darauf fokussiert, durchzuhalten, den Frieden zu wahren und weiterzumachen. Ich möchte mich besonders für die Nachsicht bedanken, die ihr unserer Regierung entgegengebracht habt. Nach dem Kontaktabriss waren wir mit vielen schwierigen Entscheidungen konfrontiert, wir waren gezwungen, die Aufgaben der Minister zu übernehmen, die sich im Ausland befinden, wir mussten die Gesellschaft in vielerlei Hinsicht neu strukturieren, die Führung des Landes und der Kommunen umgestalten und unsere Schwerpunkte neu setzen, und die Veränderungen sind noch nicht abgeschlossen. Sie fangen gerade erst an.

Ihre feinen Gesichtszüge verdunkeln sich.

Aber ich will nicht nur Dank sagen, ich will auch offen sein. Heute ist ein Festtag, heute feiern wir gemeinsam, aber Vieles könnte auch besser laufen. Obwohl der größte Teil der Bevölkerung Schulter an Schulter steht und uns unterstützt, gibt es auch solche, die gegen uns arbeiten, gegen die Nation. Ihr wisst, wen ich meine. Diese Leute haben zu Aufständen und Protesten aufgerufen, sie haben versucht, Angst und Wut zu schüren, haben den Individualismus vor die Solidarität gestellt. Natürlich muss es in der isländischen Gesellschaft immer möglich sein, Kritik zu äußern, aber diese Kritik sollte konstruktiv sein. In dieser Zeit der Herausforderungen, in der Solidarität am allerwichtigsten ist, kann man Kritik, die spaltet und zerstört, nur als Landesverrat bezeichnen.

Das Publikum lauscht aufmerksam, dann brandet Applaus auf, der immer lauter wird, jemand ruft »vorwärts Island!« und Tausende antworten »vorwärts Island!«. Ein Lächeln zieht sich über Elíns Gesicht.

Ja, vorwärts Island! Ich weiß, dass die Bevölkerung sich nicht in die Irre führen lässt, sie lässt sich nicht auf Abwege bringen. Und nun will ich die Gelegenheit nutzen und eine Neuigkeit verkünden – und einige sehr wichtige Personen vorstellen.

Eine Gruppe von acht Leuten besteigt die Bühne und stellt sich neben dem Rednerpult auf. Sie treten von einem

Bein aufs andere, tauschen verlegen Blicke und lächeln ins Publikum.

Das ist Máni Halldórsson, Dozent in Makroökonomie. Er wird eine Elitetruppe von Wissenschaftlern und Gesellschaftsforschern leiten, ein Führungsteam für die Zukunft.

Ein Mann in einem grauen Anzug mit schütteren Haaren tritt vor und verbeugt sich lächelnd. Das Publikum klatscht höflich, Verunsicherung liegt in der Luft.

Liebe Isländer, Máni und seine Mitarbeiter sind unsere Guides. Sie werden den besten und erfolgreichsten Weg für die Zukunft der isländischen Nation finden. Das Führungsteam ist mir und der Regierung unmittelbar unterstellt.

Das Führungsteam hat die Aufgabe, Vorschläge zur Veränderung der Gesellschaft zu machen und damit sicherzustellen, dass wir autark in Island leben können, ohne Eingriffe von außen. Diese interessante und anspruchsvolle Aufgabe führt gewissermaßen zu einer Rückbesinnung auf die guten alten Werte und gleichzeitig zu einer Aktivierung der kreativen Energie unserer Nation. Máni und seine Kollegen sind zukunftsorientiert und haben eine Vision von einem neuen, autarken Island, in dem wir gemeinsam von unseren eigenen Ressourcen leben können, in Frieden und Eintracht.

Elín lächelt zuversichtlich.

Wir sollten optimistisch sein und nicht unaufhörlich darüber reden, dass wir den Kontakt verloren haben. Es tut niemandem gut, auf etwas zu beharren, das er verloren hat. Stattdessen sollten wir sagen: Wir haben unsere Unabhängigkeit wiedererlangt! Lasst es uns gemeinsam sagen: Vorwärts Island!

Das Stadion stimmt mit ein, die Zuschauer zu Hause in den Wohnzimmern stimmen mit ein, und Elín lacht und breitet die Arme aus, greift nach der Hand des Ökonomen und reißt sie hoch. Wir schaffen das gemeinsam! Wir haben es jahrhundertelang gemeinsam geschafft, und wir werden es auch weiterhin schaffen!

Die Menschen im Stadion werden unruhig, etwas drängt sich durch die Menge, treibt einen Keil in die Einigkeit, neun schwarz gekleidete, vermummte Gestalten, einer mit einem Megafon in der Hand.

WANN GIBT ES WAHLEN?

Die Leute buhen, und einige versuchen, die Demonstranten zu stoppen.

WOVOR HAST DU ANGST, ELÍN ÓLAFSDÓTTIR? WANN GIBT ES WAHLEN?

Unruhe breitet sich aus, Rempeleien und Rufe, Leute versuchen, ihre Kinder aus der Menschenmenge zu schieben, Polizisten und Rettungsleute bahnen sich einen Weg gegen den Strom. Hjalti hält den Fotografen zurück, dreht die Linse der Kamera von den Randalierern hin zur Blaskapelle, die ein schallendes *Meines Vaters Land* anstimmt. Die Direktübertragung vom Winterfestival im Sportstadion Laugardalshöll ist beendet.

~

Draußen ist es kalt und sonnig, Fahnen flattern im Wind, und Luftballons hüpfen über die Straße. Die Leute haben sich hastig aus dem Stadion und den Krawallen dort entfernt, ziehen die Reißverschlüsse ihrer Anoraks zu und stülpen ihren Kindern Mützen über die Köpfe, viele schieben Einkaufswagen und Kinderwagen vor sich her, beladen mit Kleinkindern, Lebensmitteln und Kleidung.

Der Chauffeur schlängelt sich an Streifenwagen und laufenden Menschen vorbei und gibt dann Gas. Hjalti und Elín sitzen auf der Rückbank, er bedankt sich für die Mitfahrgelegenheit. Die Zeitung hat keine Fahrgenehmigung bekommen, und er ist froh, das Gedränge vor dem Sportstadion hinter sich zu lassen.

Elín wirkt nachdenklich. So was wie vorhin, das ist die größte Gefahr, sagt sie schließlich. Wir haben nichts zu befürchten, nur unsere eigene Angst. Diese Leute schüren sie. Manche sind bereit, das Land ins Verderben zu stürzen, nur um an die Macht zu kommen. Damit sie über die Trümmer herrschen können.

Sie schaut ihn an. Du bist ein verantwortungsbewusster Mensch, Hjalti. Wir müssen uns darauf verlassen können, dass Leute Verantwortung übernehmen. Und vernünftig bleiben.

Er überlegt, sie zu fragen, ob sie Neuwahlen anvisiert. Davon hatte sie anfangs noch geredet, dass bald gewählt werden müsse, weil eine neue Situation eingetreten sei, dass die Voraussetzungen sich geändert hätten. Und der Ministerpräsident sei immer noch in Berlin, was auch immer dort los sein mochte. Doch in letzter Zeit hat sie nicht mehr davon gesprochen, und Hjalti hält es nicht für den richtigen Zeitpunkt, sie danach zu fragen. Er verabschiedet sich einfach nur und bedankt sich fürs Mitnehmen.

Als er die Redaktion betritt, wirft Úlfhildur ihm einen scharfen Blick zu. Du hast nicht über die Proteste berichtet? Keine Bilder, nichts?

Die Veranstaltung war schon vorbei, antwortet er. Es ist

unnötig, so viel Wirbel um ein paar Randalierer zu machen.

Merkwürdige journalistische Haltung. Außerdem ist es nicht an dir, das zu entscheiden.

Wir können jetzt nicht einfach alles bringen. Es fehlt nicht viel, dann gerät die Lage außer Kontrolle. Man darf den Leuten keine Angst einjagen. Das Einzige, was wir zu fürchten haben, ist die Furcht an sich, entgegnet er. Winston Churchill.

Nein, das ist von Roosevelt. Churchill hat gesagt, dass ein Gesellschaftszustand, in dem man seine Meinung nicht frei äußern darf, nicht lange Bestand hat.

Aber wir haben jetzt nun mal diese Situation, Úlfhildur. Wir müssen verantwortlich handeln, wir können nicht einfach so tun, als wäre alles wie immer, und weiter lückenlos berichten. Wir müssen uns davor hüten, Anarchie und Chaos zu verbreiten. Unsere Arbeit können wir trotzdem weitermachen.

Sie fixiert ihn mit ihren grauen Augen. Du vermischst Politik und Journalismus. Du hast angefangen, ihr zuzuarbeiten, oder?

Hjalti entfährt ein Seufzer. Úlfhildur scheint sich unmöglich damit abfinden zu wollen, dass die Zeiten sich geändert haben, und weigert sich, sich anzupassen. Sie kommt jeden Tag zur Arbeit, bewaffnet mit ihren unverrückbaren journalistischen Idealen, die sie ihren Kollegen aufzwingt, bis der Chefredakteur eingreift und den Kurs korrigiert, neue Richtlinien festlegt. Der Kreuzritter, so nennen sie Úlfhildur hinter ihrem Rücken.

Wir müssen konstruktive Meldungen bringen, Nachrichten, die den Leuten nützen und sie motivieren, fügt er hinzu. Wir müssen über das berichten, was gut läuft, den Lesern Optimismus und Zuversicht vermitteln, wir dürfen sie nicht entmutigen und ihnen sagen, dass sie aufgeben sollen. Das ist nicht unsere Aufgabe. Hjalti senkt die Stimme. Die meisten haben das begriffen, ich verstehe nicht, warum du so an der Vergangenheit hängst. Du musst dich zusammenreißen, wenn du deinen Job nicht verlieren willst.

~

Er ist erschöpft von dem Festival und der Auseinandersetzung mit Úlfhildur, beschließt aber trotzdem, Leifur anzurufen. Sein Bruder hatte Nachtschicht, klingt heiser und verwirrt, will aber auf keinen Fall, dass Hjalti später noch einmal anruft.

Kein Problem, ich bin wach, sagt er. Was gibt's Neues?

Nichts Besonderes. Hjaltis Stimme klingt unnatürlich hoch und fröhlich. Ich wollte mich nur kurz melden – warst du in letzter Zeit mal bei Mama?

Ja, am Wochenende, und Guðrún war gestern da. Ihr Zustand ist unverändert.

Ich gehe bald hin. Vielleicht morgen.

Ja, das solltest du, entgegnet Leifur knapp. Hast du was von María gehört?

Nein, nicht viel, ich hab die ganze Zeit gearbeitet. Es ist so viel zu tun.

Übertreib es nicht, sagt Leifur. Kommst du heute Abend zum Essen zu uns?

Hjalti kann sich nichts Schlimmeres vorstellen, als mit Leifur und Guðrún in ihrem stilvollen Wohnzimmer zu sitzen und durch die großen Panoramafenster auf den

Grótta-Leuchtturm zu schauen, krampfhaft um Smalltalk bemüht und so zu tun, als würde er die Trauer im Haus nicht wahrnehmen. Mitansehen zu müssen, wie sie jedes Mal zusammenzucken, wenn das Telefon klingelt, noch einmal alle Möglichkeiten durchgehen, Optimismus heucheln. Es ist bestimmt alles in Ordnung mit den Kindern, würde Guðrún sagen, sie sitzen wahrscheinlich da draußen und machen sich genauso große Sorgen um uns wie wir uns um sie. Und Leifur würde den Kopf hängen lassen und schweigen.

Hjalti will gerade zu einer Entschuldigung ansetzen, als Leifur ihm das Wort abschneidet: Dann komm stattdessen mit zum Stall.

Leifur besitzt Pferde, und es ist wie mit allem, was er anpackt, der Stall ist sauber und riecht nach Heu und Stroh, die Pferde schnauben zufrieden, wenn ihr Besitzer die Boxentür aufmacht und zu ihnen hineingeht.

Er begrüßt sie mit Namen, tätschelt sie und lässt sie auf den Paddock, während er die Boxen ausmistet. Hjalti schaut seinem Bruder bei der Arbeit zu und spürt die altvertraute Mischung aus Bewunderung und Abneigung. Leifur ist ein Pedant, zieht die Arbeitshandschuhe über seine starken, gepflegten Hände und greift nach einer der Schaufeln, die ordentlich aufgereiht an der Wand hängen und wie neu aussehen. Er geht mit wissenschaftlicher Genauigkeit und Geschicktheit ans Werk, spritzt anschließend den Boden ab und säubert sorgfältig die Schaufel, bevor er sie an ihren Platz zurückhängt. Er gerät kaum ins Schnaufen, und seine Augen leuchten zufrieden, Leifur wäre ein guter Bauer geworden. Man kann ihn sich gut als Landarzt im 19. Jahrhundert vorstellen, wie er durch den Bezirk reitet, mit seinem Arztkoffer in der Hand und dem Zwicker auf der Nase, Heilung und Aufklärung bringt und zwischendurch vorbildlich die Heuernte und die Schlachtung organisiert.

Sie unterhalten sich über alles Mögliche, der Kontaktabbruch, nein, da hat sich anscheinend immer noch nichts geklärt. Leifur ist bekümmert, hält sich aber wacker, sie haben noch nichts gehört, genau wie alle anderen, keine Nachrichten sind gute Nachrichten. Er macht sich Sorgen um das Krankenhaus, langsam gehen ihnen die Medikamente aus. Die Pharmahändler haben kaum noch Krebsmedikamente, erzählt er, die Notvorräte an Narkosemitteln und Antibiotika reichen noch bis zum Frühjahr, er befürchtet, dass seine Patienten unter dem Engpass zu leiden haben.

Hilf mir noch beim Füttern, dann trinken wir Kaffee, sagt er. Er bringt die Pferde wieder herein und striegelt sie, während Hjalti Heu holt und sich bemüht, nicht alles auf den Boden fallen zu lassen. Es sind angenehme Tiere, dunkel und sanft, ihre Augen glänzen, und ihre starken Kiefer mahlen mit beruhigenden Geräuschen das Heu.

Hjalti streicht einer Stute über die Nüstern. Das ist Stjarna, sagt Leifur, Lóas Pferd. Die Stute schnaubt und schaut ihn gutmütig an, aus ihren Augen blickt bodenlose Geduld.

Eine ebensolche Engelsgeduld strahlt aus den Augen seines Bruders oben in der Dachstube über den Boxen. Die Kaffeedose ist leer, aber er schaltet den Wasserkocher ein, holt Teebeutel und zwei angeschlagene Tassen. Dieselben Gesichtszüge, dieselben Lachfältchen und Schrullen, was für María immer Anlass war, Hjalti aufzuziehen: Dein Bruder ist eine gelungenere Ausgabe von dir.

Er ist nicht gelungener, widersprach Hjalti. Er hatte nur eine andere Berufung als ich. Wir konnten ja nicht beide Kinderherzchirurg werden, inklusive Ordnungswahn und

Heiligenschein. Außerdem bin ich jünger und attraktiver als er.

Und?, fragt der ältere Bruder, das Original. Was willst du tun?

Inwiefern?

In Sachen María.

Hjalti weiß nicht, was er antworten soll. Ach, keine Ahnung, Leifur. Es ist einfach blöd gelaufen.

Du bist nur noch ein Schatten deiner selbst. Willst du euch nicht wenigstens eine zweite Chance geben?

Ich konnte ihr nie was recht machen. Sie hat behauptet, ich könnte nicht richtig mit den Kindern umgehen, ich würde sie gar nicht wollen … dabei habe ich mich um sie gekümmert, bin mit ihnen ins Kino gegangen, habe ihnen die Wohnung überlassen. Anscheinend dachte sie, mit mir hätte sie eine Lösung für alle ihre Probleme gefunden – genug Geld, abends eine warme Mahlzeit, Kinderbetreuung –, aber es ist nicht meine Aufgabe, anderer Leute Kinder großzuziehen.

Ach? Hast du wirklich so viel gemacht? Ich dachte, Margrét hätte die meiste Zeit auf ihren kleinen Bruder aufgepasst, wenn ihre Mutter abends Konzerte hatte.

Bist du auf meiner Seite oder auf ihrer?

Ich bin auf keiner Seite. Leifur kratzt sich am Bart. María und du, ihr wart ein tolles Paar. Aber es ist nicht leicht, mit einer Mutter von zwei Kinder zusammen zu sein. Entweder du nimmst das ganze Paket und wirst Teil der Familie oder du suchst dir eine andere. Du kannst dich nicht für sie entscheiden und den Rest ablehnen, so nach dem Motto, ich will zwar eure Mutter, aber nicht euch.

Das hab ich ja nicht.

Kinder ticken ganz einfach, sie mögen alle, die nett zu ihnen sind. Du hättest dich vielleicht ein bisschen mehr bemühen sollen. Du hättest sie zum Beispiel im Herbst mit nach London nehmen können.

Falls sein hochheiliger Bruder ihn herbeordert hat, um Marías Vorwürfe zu unterstützen, dann hat er sich geschnitten. Hjalti springt auf und geht zur Treppe, aber Leifur packt ihn am Arm und hält ihn zurück.

Na komm schon, Hjalti. Wir können uns doch wie Erwachsene miteinander unterhalten.

Verdammter Klugscheißer.

Du verstehst das nicht. Ich hab versucht, einen Draht zu den Kindern zu kriegen, aber es ging einfach nicht. Margrét wollte nichts mit mir zu tun haben, sie hat sich zurückgezogen, wenn sie wusste, dass ich zu Hause bin, und noch nicht mal geantwortet, wenn ich mit ihr geredet habe. Ich kam mir vor wie ein verurteilter Sexualstraftäter. Und der kleine Elías, der ist einfach nicht wie andere Kinder. Er hat keine Freunde, steckt die Nase immer nur in Bücher und malt und klimpert auf seinem Keyboard herum, wie soll ich Kontakt zu so einem Kind kriegen? Ich bin mit ihm ins Kino und zum Fußball gegangen, aber von ihm kam einfach nichts. Die Kinder haben mich abgelehnt, sie haben ihre Mutter gezwungen, sich zu entscheiden, nicht ich.

Das Gespräch ist ihm völlig entglitten, Tränen quellen ihm aus den Augen und Rotz tropft aus der Nase, er tastet nach der Küchenrolle, und Leifur wendet den Blick ab, schaut in seine Tasse.

Hör zu, vielleicht ist es noch nicht zu spät, das wieder hinzubiegen, sagt er. Es ist jetzt einen Monat her, vielleicht wäre es an der Zeit, María zu treffen und mit ihr zu reden.

Sie wusste genau, was Sache war, nuschelt Hjalti in das

Küchenpapier. Sie hat sogar zwischen uns gedolmetscht. Wenn ich was zu Margrét gesagt habe, musste María es wiederholen, damit sie mir überhaupt geantwortet hat. Als würde ich Chinesisch sprechen. Total ätzend.

Es sind eben Kinder. Die wissen genau, welche Knöpfe sie drücken müssen, um einen auf die Palme zu bringen. Auf diese Weise lernen sie, selbstständig und erwachsen zu werden. Leifur schenkt Tee nach, seine Augen sind unendlich traurig. Aber wir können sie nicht für ihr Verhältnis zu den Erwachsenen verantwortlich machen. Wir tragen die Verantwortung, wir setzen ihnen Grenzen und belohnen sie, wenn sie etwas richtig machen. Er zeigt nach unten. Das ist, wie wenn man Pferde einreitet.

~

Hjalti hört auf seinen Bruder, ruft María an und erreicht sie beim zweiten Versuch. Sie ist kühl und abweisend, willigt aber schließlich ein, ihn zu treffen.

Er klopft an Ingas Bruchbude, sie renoviert das Haus schon seit ewigen Zeiten, mit Unterstützung einer endlosen Reihe handwerklich geschickter Liebhaber, die sie nur unter der Prämisse auszuwählen scheint, ob sie Wände einreißen, Böden abschleifen und streichen können. Das Wartungsteam, hat er sie immer genannt, als María und er noch glücklich waren, und María damit zum Lachen gebracht, du bist wirklich schrecklich, Hjalti, weißt du das?

Inga öffnet die Tür, tritt grußlos zur Seite und lässt ihn ins Wohnzimmer. María sitzt auf dem Sofa und starrt gebannt auf den Fernseher.

Hi.

Hjalti nimmt vorsichtig Platz und weiß nicht, was er mit seinen Händen anfangen soll.

Wie läuft's so bei dir? Wie geht es den Kindern?

Gut. Sie fühlen sich wohl hier, sie sind hier willkommen.

Er ignoriert die Bemerkung, will sich nicht mit ihr streiten.

María hockt mit angezogenen Beinen auf dem Sofa, sie trägt ein dunkelblaues Hemd und an den Ohren große silberne Creolen, das Gesicht ist von schwarzen Locken umrahmt. Sie stützt das Kinn auf die Hand und glotzt zum Fernseher, als wäre sie allein auf der Welt. Es tut ihm körperlich weh, sie zu sehen und nicht in den Arm nehmen zu können, aus ihrem Orbit gefallen zu sein, unaufhaltsam von ihr weggeschleudert zu werden.

María, können wir offen miteinander reden?

Sie blickt ihn an, und die Kälte umschließt ihn. Was willst du eigentlich von mir?

Ach, María. Oh, Marie, in your arms I'm longing to be. Wie kann ich dich zurückgewinnen?, denkt er und kann nichts sagen.

Sie ist zickig und unbeschreiblich schön, María Ana Pacheco, mit ihren schwarzen Augen und der Hakennase, den schmalen Schultern und kräftigen Händen, mit Schwielen an den Fingerkuppen vom Ringen mit der Geige und all den kuriosen vergessenen Streichinstrumenten dieser Welt. Er betrachtet diese Hände, die ihm einst über die Wange strichen, übers Haar, über den Bauch und weiter nach unten. Mit diesen kleinen, starken Händen hat sie immer Marmeladengläser für ihn aufgeschraubt, wer soll in seinem Leben denn jetzt die Gläser öffnen?

Ich möchte mich bei dir entschuldigen. Bei euch allen. Ich will eine Lösung finden.

Sie schaut ihn an, hört zu.

Ich weiß, dass es meine Schuld ist, dass ich keinen richtigen Draht zu den Kinder gekriegt habe. Nicht, weil ich sie nicht mag oder sie nicht besser kennenlernen wollte, ich kann einfach nicht mit Kindern umgehen. Ich muss das erst lernen.

Er hört ein Geräusch hinter sich, und plötzlich steht Margrét da, ihrer Mutter schon ziemlich ähnlich auf ihre zwölfjährige, schlaksige Art, mit neuen Zähnen und spitzen Ellbogen. Sie mustert ihn, als hätte sie ein Pausenbrot vom letzten Frühjahr in ihrem Schulranzen entdeckt, ohne eine Spur von Bedauern.

Was meinst du, Margrét, versucht er es verzweifelt noch einmal, glaubst du, wir könnten lernen, Freunde zu sein?

Ich weiß nicht, antwortet sie schleppend und bohrt die Zehenspitzen in den Teppich. Mama, darf ich an den Computer?

Es gibt Seminare für Stiefeltern, sagt er, nachdem Margrét sich wieder verzogen hat, wo man den Umgang mit Stiefkindern lernt. Und Psychologen. Ich wäre auch bereit, das zu probieren.

María schweigt.

Ich liebe dich und möchte mit dir zusammen sein, und mit deinen Kindern, fügt er hinzu und versucht, Augenkontakt zu ihr aufzunehmen. Ich weiß, dass ich mich nicht genug bemüht habe, aber ich habe viel darüber nachgedacht und kann es wiedergutmachen. Wenn du mir eine zweite Chance gibst.

Sie fällt ihm ins Wort. Das, was bei dem Abendessen passiert ist, war kein Weltuntergang, aber es war einfach typisch für unsere Beziehung. Eine von tausend Gelegenheiten, bei denen du die Kinder vergessen hast, Dinge ohne sie organisiert hast, sie außen vor gelassen hast. Du behandelst sie nicht schlecht, aber du siehst sie nicht. Ich bin mir nicht sicher, ob du der Richtige für uns bist. Ich weiß nicht, ob ich möchte, dass meine Kinder dich mögen. Ich habe Angst, dass du sie enttäuschst, dass du uns was vormachst.

Ich würde dir niemals was vormachen, María.

Es geht nicht um dich, sondern um mich. Ich will keine von diesen Frauen sein, die einen Mann ihren Kindern vorzieht. Sie waren dir immer lästig, du warst immer eifersüchtig auf sie. Du hast versprochen, wie ein Vater für sie zu sein, aber dann hattest du nie Zeit für sie. Wenn ich zu dir zurückkomme, bin ich keine gute Mutter. Ich fürchte, du bist kein guter Mensch.

Hjalti lässt den Kopf hängen. Diese schrecklichen Worte spiegeln seine eigene Angst. Er hat Angst, dass sein Herz zu klein ist für mehr Menschen, dass nur diese eine Frau hineinpasst. Dass sie eingezwängt in der Enge liegen wird und sich nicht bewegen kann, ohne anzustoßen, ohne ihm lästig zu werden, ihn nervös und ungeduldig zu machen. In einem so kleinen Herz ist wohl kein Platz für Kinder, zumindest nicht für die Kinder anderer Leute. Nicht für Margrét und Elías. In Marías Herz haben sie genug Platz, da ist es nicht eng, da gibt es so viele Zimmer, dass man die Orientierung verlieren kann. Und nun ist er aus Marías Herz hinausgeirrt und findet keinen Weg mehr zurück.

Darf ich kurz mit Elías sprechen, bevor ich gehe?

Er liegt schon im Bett.

Bitte.

Sie seufzt und quält sich vom Sofa, tippelt mit nackten Füßen in den Flur, späht ins Gästezimmer und bedeutet ihm, ihr zu folgen. Das Kind hat sich unter der warmen Bettdecke zusammengerollt, ein kleiner, weicher Körper in einem Flanell-Schlafanzug, der schwarze Haarschopf liegt auf dem Kissen, die Augen glänzen im Dämmerlicht. Er friert immer.

Hallo, mein Junge, sagt Hjalti. Ich wollte dir nur gute Nacht sagen.

Gute Nacht, haucht Elías mit dünner Stimme und wirkt nicht besonders erstaunt, ihn zu sehen.

Wie gefällt's dir hier, Kumpel? Hast du alle deine Spielsachen dabei?

Ja. Ganz gut.

Sie schweigen.

Ich gehe jetzt, aber wir sehen uns bestimmt wieder.

Okay.

Als Hjalti gehen will, hebt Elías den Kopf vom Kissen und sagt:

Sei nicht traurig, dass du allein bist. Manchmal ist es am besten, allein zu sein.

Tschüss, mein Junge, sagt Hjalti und zieht die Tür hinter sich zu, wahrscheinlich zum letzten Mal. Ihre Beziehung war ein Experiment, das leider gescheitert ist.

MARÍA

Das hat sie von ihrer Mutter, diese Schwäche für hoffnungslose Typen. Alles von der Mutterseite, Gutes wie Schlechtes, Niedertracht und Anmut. Zwei Kinder von zwei verschiedenen Männern, beide solche Mistkerle, dass sie noch nicht einmal den Versuch unternommen hat, Kontakt zu ihnen zu halten, was ist eigentlich los mit ihr? Sie kann von Glück sagen, dass sie nicht schon wieder schwanger geworden ist, von diesem egoistischen, kindischen Kerl, diesem großen Jungen, der ihr völlig den Kopf verdreht hat, sie umworben hat, sie bekocht hat, sie ins Theater und in französische Filme eingeladen hat, diesem Mann, der immer wieder erstaunt wirkte, wenn ihm einfiel, dass sie, ach ja, auch noch zwei Kinder hatte.

Sie steht am Wohnzimmerfenster und schaut ihm nach, sein Atem bildet kleine Wölkchen in der kalten Abendluft, wie eine Lokomotive, die in rasendem Tempo von ihr wegfährt.

Da spürt sie neben sich eine Bewegung, eine kleine Hand schiebt sich in ihre, der Griff ist warm und fest. Sie bückt sich und nimmt Elías in den Arm. Hast du noch nicht geschlafen, mi cariño?

Bist du traurig, Mama?

Sie überlegt, atmet den Duft seines zarten Köpfchens ein. Ja, ein bisschen. Aber es ist nicht schlimm, manchmal ein bisschen traurig zu sein.

Ich bin auch traurig.

Warum bist du traurig?

Er zögert. Ich hab keine Freunde, sagt er dann. Ich weiß nicht, wie ich welche finden soll. Und Hjalti konnte auch nicht mein Freund sein.

Du wirst noch viele gute Freunde finden, mein Schatz. Mach dir wegen Hjalti keine Sorgen.

Ist es, weil ich dunkle Haut habe?

Ihr stockt der Atem, als hätte sie jemand in den Bauch geboxt. Sie hat ihren Sohn noch nie so reden hören.

Das darfst du nicht denken, mein Schatz. Sie nimmt sein Gesicht in ihre Hände und schaut ihm in die Augen. Du bist der schönste, beste und tollste Junge auf der ganzen Welt, und du wirst noch viele Freunde finden. Du musst nur die richtigen Leute treffen. Hjalti war nicht der richtige Mann für mich, und daran sind nur ich und er schuld, nicht du.

Bist du sicher?

Hjalti ist furchtbar traurig, dass er nicht dein Papa sein konnte, aber du musst nicht traurig sein. Es ist besser so, er war nicht gut genug für uns.

Elías denkt darüber nach, er hatte sich so sehr einen Vater gewünscht, aber Hjalti schien sich nicht besonders für diese Rolle zu interessieren, war ungeduldig und genervt wegen der Unordnung auf dem Fußboden, den Frühstücksschalen auf dem Küchentisch, den Fingerabdrücken auf dem Badezimmerspiegel. Elías hat versucht, ihm alles recht zu machen, ihm nicht im Weg zu sein, blieb die meiste Zeit in seinem Zimmer und beschäftigte sich allein, wusste nicht richtig, worüber er mit Hjalti reden sollte, und jetzt sind sie gegangen, wohnen bei Inga, während Mama ein neues Haus sucht, und er hat das Gefühl, dass das alles irgendwie seine Schuld ist.

María trägt ihn ins Bett und streicht ihm über die Wange, ihrem wundervollen, schönen Jungen, singt ihm etwas vor, bis seine Lider schwer werden und er endlich einschläft.

Als sie zurückkommt, hat Inga das Wohnzimmer in Beschlag genommen, mit ihrer dampfenden Teetasse und einer merkwürdig riechenden Duftkerze. Sie sitzt in Arbeitshemd und Latzhose auf dem Sofa, den Laptop auf den Knien, und scrollt mit konzentriertem Blick über die Nachrichtenseiten. Dann schaut sie zu María, die sich neben sie aufs Sofa fallen lässt.

Alles okay mit dir? Du fängst doch nicht wieder was mit Mister Handsome an, oder?

Nein, ich will ihn nicht mehr. Ich vermisse ihn, wie er zu mir war, wenn wir allein waren. Aber das reicht einfach nicht.

Nein, sagt Inga, charming zu sein, reicht nicht. Sie schaut wieder auf den Bildschirm. Das wird mir langsam unheimlich. Es ist jetzt einen Monat her, und sie reden schon von Warenknappheit.

Du bist uns bald los, sagt María. Wir können nicht ewig bei dir wohnen, vor allem nicht jetzt.

Ach was, mach dir darüber keine Gedanken. Ihr könnt so lange bleiben, wie ihr wollt. Vielleicht ist es sogar besser, mit mehreren zusammenzuwohnen, wenn das so weitergeht.

Ich bin dir echt dankbar, dass du uns aufgenommen hast, aber das ist kein Dauerzustand. Wir brauchen ein eigenes Zuhause. Meine alte Wohnung steht leer, ich könnte nach dem Wochenende einziehen. Die Miete wurde noch nicht mal groß erhöht.

Wie du willst, entgegnet Inga, aber ich meine es ernst, von mir aus könnt ihr ruhig bleiben.

María weiß, dass das in vielerlei Hinsicht vernünftig wäre, aber sie muss allein sein, Inga ist zu laut und zu oft zu Hause, als dass sie auf Dauer zusammenwohnen könnten. Dabei hat sie sich bisher kaum Gedanken über den Kontaktabbruch gemacht, der wurde von der Trennung überschattet, ihrem eigenen persönlichen Kontaktabbruch. Das ganze technische Gerede über Terabyte und Seekabel ist ihr egal, obwohl sie sich eigentlich vor Sorge um ihr Heimatland und ihre Familie zermartern sollte, aber sie kann das nicht alles gleichzeitig bewältigen.

Hast du was dagegen, wenn ich übe?, fragt sie. Morgen ist Probe, und ich kriege nichts auf die Reihe.

Kein Problem, sagt Inga, und María holt die Geige, stimmt sie, holt tief Luft, und plötzlich ist der Raum voller Licht. Die zweite Violine in Steve Reichs *Duett für zwei Violinen und Streicher* klingt ein bisschen monoton, so ganz allein, doch sie zwitschert wie Vogelgesang, wie ein Bach im Wald, wie wenn die Sonne im Frühjahr durchs lichte Laub scheint und das Herz sich mit Hoffnung füllt, der Lenz singt ein Gedicht aufs graue Frühlingslaub.

SVANGI

Mein Leben wird nicht mehr von der Uhr bestimmt, ich bin frei von ihrem fortwährenden Ticken. Es beginnt zu dämmern, der Abend ist schon fortgeschritten. Und hier liege ich in meiner Koje und bringe diese alten Bilder aus einer anderen Welt zu Papier, habe mir eine Wolldecke um die Schultern gelegt und puste mir in die Hände, um sie zu wärmen.

Sie hätten nicht viel von diesem neuen Bewohner gehalten, die Bauern, die früher hier lebten, meine Vorväter. Sie lagen nicht auf der faulen Haut und kritzelten in Büchern herum, solange es noch hell war. Da wurde gestrickt und genäht und gesponnen, mit blutenden Fingerkuppen, solange man noch etwas sehen konnte. Manchmal schließe ich die Augen und stelle mir vor, der Dachboden wäre wieder ihre Wohn- und Schlafstube, hier säßen der Bauer und seine Frau, die Knechte und Mägde, die Kinder und Almosenempfänger, jeder auf seiner Bettstatt. Ich versuche, mich in sie hineinzuversetzen, überlege, was sie wohl aßen, ob sie sich überhaupt miteinander unterhielten oder sich nur ein paar Schimpfwörter zuriefen, wenn sie nicht gerade Gebete aufsagten. Abends bitte ich sie um Hilfe, diese wettergegerbten Seelen, die auf dem felsigen Boden überlebten, mehr aus Willenskraft denn aus Stärke, in dem unwirtlichsten Land, das die Europäer je besiedelten und in dem sie durch kalte, windgepeitschte Jahrhunderte hindurch ihre Kultur bewahrten.

Immerhin hatten sie einander. Sie hockten nicht da und wiegten sich vor und zurück, verzweifelt darum ringend, nicht den Verstand zu verlieren, indem sie mit dem Hund sprachen, mit den Schafen sprachen, mit den Dorschköpfen sprachen, die zum Trocknen im Dachgiebel hingen. Und sie wussten, was sie taten, brachten sich gegenseitig die Handgriffe bei, mussten nicht immer wieder alte Arbeitsweisen neu erlernen, wenn ein Mutterschaf lammte oder Fisch getrocknet oder ein Fang zu Salzfisch verarbeitet werden musste. Manchmal würde ich alles geben für ein bisschen Zeit mit einem zerfurchten Bauern und Fischer, ich würde ihm ein paar einfache Fragen stellen, damit ich nicht alles mühsam aus eigener Erfahrung lernen muss.

Doch nichts hätte mich auf die Kälte und Nässe vorbereiten können, die Strapazen, den Gestank des Viehs, meine Lebensretter. Diese mageren, verdreckten Schafe haben keine Angst mehr vor mir, schauen mich aber immer noch schief an, mit ihren seltsamen Schafaugen. Ihre Wärme steigt zu mir nach oben, hält mich in den kältesten Monaten am Leben. Ihr Blöken und Wiederkäuen ist zu einem monotonen Hintergrundrauschen geworden, ich höre sie schon nicht mehr, genauso wenig wie ich ihren starken Geruch wahrnehme. Am Anfang brannten meine Augen, mir kamen die Tränen von dem beißenden Gestank, aber wir sind eins geworden, der Schafgeruch und ich.

Das Fenster muss abgedichtet werden, ich befestige das Schaffell an den Nägeln, damit kein Licht nach draußen dringt, wenn ich meine kleine Lampe einschalte, nur für ein Viertelstündchen, und mich insgeheim für die Solarzelle bedanke, die mein Leben von dem der alten Bauern in Svangi unterscheidet.

Kurzfassung der Geschichte vom Weltuntergang

I

Wir machen weiter. Als wäre überhaupt nichts passiert. Wir wachen morgens auf, kochen Tee, weil es keinen Kaffee mehr gibt, putzen uns die Zähne und schicken die Kinder in die Schule, gehen zur Arbeit und finden neue Lösungen für alte Probleme. Die Räder der Arbeitswelt müssen sich weiterdrehen, das verstehen die Leute, aber jetzt drehen sie sich in einem geschlossenen System, nicht mehr als die kleinen Zahnräder im komplizierten Uhrwerk der globalen Wirtschaft. In diese Maschine wird nichts mehr eingespeist, sie stellt nichts mehr her. Alle unsere Jobs sind für den Hausgebrauch, wir produzieren für den isländischen Markt, versorgen unsere Mitbürger. Wir denken in neue Richtungen, stellen Einzelstücke aus heimischen Rohstoffen her, recyceln alte Maschinenteile, lösen die Probleme, das wird schon wieder. Wir sind eine reiche Nation, reich an Ressourcen, Energie, Kreativität, Innovation, wir finden Wege, um diese kleine, starke Maschine am Laufen zu halten.

Und dann, nach und nach, geraten kleine Dinge aus den Fugen, Zähne brechen aus dem Zahnrad, ein Häkchen geht kaputt und lässt sich nicht mehr ersetzen, der Prozess wird unterbrochen, und die Produktionskette gerät ins Schlingern. Lehrer unterrichten und Ärzte behandeln, während in leer geräumten Geschäften die Mitarbeiter entlassen werden, die Bildschirme in der Börse glotzen dunkel ins Leere, Werbeagenturen und Cafés liegen brach. Wir sehen, wie die

Preise für Grundnahrungsmittel von Tag zu Tag steigen, und auch wenn keiner schubkarrenweise Bargeld in die Läden bringen muss, können wir die Zahl auf dem Kreditkartengerät kaum fassen, für einen Liter Milch, einen Laib Brot, einen Sack Kartoffeln. Wir tippen mit zitternden Fingern die PIN-Nummer ein und führen dann ein Gespräch mit dem Personalleiter, der schulterzuckend unseren Lohn erhöht, Geld spielt keine Rolle, die Krone befindet sich im Schwebezustand.

Ingenieure und Forscher sind die Helden des Tages, eines jeden Tages, sie entwickeln Theorien über eine moderne Gesellschaft, die ohne fossile Brennstoffe, ohne Plastik, ohne Gummi auskommt. Wir hören begeistert zu und warten auf die Umsetzung, auf elektrisch angetriebene Motoren für die Fischerei, recycelte Plastikverpackungen, Klopapier aus Tang, Waschmittel aus Rinderurin, aber die Entwicklung kommt nur langsam voran, die Produktion ist teuer und aufwändig. Wir befinden uns in einem Wettlauf mit der Zeit, die Räder drehen sich immer langsamer, das Wirtschaftswachstum stagniert, wird zu einem kleinen Punkt am Horizont, der Fokus verengt sich.

Wir machen weiter, als wäre überhaupt nichts passiert, aber die Maßstäbe verändern sich, die Bedürfnisse sind nicht mehr dieselben. Wenn wir keine Arbeit haben oder unser Lohn nur eine abstrakte Zahl auf dem Bankkonto ist, die schon morgen bedeutungslos sein kann, dann finden wir neue Lösungen, neue Methoden, um uns über Wasser zu halten. Die Behörden verteilen Lebensmittel, die Kinder bekommen in der

Schule Quark und Hafergrütze, genau wie die Alten in den Pflegeheimen und Seniorenzentren, und wer Glück hat, kriegt seinen Lohn in Fisch und Kartoffeln ausbezahlt. Wir anderen fahren mit Flachbildschirmen, Computern und Kjarval-Gemälden aufs Land, kommen mit Käse und Butter und Rindfleisch zurück, und auf den Bauernhöfen in der Provinz stapeln sich die Statussymbole.
Schon bald ist sich jeder selbst am nächsten, sich und seiner Familie, wir stecken dem Altenpfleger, dem Polizisten, der Hebamme, die das neue Kind auf die Welt holen soll, einen Karton Eier oder einen Kanister Benzin zu. Wir nehmen an Demonstrationen vor dem Parlamentsgebäude teil, vor dem Regierungssitz, vor der Universität Islands, gegen Verschwendung, für mehr Essen, wir stehen Schlange vor den Ausgabezentren und lassen uns in Listen eintragen. Ingibjörg Einarsdóttir, Úthlíð 8, Betriebswirtin, arbeitslos, verheiratet, drei Kinder, und wir nehmen die Lebensmittelkiste entgegen, die viel zu leicht ist, stellen sie in den Einkaufswagen und schieben ihn nach Hause und hoffen, hoffen so sehr, dass es reicht, dass die Kinder am Abend nicht hungrig ins Bett gehen müssen.
Wir machen weiter, weil wir keine Wahl haben, wir beißen die Zähne zusammen, manche werden Fischer, andere ziehen aufs Land und werden Bauern, lassen Kinder und Alte in der Obhut Fremder zurück. Wir hoffen das Beste und arbeiten wie die Tiere, bloß nicht zu viel überlegen, bloß nicht daran denken, dass die Gesellschaft auseinanderbrechen kann, wie ein Strick, der reißt, ein Stoff, der sich in tausend Fäden auflöst.

Prioritätenwechsel

Staatshaushalt soll neuer Situation angepasst werden

REYKJAVÍK, 13. März – Die Beiträge für Hochschulen, Gesundheit und Kultur werden um mehr als die Hälfte gekürzt, sollte die Gesetzesvorlage des Finanzministers vom Parlament verabschiedet werden. Die Opposition kritisiert die Gesetzesvorlage und bezeichnet es als beispiellos, dass der erst seit drei Monaten geltende Haushalt außer Kraft gesetzt werden soll.

Finanzminister Arinbjörn Ólafsson erklärte bei der ersten Diskussion der Gesetzesvorlage im Althing am Abend, die Grundlagen für den Haushalt seien seit dem Kontaktabbruch im Januar hinfällig. Mit der Gesetzesvorlage reagiere man auf die neuen Anforderungen an den Staatshaushalt.

»Es ist unsinnig, kostenintensive Einrichtungen mit denselben Beträgen auszustatten wie vorher, wenn diese ohne Kontakt zur Außenwelt ihre ursprünglichen Aufgaben nicht mehr erfüllen können«, sagte der Finanzminister. »Die Krankenhäuser können für den Kauf von Medikamenten, Geräten und anderem medizinischem Material nicht mehr dieselbe Summe beanspruchen.«

Schließung veralteter Universitätsinstitute

Er fügte hinzu, die Universitäten müssten ihre Zielsetzungen überdenken und veraltete Institute schließen: »Wir wenden Millionen von Steuergeldern auf,

um Französisch, Spanisch und Literaturgeschichte zu unterrichten. Diese Gelder sollte man lieber nutzen, um neue, nachhaltige Lösungen zur Nahrungsmittelsicherung der Bevölkerung zu entwickeln und uns auf die Zukunft vorzubereiten.«
Mehrere hundert Menschen versammelten sich vor dem Parlament, um gegen die Gesetzesvorlage zu demonstrieren. Sie forderten, dass die Beiträge an die genannten Institutionen unangetastet bleiben. Als Befürworter der Restriktionsmaßnahmen die Regierung verteidigten, kam es zu einem Handgemenge. Polizei und Rettungswacht hielten die Menschen in Schach und nahmen zahlreiche Randalierer fest. Über Verletzungen von Teilnehmern ist nichts bekannt.

HJALTI

Das ist im Grunde kein kompliziertes Projekt, sagt der Ökonom und lehnt sich auf dem Sofa zurück. Wir müssen nur ein bisschen mehr – wir selbst sein.

Er hat seinen Stil verändert, ein buschiger Vollbart bildet jetzt den Gegenpol zu seiner spärlichen Kopfbehaarung, und das graue Jackett wurde gegen einen gemusterten Wollpullover ausgetauscht. Die Powerpoint-Präsentation, die er im größten Besprechungsraum des Ministeriums an die Wand projiziert, trägt den Titel *Neues Island – Autarkie und Wohlstand*. Die Folien sind mit Säulendiagrammen und Statistiken zugepflastert, und die anderen Teilnehmer rutschen unruhig auf ihren Stühlen herum.

Wir müssen nur das tun, was wir Isländer schon immer getan haben, von Generation zu Generation, seit der Landnahme. Heute verfügen wir über mehr Wissen, bessere Technik, unermessliche Energieressourcen und Humankapital, wir könnten völlig autark leben. Darin besteht das Projekt.

Er spricht immer ein D vor dem J, mit englischem Akzent, Prodjekt. Hjalti hat das starke Bedürfnis, ihn zu korrigieren, hören Sie mal, das heißt Projekt, Sie sollten nichts übernehmen, was Sie nicht richtig aussprechen können, doch er hält sich zurück, ist hier nur zu Gast. Er weiß nicht genau, was er bei diesem Meeting im Ministerium zu suchen hat, mit der Kopie einer Vertraulichkeitserklärung in der Tasche, denn das ist alles streng geheim.

Elín steht am Fenster und lässt den Blick über die Stadt schweifen, diesen Koloss, der dem Wohlstand und der Autarkie der isländischen Nation im Wege steht, jedenfalls nach

Meinung des Führungsteams, diese Stadt, die verkleinert werden muss.

Sie dreht sich zu Hjalti. Du verstehst, worauf wir hinauswollen, sagt sie. Das wird eine völlig andere Gesellschaft. Das Führungsteam wurde ins Leben gerufen, um radikale Ideen zu entwickeln und alles auf den Kopf zu stellen. Dieser Bericht ist eine Art Revolution, basierend auf Optimismus und Innovation. Wir haben keine Zeit für Hoffnungslosigkeit und Resignation. Bleibt nur noch die Frage, wie wir das alles umsetzen können.

Máni stützt seine Hände auf die Knie. Das hat es natürlich alles schon mal gegeben, wirft er grinsend ein, aber auf diese Beispiele möchten wir uns lieber nicht beziehen. Wir haben schon darüber gewitzelt, dass wir uns ein bisschen wie Stalins Ökonomen fühlen, dass das letztendlich nichts anderes ist als zentrale Planwirtschaft.

Aber das werden wir nicht sagen, fällt Elín ihm ins Wort. Sie wendet sich an Hjalti. Wir müssen eine bessere Bezeichnung finden. Nachhaltige Volkswirtschaft, aktive Wohlfahrt, irgendwas in der Richtung.

Hjalti nickt. Er soll sie bei der Zusammenarbeit mit den Medien beraten, wenn er das richtig verstanden hat. Warenkorb Island, es lässt sich bestimmt ein markttaugliches Label für diese innovative Zukunftsvision finden. Oder Vergangenheitsvision vielmehr, fügt er hinzu. Ist dieser Plan denn realistisch? Wie wollen Sie Tausende gut ausgebildete Städter dazu bringen, in die Provinz zu ziehen und Landwirte oder Seemänner zu werden? Darauf läuft der Plan ja wohl hinaus, wenn mich nicht alles täuscht.

Die Umstände haben sich geändert, antwortet Elín. Entweder wir passen uns an die veränderten Bedingungen an, oder wir legen die Hände in den Schoß und geben auf. Wir sind noch nicht autark, wir müssen die Lebensmittelproduktion verdoppeln. Das funktioniert nicht, indem man Computerspiele programmiert, Nagelstudios betreibt und Buchrezensionen schreibt. Wir müssen das Land bewirtschaften! Vieh züchten und Fisch fangen. Ihre Augen blitzen, als sie auf die Powerpoint-Präsentation an der Wand zeigt. Wir werden keine Landwirte, wir werden Bauern und Fischer, so wie früher. So haben wir hier oben im Nordmeer seit jeher überlebt.

Máni strahlt, seine Mitarbeiter sind hocherfreut. Sie haben nächtelang durchgearbeitet und Lebensmittelproduktion, Energiekosten und Bevölkerungsentwicklung berechnet, damit die Ministerin grünes Licht gibt und die Umsetzung des Plans in Gang setzt.

Das Schicksal einer ganzen Nation steuern? Können eine Handvoll Menschen einfach so einen neuen Gesellschaftspakt entwerfen und beschließen, was wie produziert werden soll? Die Leute auf die ländlichen Gemeinden verteilen, Banker und Grafiker zur See und Kosmetikerinnen und Komponisten zur Heuernte schicken? Dürfen wir das?, gibt Hjalti zu bedenken, und Elín antwortet ruhig und abgeklärt: Wir tun, was getan werden muss. Die Bevölkerung steht hinter uns. Wir handeln im Auftrag der Menschen.

Der Organisationswissenschaftler aus dem Führungsteam, ein untersetzter Mann mittleren Alters, ergreift das Wort, ihm falle dazu die Geschichte einer osteuropäischen Stadt ein. Das war eine alte Industriestadt, die hinter dem Eisernen Vorhang florierte, aber nach dem Ende des Kalten Kriegs in Verfall geriet. Einer dieser schrecklichen Orte, in denen die Plattenbauten die Altstadt überragen, wo die meisten Kirchen und Schlösser weggesprengt wurden. Nun, der Arbeitsmarkt brach zusammen, und viele Einwohner zogen weg. Am Ende entschied der Bürgermeister, dass man die Stadt verkleinern müsse, um sie zu retten. Im Grunde noch mal von vorne anfangen müsse. Sie machten sich mit Feuereifer an die Sache, kauften den Bewohnern die hässlichen Plattenbauten ab und ließen sie abreißen, pflanzten stattdessen Bäume und Büsche, legten Plätze und Spazierwege an und verwandelten die Überreste der Stadt in ein grünes Paradies.

Das ist unsere Aufgabe, pflichtet Elín ihm bei, die Stadt zu verkleinern, ihre Energie zu bündeln und in die Provinz zu lenken. Eine existenzfähige, autarke Gesellschaft zu entwickeln. Wir müssen nur darauf achten, dass wir die richtigen Begriffe verwenden.

Sie nickt Máni zu, der einen neuen USB-Stick in den Laptop schiebt, eine Datei anklickt und sie vor ihnen an die Wand projiziert.

BERICHT

über die bisherigen Erfahrungen mit Planwirtschaft (im Folgenden als *nachhaltige Volkswirtschaft* bezeichnet) und Social Engineering (im Folgenden als *Veränderungsmanagement* bezeichnet) im historischen Überblick, erarbeitet vom Führungsteam der isländischen Regierung zur Steigerung der Autarkie des isländischen Staatshaushalts.

Streng vertraulich.

Führungsteam der isländischen Regierung zur Steigerung der Autarkie des isländischen Staatshaushalts

Die Bemühungen des Führungsteams, den Ursachen für den Kontaktabbruch auf den Grund zu gehen, blieben erfolglos. Noch lässt sich nicht ausschließen, dass er auf einen technischen Defekt zurückzuführen ist, dass andere Nationen weiterhin existieren, aber aus unbekannten Gründen keinen Kontakt zu uns herstellen können. Je mehr Zeit vergeht, desto unwahrscheinlicher ist diese Möglichkeit.

Messungen der radioaktiven Belastung sowie stoffliche Analysen des Meerwassers weisen nicht auf eine gesteigerte Radioaktivität hin, dennoch lassen sich ein atomares Ereignis, eine Umweltkatastrophe oder ein Terroranschlag nicht ausschließen. Erkundungsfahrten der Küstenwache und des Meeresforschungszentrums zu benachbarten Ländern blieben ergebnislos. Es gibt keine Lebenszeichen von den Personen, die das Risiko eingegangen sind und Island über den See- oder Luftweg verlassen haben.

Wir haben inzwischen alle in Island befindlichen Schiffe und Flugzeuge beschlagnahmt, um die Sicherheit zu gewährleisten und Kraftstoff zu sparen, unterbricht Elín die Präsentation. Das Führungsteam hat sich auf die Lage im Inland fokussiert, anstatt über die Ursachen für den Kontaktabbruch zu spekulieren.

Der Ökonom fährt fort.

In der momentanen Situation sind politische Entscheidungen ausschlaggebend für die Sicherheit und Existenz der Bevölkerung. Um bestmögliche Ergebnisse zu erzielen, müssen sämtliche Entschei-

> dungen auf Grundlage der neusten Technik und der zuverlässigsten Statistiken getroffen werden. *Veränderungsmanagement* ist ein wissenschaftliches Prinzip, das auf allen zur Verfügung stehenden Daten beruht und die Ressourcen und das Humankapital des Landes steuert, mit dem Ziel, größtmögliche gesellschaftliche Freiheit, Wohlstand und Zufriedenheit zu erzielen.

Hjalti hebt die Hand. Máni macht eine Pause und lächelt ihn fragend an.

Sie sprechen von Veränderungsmanagement, aber eigentlich meinen Sie doch soziale Manipulation, oder? Das, was Hitler und Stalin gemacht haben.

Nein, nein, Moment mal. Dazu komme ich noch. Der Begriff Social Engineering ist durch den Missbrauch von Diktatoren und durch andere unvernünftige Experimente in Verruf geraten. Deshalb halten wir es für angebracht, einen flexibleren und moderneren Begriff zu verwenden: Veränderungsmanagement. Die Regierung hat unterschiedliche Möglichkeiten des Veränderungsmanagements, beispielsweise durch Gesetzgebung, Wirtschaftslenkung, Steuerpolitik oder staatliche Sanktionen.

Máni unterbricht die Präsentation und gibt ein Beispiel: Als die Anführer der Roten Khmer in den siebziger Jahren gesellschaftliche Veränderungen durchsetzen wollten, wandten sie sich an den auf dem Sterbebett liegenden Mao Zedong. Er riet ihnen, aus den Fehlern des Großen Sprungs nach vorn zu lernen, der eine Hungersnot nach sich zog, die Millionen Chinesen das Leben kostete. Sie sollten Veränderungen nicht zu schnell erzwingen. Doch sie hörten nicht auf ihn, gingen zurück nach Kambodscha und ließen die Städte evakuieren. Die Menschen sollten aufs Land ziehen, die Felder bestellen, Bewässerungsgräben ausheben und damit zu Autarkie und Wohlstand der Gesellschaft beitragen. Die Folgen sind allseits bekannt, Millionen Männer, Frauen und Kinder wurden gefoltert und ermordet, verhungerten oder starben bei der Zwangsarbeit an Seuchen. Dieser misslungene Versuch von Veränderungsmanagement wurde als kambodschanischer Holocaust bezeichnet.

Ich weiß nicht, ob wir diesen Vergleich ziehen sollten, sagt Elín kühl. Schließlich haben wir in der momentanen Situation nicht viele Möglichkeiten. Das ganze Gerede über Planwirtschaft und Marktwirtschaft, Kommunismus und Kapitalismus ist in der jetzigen Lage obsolet. Wir haben die Wahl zwischen zwei Alternativen – die Gesellschaft sich selbst zu überlassen, was Hungersnöte und Barbarei zur Folge hätte, oder sie zu verändern, sie an die neue Situation anzupassen. Wir müssen daran glauben, dass das möglich ist, und dabei ist es ja wohl wenig hilfreich, sich auf die Roten Khmer zu beziehen, oder?

Nein, pflichtet Máni ihr bei, das tun wir ja auch nicht. Aber wir alle hier in diesem Raum müssen wissen, was auf dem Spiel steht. Wir müssen eine Lehre aus der Geschichte ziehen, damit wir die historischen Fehler nicht wiederholen.

Er übergibt das Wort an die Historikerin des Führungsteams, eine schmächtige Frau mittleren Alters. Sie spricht frei, klingt aber, als würde sie vom Blatt ablesen.

Im Jahr 1177 vor Christus ging die Zivilisation unter. Die großen Königreiche der Bronzezeit brachen zusammen, von Mesopotamien bis Griechenland.

Pulsierende Weltstädte, in denen Handel und Kultur blühten, brannten nieder oder wurden vom Sand begraben. Ihre Bewohner, die sich in Seide und Purpur zu kleiden pflegten und anspruchsvollen Arbeiten wie Buchführung, Schmuckherstellung und Schreiben nachgingen, flohen aufs Land, bedeckten sich mit Loden und Tierfellen und wurden Bauern und Fischer.

Die alte, komplexe Schriftsprache der Ägypter, Sumerer und Kreter geriet in Vergessenheit und überlebte nur in Mausoleen und abgebrannten Archiven, wo Tontafeln durch Zufall im Feuer gehärtet und die Schrift bewahrt wurde. Die stolzen Hochkulturen der Antike lösten sich auf und es entstanden bäuerliche Völker von Analphabeten, die Streitwagen der Heerkönige und Pharaonen wurden von Straßenräubern und Wegelagerern vertrieben, die über die wehrlose Bevölkerung herfielen. Dunkle Zeitalter waren angebrochen, und es wurde erst wieder hell, als die Griechen die verlorene Fackel der Zivilisation im achten Jahrhundert vor Christus zurückgewannen, das Licht neu entzündeten und ihre Stadtstaaten damit erleuchteten.

Ein Funke von diesem Feuer entzündete das Licht, das später zum mächtigen Römischen Reich wurde, in dem die Grundlage für die globalisierte Zivilisation gelegt wurde, der wir angehören. Unsere kleine Nation hoch oben im Nordmeer ist womöglich das Einzige, was von dieser westlichen Kultur noch übrig ist. Wir können das natürlich nicht beweisen, aber in diesem Gutachten gehen wir davon aus. Solange wir keinen Kontakt zu anderen Völkern herstellen können, nutzen sie uns nicht viel.

Die Historikerin macht eine Pause und wirft Elín einen fragenden Blick zu, woraufhin diese mit ernster Miene nickt. Die Frau räuspert sich und spricht weiter.

Die Gründe für den Zusammenbruch der Zivilisation vor über dreitausend Jahren vor unserer Zeit sind nicht bekannt. Vermutlich sind sie vielfältig und kompliziert, wahrscheinlich kam vieles zusammen, was den Sturz dieser mächtigen Könige auslöste. Überfälle marodierender Seevölker, Aufstände der unterdrückten Bevölkerung gegen die korrupte Obrigkeit, Klimaveränderungen, Missernten und Hungersnöte, Seuchen oder Naturkatastrophen. Möglicherweise gibt es auch eine einfachere Erklärung: Die Gesellschaftsordnung war starr und unflexibel, unfähig, auf neue Umstände zu reagieren. Wie schon Toynbee konstatierte, waren diese Kulturen schlicht und ergreifend mit Problemen konfrontiert, die sie nicht lösen konnten. Der Zusammenbruch löste einen Domino-Effekt aus, ein Imperium zerbrach, und wirtschaftlich von ihm abhängige Reiche konnten ohne den Import von Waren wie Mehl, Zinn oder dergleichen nicht weiterexistieren. Dies war beispielsweise das Schicksal der Kreter, die einfach untergingen, als keine Schiffe mehr zu ihnen kamen und die Insel isoliert wurde.

Vielleicht fand vor dreitausend Jahren in irgendeinem kretischen Alabasterschloss auch so ein Treffen statt, denkt Hjalti, Berater in weißen Gewändern, die in angemessenem Abstand zum König stehen, dem es nicht gelingt, seine Angst und Verzweiflung hinter der goldenen Maske zu verbergen, wo zum Teufel sind die Schiffe? Was sollen wir mit dem ganzen Olivenöl machen? Wo bleibt das Korn?

Viele Wissenschaftler gehen davon aus, dass so etwas unvermeidbar ist, dass Kulturen nur aufsteigen, um wieder zu zerfallen, so wie der Mensch geboren wird, um zu sterben. Die Geschichte der Menschheit kennt viele solcher Beispiele: die Maya in Mittelamerika, die Indus-Kultur, die Han-Dynastie in China, wobei die Kulturkreise sich meistens mit anderen vermischen oder eine Zeitlang brachliegen und später in einer neuen Form wiederauferstehen, so wie die westliche Welt nach dem finsteren Mittelalter.

Der Kulturkreis, dem wir angehören, ist ein Produkt der Aufklärung und Renaissance, reicht über das Mittelalter zurück bis zum alten Römischen Reich und weiter zu den griechischen Stadtstaaten, Stätten der Philosophie, der Tragödien, der Demokratie, Pythagoras. Unsere Kultur verfiel und erstarkte wieder, sie lag darnieder und erwachte verändert und erneuert, und wir schufen ihr stets neue Vehikel, Kunstwerke, Schulen, Bücher, Kirchen, Parlamente, Schiffe und Waffen, Raumfähren und Kraftwerke.

Es kann durchaus sein, dass eines dieser Vehikel die Kultur am Ende überwältigt und zerstört hat – aber diese Frage wird hier nicht beantwortet. Das Einzige, was wir wissen müssen, ist, dass die isländische Nation noch da ist und wir in der Lage sind, uns mit diesen Fragen zu beschäftigen.

Máni dankt der Historikerin, dreht sich zum Beamer und projiziert eine neue Folie an die Wand.

MERKMALE EINES GESELLSCHAFTLICHEN SYSTEMKOLLAPSES

- zentrales Verwaltungssystem, z. B. Staatsgewalt, löst sich auf
- traditionelle Oberschichten verschwinden, z. B. Adel, Priester, Beamte
- die Wirtschaft bricht zusammen
- Menschen ziehen aus den Städten in ländliche Gebiete, Bevölkerungszahl verringert sich

Führungsteam der isländischen Regierung zur Steigerung der Autarkie des isländischen Staatshaushalts

Bis es zu solch einer Situation kommt, kann es lange dauern, oft sogar ein ganzes Jahrhundert, erklärt Máni. Doch wir werden damit konfrontiert sein, wenn wir nichts unternehmen. Wir haben drei Möglichkeiten. Er projiziert die nächste Folie an die Wand.

1. Umkehr und Vereinfachung. Gesellschaften reagieren auf schwere Erschütterungen, indem sie komplizierte Staatsgebilde aufgeben und zu einer schlichteren und dezentralisierten Gesellschaftsordnung mit

einfacherer Technik und geringerer Spezialisierung zurückkehren.

Dies ist ein Merkmal der sogenannten dunklen Zeitalter, sagt er mit einem breiten Grinsen, die Zivilisation liegt brach und existiert nur noch als Echo in Heldengedichten und Volkssagen über die verloren gegangenen goldenen Zeitalter.

2. Fusion und Übernahme. Die meisten Gesellschaften gehen fließend in größere, dynamischere und mächtigere Kulturkreise über und werden ein Teil von ihnen.

Das war – bis vor kurzem – das Schicksal der meisten Kulturkreise der Moderne. Sie wurden von der globalisierten westlichen Kultur vereinnahmt, sagt er. Und die letzte Möglichkeit ist ganz einfach:

3. Ausrottung. Alle Mitglieder der Gesellschaft sterben.

Bitte sehr, sagt er süffisant. Das sind unsere Alternativen. Wobei die zweite Möglichkeit unrealistisch ist, da wir keinen Kontakt zu anderen Gesellschaften haben, mit denen wir fusionieren könnten. Es gibt also zwei Möglichkeiten: Umkehr und Vereinfachung, oder Ausrottung.

Das finstere Mittelalter oder der Tod.

Der Mann hat diese schockierende Auflistung im Plural gehalten, als würden sich tagtäglich Kulturkreise an vielen Orten gleichzeitig auflösen.

Aber wir sitzen hier, sagt Hjalti, und das weist doch darauf hin, dass bisher nichts von alldem stattgefunden hat. Der Staat, das seid ihr, die Elite beratschlagt darüber, wie es weitergehen soll.

Die Wirtschaft hat nur zwei Monate gebraucht, um zusammenzubrechen, gibt Máni zu bedenken. Die Krone war sehr schnell völlig wertlos, und die Bevölkerung verlässt sich lieber auf Warentausch als auf eine Finanzwirtschaft. Allen ist klar, dass es nicht genug Tauschwaren gibt. Die Gesellschaft befindet sich bereits in Auflösung, die Menschen rotten sich zu primitiven Gruppierungen zusammen, die sich auf Verwandtschaftsbeziehungen, Freundschaften, Nachbarschaftshilfe oder andere Interessen gründen. Wir müssen eingreifen, wenn wir einen neuen Bürgerkrieg wie zur Sturlungenzeit verhindern wollen.

Die Sturlungenzeit, ich bitte Sie! Sollten wir nicht lieber sachlich bleiben?

Was meinen Sie damit?

Dass wir gebildete, aufgeklärte und kultivierte Bürger sind. Wir wohnen in stabilen, geheizten Häusern, wir haben Gesetze und Gerichtshöfe, wir fahren Ski, lassen unsere Kinder konfirmieren und backen freitags Dinkelpizza.

Und wie soll Dinkelpizza Ihrer Meinung nach den Zusammenbruch der Gesellschaft verhindern?

Aber das wirkt einfach alles so … absurd.

~

Warum hast du mich zu dieser Freakshow eingeladen? Ausgerechnet mich?, fragt Hjalti, als Elín mit geheimnisvoller Miene ihre Bürotür zuzieht. Ich stehe euch mit euren Weltuntergangsfantasien doch nur im Weg.

Findest du das nicht spannend?, fragt sie lächelnd, öffnet einen kleinen Schrank, holt ein Päckchen heraus und schwenkt es verheißungsvoll. Willst du einen Kaffee?

Hjalti ist sprachlos.

Als sie die Bohnen mahlt, den Kaffee in eine Drückerkanne löffelt und kochendes Wasser darübergießt, strömt verführerischer Duft durch das Büro. Sie hat einen wunden Punkt getroffen, das ist der Geruch von Hjaltis verschwundenem Alltag, montagmorgens mit einer Tasse Kaffee und den ausländischen Nachrichtenseiten.

Nimmst du Milch?, fragt sie und schenkt ihnen Kaffee ein. Er schüttelt den Kopf und führt die Tasse an die Lippen, der Schluck ist heiß und weich und dreht einen Schalter in seinem Kopf um, der monatelang ausgeschaltet war.

Elín macht es sich auf dem Sofa gemütlich, streift die Schuhe ab und zieht die Beine hoch, nippt an ihrem Kaffee.

Ich kann nicht oft genug betonen, dass wir bei den Neuerungen äußerst geschickt vorgehen müssen, sagt sie. Wir müssen die Leute auf unsere Seite bringen.

Das ist leichter gesagt als getan. Die Geschichte lässt sich nicht einfach zurückspulen wie eine alte Videokassette. Du bringst die Gutsituierten in Garðabær niemals dazu, in die Pampa zu ziehen und Schafe zu hüten.

Nein, du Dummkopf, davon spricht doch niemand. Wir müssen die Grundversorgung aufrechterhalten. Die Krankenhäuser müssen funktionieren – jedenfalls soweit das ohne Medikamente möglich ist –, wir brauchen Polizisten und Mitarbeiter in den Geschäften. Leute mit technischer Ausbildung, Wissenschaftler und Ingenieure. Sobald das neue System greift, werden die Leute der Währung wieder vertrauen, und wir sind diesen schrecklichen Warenhandel los. Das ist doch irrwitzig, sagt sie kopfschüttelnd, da humpeln gebrechliche Senioren mit Mikrowellen und alten Wanduhren durch die Stadt, um sie auf dem Schwarzmarkt gegen Lebensmittel einzutauschen. Nein, andere müssen aufs Land ziehen oder zur See fahren. Die jungen Leute, Studenten, Betriebswirte, Künstler, Grafikdesigner. Und niemand wird dazu gezwungen. Wir lösen keine Familien auf, üben keinen Druck aus. Ich glaube, dass viele dazu bereit wären, in einem Gewächshaus zu arbeiten oder zur See zu fahren, weil sie wissen, dass es da immer genug zu essen und ein Dach über dem Kopf gibt. Wir richten einfach eine Arbeitsvermittlung ein.

Sie lächelt ihr strahlendstes Lächeln, ihre blauen Augen funkeln. Es ist schwer, sich von ihrem unerschütterlichen Optimismus nicht anstecken zu lassen, sie redet so, als wäre es ein Kinderspiel, eine ganze Nation umzukrempeln und in eine neue Richtung zu lenken. Man muss nur mit den Leuten reden, ihnen alles erklären, sie überzeugen, dafür ist Politik da, endlich hat sie einen Sinn. Und dazu sind die Medien da, deshalb bist du hier, du kannst die Botschaft übermitteln, du kannst der Bevölkerung die Wahrheit nahebringen, sie ihr erläutern.

Da bin ich mir nicht so sicher, sagt Hjalti skeptisch. Er arbeitet zwar bei einer Zeitung, sitzt an einem Schreibtisch und schreibt Meldungen, genau wie die anderen, aber ihm ist bewusst, dass sein Kontakt zu Elín bereits Einfluss auf seine Arbeit hat. Seine Kollegen reden nicht offen darüber, aber er weiß, was er ist, als was er sich selbst noch vor ein paar Monaten bezeichnet hätte.

Ein Maulwurf, sagt Elín lachend. Ich bitte dich nur darum, deinen Job zu machen. Du kannst über die Sache berichten, wie du willst, selbstverständlich auch kritisch, du kannst Fragen stellen, die Opposition dazu animieren, unsere Ideen zu zerpflücken. Das ist dein Job. Wenn ich einen Propagandamacher brauchen würde, hätte ich mir jemand anderen gesucht. Aber unsere Pläne müssen den Stresstest bestehen. Eine demokratische Diskussion. Die einzige Forderung, die ich an dich stelle, ist, dass du über den Stand der Dinge informiert bist, die Vorgeschichte kennst, weißt, worüber du redest. Ansonsten sollst du einfach nur deinen Job machen, wie sonst auch.

Elín, ich weiß nicht, ob das geht. Ich bin schon zu sehr in diese Pläne verstrickt. Ich kann nicht gleichzeitig Schach spielen und die Spielzüge kommentieren.

Natürlich kannst du das, erwidert sie eiskalt. Das ist eine neue Welt mit veränderten Anforderungen. Wir klagen ständig darüber, dass wir so wenige sind, dass alle miteinander verwandt sind. Wir müssen uns die gesellschaftliche Enge zunutze machen, den Klüngel, die Verbindungen, unsere Schwächen in Stärken verwandeln. Und du, alter Kumpel, bist mein Schlüssel zur Bevölkerung.

Hjalti versucht, ihren Blick zu deuten. Was genau meint sie mit dem Wort Schlüssel?

~

Hoffentlich wird seine Mutter friedlich sterben, wie es in Nachrufen immer heißt. Ihre Kräfte schwinden, und Hjalti sitzt am Bettrand und sieht, wie ihr Leben flackert, einer kleinen Flamme gleich.

Er hat sie seit anderthalb Monaten nicht mehr besucht, und das schlechte Gewissen versetzt ihm andauernd Hiebe – als die wachhabende Pflegerin ihn nicht erkennt und er sich ausweisen muss, als er feststellt, dass seine Mutter in ein muffiges Zimmer mit acht Betten im Keller verlegt wurde, als er sieht, wie stark sie geschrumpft ist und abgenommen hat, seit er das letzte Mal bei ihr war.

Die Pflegerin teilt ihm ohne jegliches geheuchelte Mitleid mit, dass sie im Sterben liegt, und er gelobt sich, sie von jetzt an jeden Tag zu besuchen, dabei weiß er, dass er das Versprechen nicht einhalten wird.

Sie hätte es schrecklich gefunden, allein zu sterben, damals, als sie noch wusste, wie die Welt funktioniert, als sie den Unterschied zwischen Leben und Tod noch spürte und ihre Kinder von Fremden unterscheiden konnte, als ihr noch klar war, dass eine alte Frau sterben kann und ihre Liebsten in diesem Moment dabei sind oder auch nicht. Als sie noch wusste, was Wörter wie alte Frau und die Liebsten bedeuten.

Hjalti sitzt am Bett seiner Mutter, lauscht ihren schwachen, pfeifenden Atemzügen und versucht sich zu erinnern, wann er das letzte Mal wirklich zu ihr durchdrang, wann er einen Funken Verständnis in ihren Augen sah, bevor sie ihre Konturen verlor und in den Abgrund sank, der ihre Seele verschluckte. Das ist lange her.

In dem Altenheim scheint es keinen Arzt zu geben, nur einen Priester, der schwärmerisch über Leben und Erinnerungen nach dem Tod spricht, als handele es sich um wissenschaftlich belegte Tatsachen. Der Kontaktabbruch war für die Kirche ein Lebenselixier. Die Kirchenbänke sind wieder dicht besetzt mit verängstigten Seelen, die Priester kommen mit dem Trösten, Unterweisen und Predigen nicht mehr nach, aber dieser hier ist sich seiner Sache ungewöhnlich sicher, dass Gott ihre Seele aus dem müden Körper emporheben und ihr Glaube, Liebe und Hoffnung schenken wird.

Hjalti ist davon weniger überzeugt, die Dunkelheit in den Augen seiner Mutter war in den letzten drei Jahren so dicht, dass er es für fraglich hält, ob irgendein Licht zu ihr durchdringen kann, ob ihre Seele überhaupt noch lebt. Wobei er sich wundert, warum er sich gerade jetzt Gedanken darüber macht, denn er hat noch nie an das Leben nach dem Tod geglaubt, aber wenn jemand es verdient hätte, dann seine Mutter, die immer noch atmet und doch schon so lange tot ist.

Sie war eine schöne Frau, hatte viele Bekannte und lachte gerne, und Hjaltis Erinnerungen an sie sind überwiegend positiv, wenn auch ein bisschen oberflächlich. Er fand immer, dass er im Schatten seines Bruders stand, und obwohl seine Mutter ihm gegenüber sanft und nachgiebig war, beschäftigte sie sich meistens mit Leifur. Ihn hat sie gemaßregelt, mit ihm hat sie sich unterhalten, er war ihr Seelenverwandter und Ratgeber, bei dem sie Trost suchte, als der Vater plötzlich verstarb. Hjalti kam sich immer wie ein Nebenprodukt der Familie vor, eine Art geduldetes Haustier, nie hat er mit jemand darüber gesprochen, aber jetzt überkommt ihn dieses Gefühl wieder, als er seine Mutter anschaut, ihren Schädel unter der grauen, gespannten Haut, ihre eingesunkenen Augen, den Belag auf ihren gelben Zähnen.

Von ihm hat sie sich zuerst entfernt, als die Krankheit begann, ihr Gehirn von innen aufzufressen. Dann von den engen Freunden, aber Leifur erkannte sie noch, als sie die anderen längst nicht mehr erkannte, klammerte sich an ihn, und als auch er verblasste, blieben ihr nur noch pures Entsetzen und Finsternis. Hjalti weiß, dass die Krankheit so verlaufen kann, dass sie nicht zu begreifen ist und die Angehörigen ungerecht behandelt, trotzdem zieht er aus der Reihenfolge des Vergessens seine Schlüsse.

Und hier liegt sie, zwar noch als lebendig zu bezeichnen, aber er wünscht ihr trotzdem den Tod, einen friedlichen, schönen Tod.

Er streckt die Hand aus und legt sie ihr auf die Stirn, streicht ihr zärtlich über die Wange.

Mama.

MARÍA

Die Innenstadt hat ihr Gesicht verändert. Der Frühling naht, doch es ist kühl und stürmisch, und der feuchte Wind spuckt große, nasse Regentropfen auf den Laugavegur. María lässt das Fahrrad rollen und den Blick schweifen, entdeckt an jedem Haus eine Veränderung. Die Souvenirläden konnten sich größtenteils halten, die Nachfrage nach Fäustlingen und Strickpullovern ist groß, aber in den Boutiquen und Restaurants befinden sich jetzt schäbige Tauschmärkte, vollgestopft mit getrockneten Dorschköpfen und Mehlsäcken, Gasflaschen, Wolldecken und gebrauchten Elektrogeräten. Es wimmelt von Menschen, Fußgängern und Radfahrern, mit Taschen und Rucksäcken bepackt. Wenigstens ist was los in der Innenstadt, denkt sie, auch wenn diese Geschäftigkeit allein auf Chaos, Arbeitslosigkeit und Lebensmittelknappheit zurückzuführen ist.

Der Regen prasselt auf die schwarze Mülltüte, die sie sorgfältig um die Tasche auf ihrem Rücken gewickelt und dann mit einer Schnur festgezurrt hat. Die Geige darf nicht nass werden, der bauchige Korpus könnte aufquellen und die Seele verrutschen – der kleine Fichtenholzstab, der den Klang der Geige reguliert. Das Instrument schlägt leise an, wenn sie die Bürgersteige hinauf- und hinunterradelt und über die unebene Straße fährt, aber der Klang ist weich und satt, die Geige summt ihr Reiselied und beschwert sich nicht über die rasante Fahrweise.

Als María beim Konzerthaus angekommen ist, setzt sie die Mütze ab und löst den Schal, trägt das Fahrrad in den obersten Stock, quält sich die Treppen hinauf. Sie ist spät dran, und ihre Hände sind eingefroren. Sie pustet in ihre

Handflächen, bewegt die Finger und wärmt ihre Hände unter den Achselhöhlen. Sie hätte früher losfahren sollen, es gibt kaum etwas Schlimmeres, als mit kalten Fingern zu spielen.

Die anderen Streicher im Orchester sollten eigentlich schon auf ihren Plätzen sitzen und die Instrumente stimmen, aber sie stehen beisammen und unterhalten sich leise.

... notwendige Änderung der Prioritäten, und es gäbe einfach kein Geld, um das Orchester in diesem Umfang weiterzuführen. Er sagt, die Leute wollen jetzt andere Musik, zeitlose Musik, patriotische Lieder. Das ist doch unerhört!

Sie gesellt sich zu der Gruppe, und die anderen schauen sie besorgt an, hallo María, es ist die Rede davon, uns abzuwickeln, sagt ein Cellist, Steingrímur.

Das ist doch nichts Neues, oder?, entgegnet sie, und er schüttelt den Kopf. Im Parlament wird jetzt ernsthaft darüber debattiert, denn die Regierung will sämtliche Ausgaben auf den Prüfstand stellen und die Gelder neu verteilen. Sie sagen, der Staat kann es sich nicht leisten, teure Posten wie Symphonieorchester und Theater beizubehalten. Man bräuchte nur eine kleine Blaskapelle, die bei festlichen Anlässen patriotische Lieder spielt.

María muss sich ein Grinsen verkneifen, ihre naiven Kollegen, überrascht sie das wirklich? Schließlich wird schon die ganze Zeit darüber geredet, ob genug Geld da ist, um Schulen und Krankenhäuser zu betreiben, es geht immer nur um Nahrungsmittel und Energie, Energie und Nahrungsmittel, Landwirtschaft, Fischerei und Kraftwerke. María verfolgt zwar kaum noch die Nachrichten, aber sie weiß, dass die Leute immer zuerst darauf bedacht sind, einen vollen Magen zu haben und ihre Autos aufzutanken, danach kann man über die schönen Künste und die Literatur reden. Ein Volk, das früher sogar seine alten Pergamenthandschriften aufgegessen hat!

Wir spielen weiter, keine Sorge, sagt einer der Bratschisten. Wir gründen neue Orchester und spielen einfach irgendwo in der Stadt, verdienen damit unser Geld. Die Leute werden weiter für unsere Musik bezahlen.

Das Orchester ist wichtiger denn je, seit keiner mehr ins Ausland kommt und wir nichts von draußen hören, sagt Steingrímur, setzt sich und platziert das Cello zwischen den Knien. Und heute Abend spielen wir, wir Streicher, und zeigen ihnen, was wir draufhaben. Wir spielen, bis das Dach abhebt.

~

Diese unschuldige Haltung berührt sie, alles tritt hinter der Musik zurück. Sie echot immer noch in Marías Kopf, als sie am Abend zum Konzerthaus radelt und davor eine Traube von Menschen sieht, bestimmt ein paar Dutzend Leute. Vorhin haben sie sich noch gegenseitig versichert, dass das Konzert gut besucht sein würde, dass die Leute ihr Orchester unterstützen würden, aber María wundert sich trotzdem über die Warteschlange vor der Kasse.

Sie hat das lange blaue Kleid unter dem Mantel hochgerafft, trägt Wollsocken und Gummistiefel, die hochhackigen Schuhe baumeln in einer Plastiktüte am Lenker. Eine halbe Stunde vor Konzertbeginn muss sie fertig geschminkt und frisiert sein. Sie radelt auf die Menschen vor dem Gebäude zu und merkt zu spät, dass es sich gar nicht um eine Warteschlange handelt. Zwei Gruppen haben sich auf dem Vorplatz versammelt, die Leute rufen Parolen, tragen Schilder und Banner und schreien María an, als sie versucht, an ihnen vorbeizukommen: Weg mit der Harpa! Brot statt Spiele! Andere deklarieren ihre Unterstützung für das Symphonieorchester, die Gruppen brüllen sich gegenseitig nieder, Leute rempeln sich an, zwei Männer mittleren Alters laufen auf María zu und stoßen sie mitsamt dem Rad auf die Straße, faules Pack, ihr klaut unseren Kindern das Essen, scheiß Symphoniegejaule! María versucht, die Geige vor dem Fall zu schützen, und stützt sich mit der Hand ab, bevor sie auf der Straße landet. Ein stechender Schmerz schießt ihr ins Handgelenk und den Arm hinauf, eine Frau in einem voluminösen Pelzmantel und ein hochgewachsener junger Mann helfen ihr auf die Beine. Ist alles in Ordnung mit Ihnen? Das sind Barbaren! Wilde!, sagt die Frau aufgebracht, und dann kommen Sicherheitskräfte und bringen María ins Haus.

Sie stützt sich auf die Kassentheke und hält sich das Handgelenk, ist kurz davor, in Tränen auszubrechen, will aber nicht, dass die Leute draußen sie heulen sehen. Der Dirigent kommt angelaufen, hast du dich verletzt? Sie zeigt ihm ihr Handgelenk, das schon angeschwollen ist, es ist das rechte, die Bogenhand. Kannst du spielen?, fragt er, dumme Frage, natürlich kann sie nicht spielen, aber sie beißt die Zähne zusammen, wenn du was Entzündungshemmendes für mich hast, dann spiele ich dir das Duett von Steve Reich.

Zwei Voltaren und ein Gin Tonic später – nur ein ganz kleiner – hat sie ihr Selbstvertrauen wiedererlangt, der Schmerz im Handgelenk ist unerträglich, aber sie mag nicht daran denken. Sie hat noch nie ein Konzert gespielt, nachdem sie Alkohol getrunken hat, außer damals, als sie in der Pizzeria in New York arbeitete, da hat sie die singenden Kellner begleitet, ganz spontan. Daran denkt sie jetzt, wenn ich nach einer ganzen Flasche Rotwein *Schwarze Augen* spielen konnte, dann kann ich auch nach einem Drink das Duett spielen.

Írena, ihre Duett-Partnerin, mustert sie beunruhigt, bist du dir sicher, dass du das schaffst? Ich weiß ja nicht, ob das so gut ist, mit dem Alkohol und den Tabletten.

Typisch Írena, denkt María, mit ihren Yogastunden und Nahrungsergänzungsmitteln, die würde nie die Zähne zusammenbeißen und kämpfen, die ist anders als ich.

Trink doch einfach ein Glas mit, sagt sie lachend, dann sind wir beide betrunken, und keiner merkt was.

Írena schüttelt den Kopf, die Frau hat keinen Sinn für Humor.

Gleich beginnt das Konzert, und María schaut in den Spiegel, ihre Haare sind zerzaust, ihre Augen glänzen, und ihre Wangen sind vom Alkohol gerötet. Sie hat es nicht mehr geschafft, sich zu schminken, aber das macht nichts, wenn nur die Hand funktioniert, wenn nur der Bogen nicht mitten in der aufsteigenden Melodie versagt, wenn sie nur spielen kann.

Die Zuschauer betreten den abgedunkelten Saal, aufgewühlt und erhitzt von der Auseinandersetzung vor dem Konzerthaus, Irritation in den blassen Gesichtern, es sind nicht viele, sie stolpern hustend und sich räuspernd zu ihren Sitzen, murmeln empört, wie weit ist es nur mit uns gekommen?

Das Streichorchester nimmt seine Plätze auf der Bühne ein, Geigen, Bratschen, Cellos, Kontrabässe. María spürt das vertraute Rumoren im Bauch, sie ist immer wieder aufs Neue fünf Jahre alt und steht das erste Mal auf der Bühne, wenn sie ein Konzert spielt, am Anfang, dann pendelt es sich ein, die Musik übernimmt das Kommando.

Sie erheben sich und begrüßen den Dirigenten, der sich verbeugt, den Taktstock schwingt und anzählt. Das Werk ist wie ein Duell, wie ein Spiel, Írena und María strahlen sich an, glitzernde Lichtpartikel fliegen zwischen ihnen hin und her, sie nehmen die Melodie der anderen auf, spielen mit ihr und schleudern sie zurück, die anderen Streicher sind ein Flussrauschen, ein brausender Wind. Sobald María anfängt zu spielen, denkt sie nicht mehr an die Schmerzen, an das verletzte Handgelenk, an den Alkohol in ihrem Blut, sie wird von diesem himmlischen Licht beseelt.

Und dann wird plötzlich das Dach vom Gebäude gerissen. Sie hören die Explosion nicht, spüren nur ihre Wucht, die sie in den Saal katapultiert. Der Flügel zerschellt, und schwarz lackierte Holzsplitter und glühende Saiten fliegen durch den Saal, scharf wie Bandsägen, in die Gesichter der Konzertbesucher.

Als María wieder zu sich kommt, ist alles schwarz und still, ein dumpfer Schmerz pocht in ihrem Hinterkopf wie ein langsamer Propeller, ihr Gesicht ist mit trockenem Blut bedeckt. Sie spürt ein Gewicht über sich, tastet nach der Geige, findet sie aber nicht, um sie herum ein Geschmier aus Glasstücken, Dunkelheit und Schleim. Verzweifelt versucht sie, sich von der Last zu befreien, schafft es schließlich, sie von sich zu wälzen, es ist Steingrímur, der Cellist. Kein Zweifel, es handelt sich um seine Leiche, der Kopf ist noch da, aber er ist fast abgerissen, hängt nur noch auf einer Seite am Körper. Es ist sein Blut, das María bedeckt, das sie überzieht wie Schokoladenguss, er hat sie mit seinem Körper geschützt, als die riesigen Glasplatten von der Decke auf sie hinabstürzten und alles zerschnitten, was ihnen im Weg war.

Stolpernd kommt sie auf die Beine und blickt in den Konzertsaal. Ein Albtraum aus Zerstörung und Tod, das Dach ist eingestürzt, tonnenweise Glas, Beton und Stahl wurden heruntergeschmettert und haben ein tiefes Loch in den Boden gerissen. Sie sieht keine Lebenszeichen an den Körpern, die in bizarren Verrenkungen wie Treibgut über den Boden verteilt liegen, hört unter einer eingestürzten Betonwand ein leises Stöhnen, kann die Trümmer aber nicht bewegen, warte, will sie sagen, ich hole Hilfe, doch es kommt nichts, nur ein halberstícktes Röcheln, und dann quillt grauer Schleim aus ihrem Mund, sie hustet und würgt und versucht, nach draußen zu gelangen.

Die Vorderseite des Konzerthauses steht noch, obwohl die Glasfassade abgebröckelt ist, María kriecht durch ein Loch in der Wand ins Foyer, draußen blinken Lichter, Krankenwagen und Feuerwehrautos kommen angerast, Leute laufen ihr entgegen, weisen sie an, sich auf eine Trage zu legen, schleppen sie die Treppe hinunter zu einem Krankenwagen, und die ganze Zeit will sie etwas sagen, da drinnen lebt noch jemand, unter der Wand im Konzertsaal, ihr müsst ihm helfen, doch das Einzige, was aus ihrem Mund kommt, ist dieser graue Schleim.

HJALTI

Er kann nichts sagen. Sie wirkt so klein und fragil in diesem großen Krankenbett, geradezu elfenhaft. Liegt da mit geschlossenen Augen, beide geschwollen, die weiße Haut abgeschürft und geprellt, aber sie ist unverletzt, glauben sie. Ihr rechtes Handgelenk ist verstaucht, aber ihr Kopf ist heil, und sie hat keine inneren Blutungen. Eigentlich ein Wunder, meint der blutjunge Arzt, den Hjalti auf dem Flur getroffen hat, sie darf morgen nach Hause. Hat ziemlich viel Staub eingeatmet, aber der kommt wieder raus.

Hjalti zieht einen Stuhl heran und setzt sich neben das Bett, nimmt ihre Hand, die linke, die nicht in einem dicken Verband steckt, ihre Haut hat eine merkwürdige Tönung, die Linien in der Handfläche sind dunkel. Ihre Lider bewegen sich, sie schlägt die Augen auf und schaut ihm direkt ins Gesicht, als hätte sie mit ihm gerechnet, wie früher, als sie noch im selben Bett schliefen und nebeneinander aufwachten, nackt, die Beine unter der Bettdecke verschlungen.

Liebste María, flüstert er mit belegter Stimme, wie geht es dir?

Großartig, wie du siehst, sagt sie. Ich hab noch nie ein solches Feedback bei einem Konzert gekriegt.

Sie bekommt einen Hustenanfall, zieht ihre Hand zurück, wischt gräulichen Schleim an der Bettdecke ab. Echt sexy, stöhnt sie. Du hättest mich mal sehen sollen, bevor sie mir das Blut abgewaschen haben.

Was haben sie dir erzählt? Weißt du, was passiert ist?

Du weißt bestimmt mehr als ich, sagt sie verbittert, ich bin nur eine Geigerin, die richtig Schwein hatte. Sechzig Tote war das Letzte, was ich gehört habe. Darunter fast alle meine engsten Kollegen. Mein Orchester.

Zweiundsechzig, entgegnet er leise. Von denen, die im Saal waren, leben noch drei. Du bist die Einzige, die außer Lebensgefahr ist.

Sie starrt mit leerem Blick an die Decke, dann läuft eine Träne aus ihrem Augenwinkel über den dunkel geschwollenen Wangenknochen. Da sie nichts sagt, redet er weiter, erklärt ihr die Neuigkeiten möglichst nüchtern, von einem Polizisten hat er erfahren, dass aller Wahrscheinlichkeit nach eine primitive Bombe im Flügel deponiert wurde. Eigentlich hätte sie nicht so großen Schaden anrichten können, aber aufgrund eines Konstruktionsfehlers im Tragwerk brachen die Glaskuppel und das Dach ein, das Gebäude fiel mehr in sich zusammen, als dass es explodierte. Einen konkreten Verdacht gibt es vermutlich noch nicht, aber es ist die Rede von einem Terrorakt, einem gezielten Anschlag, und die Bevölkerung wurde um Hinweise gebeten. Mit anderen Worten, fügt er hinzu, sie scheinen keine Ahnung zu haben, wer das gemacht hat, ob es die Wähler oder diese radikalen Kürzungsbefürworter waren, die verlangen, dass der Schulunterricht und der gesamte Kulturbetrieb eingestellt werden.

María weiß, wer das gemacht hat, sie weiß zwar nicht, wie sie heißen, aber sie hat die Wut in den Augen der beiden Männer gesehen, die sie vor dem Konzerthaus auf die Straße geschubst haben, sie spürt noch deutlich den Hass und ihre eigene Panik, als sie im Foyer stand und draußen den Mob sah, sie weiß, wer das gemacht hat. Sie ist in ihr, sie ist in ihnen allen, diese kreischende, panische Angst, sie platzt in grauem Schleim aus ihr heraus, und sie übergibt sich auf die Bettdecke.

Hjalti springt auf und hastet aus dem Raum, ruft nach Hilfe, bis die Krankenschwester herbeieilt. Schon gut, schon gut, das sind nur ein paar kleine Nachwirkungen, sagt sie und wischt María mit einem feuchten Lappen über die Stirn, nimmt ihr die verschmutzte Bettdecke ab, breitet eine Wolldecke über sie, reicht ihr ein Glas Wasser und schaut Hjalti dann forschend an. Sind Sie ihr Mann?

Nein, entgegnen beide gleichzeitig, ich gehe jetzt, fügt Hjalti entschuldigend hinzu und sagt dann zu María, was ist mit den Kindern, kann ich etwas für sie tun?

Sie hebt die Augenbrauen, nein, dank Hjalti. Sie sind bei Inga. Es geht ihnen gut. Trotzdem danke.

Okay, stammelt er, du meldest dich, wenn ich was tun kann, ja?

Ja, mache ich, antwortet sie, schließt die Augen und dreht ihr Gesicht von ihm weg.

So, María muss sich jetzt ausruhen, sagt die Krankenschwester resolut. Sie darf keinen Besuch bekommen, außer von den nächsten Angehörigen.

Nach dieser Abfuhr verlässt Hjalti das Krankenzimmer.

MARÍA

Sie kann erst richtig weinen, als sie ins Krankenhaus kommen, der Rest des Orchesters, die Bläser und das Schlagwerk, und als die Hörner für sie die Ouvertüre zur Zauberflöte spielen, langsam und melancholisch, ohne das wilde Spiel und die Dramatik der Streicher. Sie weint und umarmt sie alle, diese kleine, verzagte Blaskapelle, alles, was vom isländischen Symphonieorchester noch übrig ist. Und diese Kälte, die sich in ihr eingenistet hat, diese schreckliche Eisnadel in ihrem Herz lässt sie sagen, na ja, ihr müsst das positiv sehen, jetzt brauchen sie das Orchester nicht mehr aufzulösen. Die Musiker, ihre Freunde und Kollegen, blicken in lähmendem Schweigen auf den Boden.

Sie leiden alle an derselben Krankheit, an schrecklichen Gewissensbissen, die denjenigen packen, der überlebt hat, der nicht mit seinen Kameraden gestorben ist, der weit weg war, zu Hause im Wohnzimmer Nachrichten geschaut oder zu Abend gegessen oder mit seinen Kindern geschimpft hat, als es passierte, als die Zeit aufriss und auseinanderklaffte, wie das Fleisch an Steingrímurs Hals, als er auf María lag, als die Glasplatte von der Decke fiel und ihm den Kopf abschnitt.

Nachdem sie gegangen sind, sitzt sie da und denkt darüber nach, ob ihr jemals wieder warm werden wird, ob sie es irgendwann einmal wieder genießen wird, Elías und Margrét zu umarmen, ob sie irgendwann wieder so empfinden wird wie vor dem Moment, als die kalte Glasscherbe von der Decke fiel und sich in ihr Herz bohrte.

Die Füchse sind da, sie rennen und toben ums Haus, und von ihrem Bellen schrecke ich aus dem Schlaf hoch. Ich weiß nicht, wo ich bin, doch dann entlässt mich der Albtraum aus seinen Fängen. Ich liege reglos da und starre zum Dachgiebel, warte, bis sich mein Herzschlag und meine Atmung normalisieren.

Die schlimmsten Träume sind die, in denen alles so ist wie früher. In denen alles seinen gewohnten Gang nimmt, man fährt Auto und hält an einer roten Ampel, geht an vollen Supermarktregalen vorbei, sitzt beim Italiener und muss sich zwischen Pizza und Pasta entscheiden. Und plötzlich bricht die Welt zusammen, das Flugzeug hat kein Anflugziel mehr, die Straßen führen auf einen Abgrund zu, auf dem Teller, der vor dir steht, schlägt ein lebendiges Herz. Die Leute sind fort, verschwinden auf mysteriöse Weise an irgendwelchen schrecklichen Orten, und man trägt selbst die Verantwortung dafür.

Aggaggagg, lachen draußen die Füchse.

Ich hebe ein Brett an und greife tastend in die darunterliegende Öffnung, es ist ein gutes Gefühl, auf einem geladenen Gewehr zu schlafen. Dann pelle ich mich aus dem Schlafsack und suche meine Klamotten zusammen, die Fleece-Hose und das Baumwollshirt, den Strickpullover und die gute alte Lammfellweste. Wenigstens regnet es nicht.

Die Füchse sind zutraulicher geworden, so nah am Hof waren sie noch nie. Als ich vors Haus trete, sind sie verschwunden, aber ich traue mich nicht, die Schafe rauszulassen. Einmal hat eine Füchsin eines meiner Lämmer erwischt, hat ihm fast das Maul abgebissen. Wer schon einmal ein gerissenes Lamm gesehen hat, möchte so ein Viech nicht in seiner Nähe haben.

Ich vermute, dass sich der Fuchsbau auf der Kiesfläche weiter draußen am Fjord befindet, dort habe ich letztes Jahr zur selben Zeit eine trächtige Füchsin gesehen. Ich rufe Týra und mache mich mit meinem Gewehr und einer rostigen Falle auf den Weg.

Der Strand ist steinig und das Gehen mühsam, an einigen Stellen ist er nur bei Ebbe passierbar. Mit einem Stock stochere ich im Sand, bevor ich den nächsten Schritt mache, möchte mein Leben nicht im Treibsand beenden. Mir bleiben drei Stunden, bis es dunkel wird.

Ich bin kein Jäger und finde von der Füchsin keine Spur. Ich stolpere über den Kies, drehe Steine um, schimpfend und fluchend, nichts deutet darauf hin, dass es hier einen Fuchsbau gibt. Týra schnüffelt ahnungslos herum, sie ist mir bei der Jagd keine große Hilfe.

Die Zeit wird knapp, ich muss umkehren, bevor die Flut mir den Weg abschneidet. Ich stelle die Falle auf, spanne sie vorsichtig, lege einen Happen fauliges Seehundfleisch hinein und streue etwas Erde über die scharfen Metallzähne. Das sollte reichen.

Mein Gewissen beruhige ich damit, dass das zur Arbeit auf dem Land dazugehört. Im Mittelalter war es Gesetz, dass ein Bauer für je sechs Lämmer, die er den Winter über hielt, einen ausgewachsenen Fuchs töten musste, dennoch ist es mir zuwider, diese Tötungsmaschine auf dem Kies aufzustellen. Ich male mir aus, wie sich der scharfe Stahl in die weiche, rotbraune Pfote bohrt, werde den Gedanken nicht los, dass wir etwas gemeinsam haben, zwei alte Recken in ihrem Versteck am Ende der Welt.

Wir sind auf dem Rückweg, als ich sie wieder höre. Die Füchsin ist über mir am Hang, ihr weißes Winterfell hat jetzt eine graue Sommerfarbe, trotzdem ist sie deutlich in der Felswand über uns zu erkennen, sie läuft zum Fjord, zu der Kiesfläche. Ich lege das Gewehr an, aber sie ist zu schnell, huscht hinter ein paar Steine und Felsbrocken, entwischt mir immer wieder, ist schon außer Reichweite.

Ich stiefele hangaufwärts, laufe dem Fuchs leise hinterher, verfolge seine Spur über brüchige Schneefelder, sehe ihn kurz auftauchen, ein Blitz in der kargen Landschaft. Ich keuche vor Erregung, dies ist zu einem Zweikampf geworden, einem Kampf zwischen Mann und Bestie, ich werde mein Revier beharrlich verteidigen, spüre endlich das Jagdfieber in mir aufwallen.

Ich bemerke mein Missgeschick, kurz bevor ich in die Falle trete, sehe die Zähne, ehe sie sich um meinen Fuß krallen, und kann gerade noch ausweichen, rutsche beim Auftreten aus, kippe nach hinten und spüre einen stechenden Schmerz im Bein. Die Falle ist unbeschädigt, glotzt in den wolkenlosen Himmel, aber ich habe mich an dem scharfen Geröll verletzt. Ich fluche und setze mich auf, mein Ellbogen ist aufgeschrammt, und mein Rücken tut höllisch weh, aber immerhin ist mein Kopf heil. Am schlimmsten hat es die linke Wade getroffen, die zerrissene Fleece-Hose ist feucht vom Blut.

Ich stütze mich auf den Stock und schultere das Gewehr. Jetzt hätte nur noch gefehlt, dass ich mir im Sturz selbst in den Kopf schieße. Ich humpele von der Kiesfläche, das Gesicht vor Schmerz und Scham verzerrt, keine Spur mehr von dem Fuchs.

Der Strand ist kaum noch passierbar, ich muss durchs

Wasser waten, das mir bis zu den Knien reicht, halte mich krampfhaft am Stock fest und spüre, wie das Salz sich in der Wunde bis zum Knochen durchbeißt. Týra muss schwimmen und kämpft sich durch die Wellen. Als sie wieder festen Boden unter den Füßen hat, schüttelt sie sich, legt sich in den Sand und fixiert mich vorwurfsvoll.

Komm, sage ich und hinke nach Hause, so würdevoll wie nur irgend möglich.

Aggaggagg.

Keine Bombe in der Harpa

Untersuchung deckt Konstruktionsfehler an Gebäude auf

REYKJAVÍK, 20. April – Konstruktionsfehler und Schwachstellen im Tragwerk sind dafür verantwortlich, dass das Konzerthaus Harpa am 28. März dieses Jahres einstürzte, wie die polizeiliche Untersuchung ergab. Polizeidirektor Vilhjálmur Haraldsson sagte auf der heutigen Pressekonferenz, es gebe keine Anhaltspunkte für einen terroristischen Anschlag.

Bei dem Unfall starben 64 Menschen, fast ausschließlich Musiker des isländischen Symphonieorchesters sowie Konzertbesucher.

»Intensive polizeiliche Ermittlungen ergaben, dass die Stahlträger und die Verglasungen des Gebäudes wegen baulicher Abweichungen von den Berechnungen der Architekten und Ingenieure, die das Gebäude entwarfen, instabil waren«, sagte der Polizeidirektor. »Weder die chemische Analyse noch die technische Untersuchung zum Ablauf des Einsturzes geben Anlass zu der Vermutung, dass es sich bei dem Auslöser um eine Bombe oder einen anderen Explosionskörper handelte.«

Er erklärte, das Gebäude sei eingestürzt, nicht explodiert.

»Korrekterweise muss man dazusagen, dass unter den Architekten und Ingenieuren, die das Gebäude entwarfen, kein Isländer war«, ergänzte der Polizeidirektor. »Die Arbeiter, die die Glasfassade montiert haben, kamen aus China. Was wissen die schon über die Bedingungen und das Wetter in Island?«

Laut Guðrún Blöndal, der Leiterin des Konzerthauses, wirft der Polizeibericht diverse Fragen auf. »Die Aussagen der Zeugen, die sich im Gebäude befanden, sowie der Beobachter, die draußen standen, deuten entschieden darauf hin, dass das Konzerthaus durch eine massive Explosion zum Einsturz kam«, teilte sie heute Nachmittag in einer Pressemeldung mit. »Ein paar schwerverletzte Augenzeugen im Saal konnten, kurz bevor sie starben, noch berichten, ein Konzertflügel von Steinway sei explodiert. In den Polizeiberichten wird das überhaupt nicht erwähnt.«
Des Weiteren kritisierte Guðrún das Tempo der Ermittlungen: »Es ist verdächtig, dass die Polizei schon drei Wochen nach dem Vorfall ein Ergebnis präsentiert, das zeugt nicht gerade von sorgfältiger Arbeit.« Die Polizei wies die Kritik mit der Bemerkung zurück, normalerweise werde sie immer der Langsamkeit bezichtigt.
»Nach einem so tragischen Unfall muss man damit rechnen, dass alle möglichen Verschwörungstheorien kursieren«, sagte der Polizeidirektor, »und dass diejenigen, die für das Gebäude und das Wohl der Mitarbeiter und Besucher verantwortlich waren, jetzt versuchen, sich aus der Affäre zu ziehen und die Ursache für die Explosion anderswo zu suchen.« Die einzige Zeugin, die den Unfall überlebt hat, wollte sich nicht dazu äußern.

HJALTI

Die goldene Flüssigkeit ist wie Sonnenschein am ersten Sommertag. Sie ergießt sich in einem dünnen Strahl in das Glas, der Druck presst die Bläschen nach unten auf den Boden, dann schießen sie an die Oberfläche, und weicher Schaum sprudelt hoch.

Das ist doch wohl kein echter Champagner?, fragt Hjalti, woraufhin Elín mit spöttischem Gesicht nickt und den Kellner bittet, ihnen die Flasche zu zeigen. Oh doch, mein Freund. Gelbe Witwe. Ist noch reichlich von da.

Hjalti trinkt einen Schluck und fühlt sich schuldig und himmlisch zugleich. In diesem Augenblick der isländischen Geschichte den Champagnervorrat des Landes wegzusaufen, ist wie verbotener Sex.

Das ist schließlich unsere Jahresfeier, sagt Elín, und es stimmt, die Regierungsmitglieder haben sich in dem festlich geschmückten Saal versammelt, schick zurechtgemacht, samt Ehepartnern. Die Männer in dunklen Anzügen, die Frauen in langen Kleidern mit Hochsteckfrisuren, an den Ohrläppchen und fleischigen Handgelenken baumelt der Erbschmuck. Der Band ist es gelungen, die meisten von ihnen mit abgedroschenen Popsongs auf die Tanzfläche zu locken, und die Politiker umkreisen einander, einige Männer haben sich ihrer Krawatten entledigt, ein paar Frauen kicken ihre hochhackigen Schuhe weg.

Außerdem müssen wir auf die gelungene Präsentation anstoßen, fügt Elín hinzu, es ist wirklich super gelaufen. Und ich finde, dass du einen großen Anteil daran hast.

Hjalti schüttelt den Kopf, das Lob ist nicht gerechtfertigt und steigt ihm zu Kopf, löst dasselbe süße Schuldgefühl aus wie der Champagner.

Ich habe gar nichts gemacht, entgegnet er. Ihr habt diese Infoveranstaltung durchgeführt, und die Leute lechzen nach Lösungen. Über deren Qualität kann man sich natürlich streiten, aber es weckt schon Vertrauen, wenn man den Eindruck hat, dass die Regierung etwas unternimmt, Pläne präsentiert und diese auch verfolgt.

Aber du hast das alles mit uns zusammen ausgetüftelt, sagt sie, und die Zeitung hat so positiv darüber berichtet, dass die anderen Medien euch blind gefolgt sind. Sie nimmt ihr Handy und wischt mit ihrem sorgfältig manikürten Finger über das Display. Der Direktor der neuen Arbeitsagentur hat in einer Woche achtzehn Interviews gegeben, alle großen Webmagazine bringen Lifestyle-Interviews mit Prominenten, die ihr Glück auf dem Land gefunden haben, und über die Steuervergünstigungen wurde in sämtlichen Nachrichtensendungen und Wirtschaftsteilen ausführlich und positiv berichtet. Wir haben so gut wie keine negativen Reaktionen bekommen.

Außer im Parlament, erwidert Hjalti, und Elín reagiert gereizt. Klar, dass die Opposition wieder alles miesmacht. Die wollen unbedingt Neuwahlen und merken gar nicht, wie wenig Zeit uns bleibt. Wenn wir die Versorgung der Bevölkerung im Sommer nicht in den Griff kriegen, sind wir verloren. Es hängt alles an einem seidenen Faden, die Lebensmittelproduktion, die Einwohnerzahl, der technische Fortschritt, und die Uhr tickt.

Es wäre natürlich am ehrlichsten, den Leuten zu sagen, dass ihr versucht, eine Hungersnot abzuwenden, sagt Hjalti und leert sein Glas.

Das muss man ihnen nicht sagen, das liegt auf der Hand, erwidert Elín. Und solche Schwarzmalerei wäre auch nicht mein Stil. Sie stellt ihr leeres Glas neben Hjaltis Glas auf die Theke, ruft den Kellner, noch zwei, bitte, und dreht sich dann zu ihm, wollen wir wirklich den ganzen Abend über die Arbeit reden?

Wir haben doch keine anderen Gemeinsamkeiten als die Arbeit, denkt Hjalti, oder etwa nicht? Warum lädt sie ihn zur Jahresfeier ein, obwohl er nur ein geheimer Berater ist, ein Schattenmann im Ministerium, und gesellt sich dann zu ihm, rückt ihm dicht auf die Pelle? Sie ist ungewöhnlich nachgiebig und sanft, fällt ihm nicht mit dem üblichen Sarkasmus ins Wort und belehrt ihn.

Die anderen Regierungsmitglieder scheinen bemüht, sie nicht zu stören. Elín hat sie alle mit Handschlag begrüßt und ihnen fest in die Augen geschaut, sie haben sich mit Hummer und Beefsteak und Schokoladenkuchen vollgefressen, Leckereien aus einer anderen Welt, einer anderen Zeit. Sie klammern sich an ihre Champagnergläser, diese magischen Gefäße, Zeitmaschinen mit einem Gift gegen den Albtraum der letzten drei Monate.

Hjalti und Elín stehen an der Bar, trinken und schauen zu, wie die Party ihren Höhepunkt erreicht. Die Musik wird lauter, der Tanz wilder, zwei Männer geraten in Streit und rempeln sich an, ein paar junge Juristen hüpfen albern übers Parkett und probieren sich an einem Kosakentanz, eine langbeinige Sekretärin sitzt auf dem Schoß des Staatssekretärs, er betatscht ihre Brüste, seine Gattin ist schon nach Hause gegangen.

Wir stehen alle unter großem Druck, der muss auch mal raus, sagt Elín, schaut ihm in die Augen und wandert mit der Hand unter sein Jackett.

Später in der Nacht, als sie ihn in ihr Hotelzimmer mitnimmt und ihr Kleid hochschiebt, ihn mit herausforderndem Blick ansieht und er wie ein Schuljunge im Sessel sitzt und sich fragt, ob sie ihre Unterwäsche zu Hause gelassen oder vorhin unauffällig ausgezogen hat, da schießt ihm durch den Kopf, dass das ganze Szenario vorgeschoben ist, dass ihr gesamter Kontakt seit Januar sich nur um das hier gedreht hat, dass Elín das Land isoliert hat, um ihn zu verführen.

Ganz hinten in seinem Kopf hört er, wie María über ihn lacht, Hjalti, du bist ein selbstsüchtiges, egoistisches Kind, und er weiß, dass es kein Entkommen gibt, er kann nicht mehr zurück. Er löst die Krawatte und sinkt vor ihr auf die Knie, legt seine zitternden Hände auf ihre Schenkel, streicht über ihren Bauch, ihre Brüste, sucht in ihren Augen nach Einverständnis, ehe er ihre Pobacken fest umschließt und sein Gesicht an ihre sorgfältig frisierte Scham führt, seine Zunge in die salzige Nässe stößt. Sie hält seinen Kopf mit beiden Händen und stöhnt, und als er wie ein Ertrinkender wieder auftaucht, zieht sie ihn hoch, drückt ihn aufs Bett, reißt ihm die Hose herunter, setzt sich auf ihn und nimmt ihn, als würde er ihr gehören, als hätte er ihr schon immer gehört.

MARÍA

Das Zimmer ist kalt, aber es ist ihr egal, es ist ihr so was von egal, scheißegal, außer der Musik, die sich immer wieder in ihrem Kopf abspult, die Geigen wiederholen immer wieder dasselbe Motiv, die Melodie ist wie eine Brechung des Lichts, vom Plätschern der Bratschen und Cellos unterlegt, wie die Sonne, wenn sie im Frühjahr im Wald durchs Laub scheint und sich im Bachlauf spiegelt, der Lenz singt ein verdammtes Gedicht aufs graue Frühlingslaub.

Sie trinkt einen großen Schluck aus der Ginflasche, der Alkohol brennt in den Schleimhäuten, aber es ist ihr egal, so was von egal, sie drückt den Knopf auf der Fernbedienung und lässt das Duett noch einmal laufen, sechs Minuten Licht, um die Dunkelheit zu erhellen, sechs Schlucke Gin, um den grauen Schleim wegzuspülen. Die CD hat einen Riss, sie stockt immer bei einer Minute und 27 Sekunden, María ist sich sicher, dass es an dieser Stelle passiert ist, an dieser Stelle brach alles zusammen und das Licht ging aus und ihr Freund schmiss sich mit seinem fleischigen Körper aus einer unbegreiflichen Gnade heraus auf sie und bewahrte sie vor der Mühsal, zu sterben.

Es klopft behutsam an der Tür, sie bemerkt es kaum und wickelt das Laken fester um sich. Margrét steht in der Türöffnung, ohne etwas zu sagen, schaut ihre Mutter nur an und verurteilt sie mit all ihrer mageren Kraft.

Was willst du, herrscht María sie an, siehst du nicht, dass ich arbeite?

Was sollen wir essen?, fragt Margrét mit belegter Stimme. María weiß es nicht. Wie spät ist es?, fragt sie.

Schon neun Uhr, und Elías hat Hunger, antwortet Margrét.

Kannst du Nudeln kochen?

Die haben wir gestern aufgebraucht, es ist nichts mehr da.

Kein Grund zu jammern, sagt María, steht schwankend auf, wickelt das Laken noch fester um ihren Körper und stakst möglichst aufrecht in die Küche, öffnet den Kühlschrank und starrt in die Leere. Es ist noch Teegebäck da, sagt sie dann. Und Sardinen. Ihr könnt Kekse und Sardinen essen. Das ist gesund.

Mama, das ist kein richtiges Abendessen, erwidert Margrét, die Unterstützung bekommen hat. Elías steht hinter ihr, in ihrer Deckung, und schaut seine Mutter erschrocken an.

María lässt sich auf einen Stuhl fallen und fixiert ihre Kinder durch den Alkoholschleier, Margréts Umrisse sind verschwommen, Elías hat drei Augen. Was soll ich denn machen?, fragt sie die beiden. Mein Orchester wurde in die Luft gesprengt. Mitsamt dem Konzerthaus. Ich habe kein Geld, kein Essen. Ich bin eine arbeitslose Geigerin im letzten existierenden Land der Welt, und dieses Land hat die Schnauze voll von Musik.

Okay, Mama, wir essen Kekse und Sardinen, lenkt Margrét ein und sagt zu ihrem Bruder, geh und wasch dir vor dem Essen die Hände. Als er weg ist, dreht sie sich zu María, und ihre Augen funkeln, du verdammte Säuferin. María weiß nicht, ob ihre Tochter das wirklich gesagt hat oder ob sie ihre Gedanken lesen konnte, sie springt vom Stuhl hoch und gibt ihr eine schallende Ohrfeige.

Behandle deine Mutter gefälligst mit dem gehörigen Respekt, zischt sie und torkelt ins Schlafzimmer. In die Kälte, und das Licht, und den Rausch.

LEIFUR

Das Blut spritzt aus dem Mund des Kindes auf die schneeweiße Bettdecke, der Vater schaut panisch auf die Blutflecken, stirbt sie jetzt?

Leifur greift nach einer Stoffwindel und wischt dem kleinen Mädchen den Mund ab, nein, nein, sie hat nur aufgestoßen. Sie ist ein gesundes, hübsches Baby, rosige Gesichtsfarbe und ein Organ wie ein Löwe. Aber Sie, meine Liebe, sagt er zu der Mutter, Sie haben Verletzungen an den Brustwarzen. Da ist Blut in der Milch. Dem Kind schadet das nicht, aber Sie müssen behandelt werden, damit sie weiter stillen können.

Eine dralle Krankenschwester kommt, um das Bett neu zu beziehen und die Wunden zu behandeln, die Mutter fügt sich. Wenn es mit dem Stillen nicht funktioniert, ist die Versorgung des Kindes gefährdet.

Leifur geht in den Flur und setzt die Visite fort. Das ist nicht sein Gebiet, Säuglingsuntersuchungen, aber jetzt müssen alle mit anpacken. Es verschafft ihm eine gewisse innere Ruhe, diese kräftigen Neugeborenen zu sehen, die meisten sind kerngesund, einige müssen sich noch im Brutkasten erholen, und nur ganz wenige sind schwach, Frühchen, mit angeborenem Herzfehler. Für die lässt sich zur Zeit nicht viel machen.

Er ist in diese Abteilung gekommen, nachdem er feststellte, dass er seinen Patienten nicht helfen konnte, und darüber verzweifelte. Es gab keine Krankentransporte mehr in hochtechnisierte ausländische Kliniken, alle Medikamente waren aufgebraucht, die letzten Narkosemittel wurden für seine kleinen Patienten verwendet. Willkommen im 19. Jahrhundert, sagte der Anästhesist nach der letzten Operation, jetzt bleiben uns nur noch Wodka und Fixiergurte. Was nicht ganz der Wahrheit entsprach, die Tierärzte besaßen noch ein paar Vorräte, primitive Medikamente, die bei kleinen Kindern zu schwersten Schäden führen konnten.

Ein Arzt ohne Penicillin, ohne Betäubungsmittel, ohne Impfstoffe, was ist der noch wert? Leifur ist froh, hier untergekommen zu sein, wo die meisten gesund sind und Zuversicht herrscht, auch wenn die Eltern besorgte Gesichter machen und sich über die Wiege hinweg flüsternd unterhalten. Er würde es kaum ertragen, in einer Notaufnahme oder Krebsabteilung zu arbeiten, wo das Morphium schon vor Wochen aufgebraucht worden war und die Schmerzensschreie durch die Flure hallten.

Doch er übernimmt noch Schichten in der Kinderabteilung, wo das beste Medikament die Zeit ist und das bewundernswerte Durchhaltevermögen der Kinder. Ihre kleinen Körper kämpfen mit Infektionen, Tumoren und defekten Organen, er weint mit den Eltern eines kleinen Jungen, der an einer einfachen Blinddarmentzündung stirbt, es wäre so leicht gewesen, ihn zu retten, wenn sie nur etwas früher mit ihm gekommen wären, wenn nur genug Antibiotika da wären, um die Entzündung zu stoppen, die sich wie ein Fluch in seinem Unterleib ausgebreitet hatte.

Aber es gibt auch viele, die überleben, obwohl sie vor Schmerzen das Bewusstsein verlieren, wenn ihre gebrochenen Knochen zusammengefügt werden, obwohl das Fieber und die Kälte so heftig an ihren kleinen Körpern zerren, dass Leifur es schier unglaublich findet, dass sie das durchhalten.

Er war nie ein gläubiger Mensch, glaubte nur an die Wissenschaft und bei Beerdigungen und Konfirmationen aus

Höflichkeit auch ein bisschen an Gott, aber jetzt rät er den Leuten, Trost in Gebeten zu suchen. Nicht weil er glaubt, dass ihnen jemand zuhört, sondern weil das anscheinend viele Menschen beruhigt, all die verzweifelten Angehörigen, die mit gefalteten Händen und geschlossenen Augen an den Krankenbetten sitzen und beten, womöglich zum ersten Mal in ihrem Leben aus echter Überzeugung.

Und wer weiß, vielleicht funktioniert es ja, er behauptet von sich nicht, schlauer zu sein als andere.

Willkommen im 19. Jahrhundert, das war auch nicht ganz schlecht, oder? Das Jahrhundert von Schubert und Wagner, Pasteur und Röntgen. Die sind immer noch relevant, wenn nur die verdammten Impfungen nicht wären.

MARGRÉT

Das Fahrrad rast vorwärts, als könnte man die Gänge immer weiter hochschalten und immer schneller fahren. Sie braust am Meer entlang, die Vororte fliegen vorbei, das Laugardalur, das Vogur-Viertel, Grafarvogur, der Wind zerrt an ihren Haaren und treibt ihr Tränen in die Augen, aber es macht Riesenspaß, als wäre man der Titelverteidiger bei der Tour de France, der in dem gelben Trikot. Sie hat fast vergessen, wie schwer es ihr fiel, das Fahrrad mitzunehmen, Embla musste sie zur Eile antreiben, Mensch, sie kommen gleich aus dem Laden, schneid das Schloss auf und beeil dich! Es ist ein pink-weißes Damenfahrrad, ein Rennrad mit echtem Bullhornlenker, fast wie neu. Das hat bestimmt Unsummen gekostet, meint Embla, viel zu schick, um sich damit blicken zu lassen, sie müssen es schnell wieder loswerden.

Batterien, Fleisch, Schokolade, sie denkt an all die Dinge, die sie für das neue Rad bekommen könnte, versucht, ihr Gewissen zu beruhigen, was hast du gemacht, kleine Margrét, du bist doch sonst immer so fleißig und klug und brav? Sie fühlt sich wie ein Miststück, wie eine armselige Diebin, sie hat Mama und Elías hintergangen, was soll sie sagen, wenn sie mit dem Arm voll Essen nach Hause kommt? Wie soll sie das erklären?

Warte auf mich! Du fährst viel zu schnell!

Sie hält an und schaut zurück zu Embla, die auf ihrem alten Drahtesel angescheppert kommt, die roten, zerzausten Haare stehen ihr zu Berge, ihr schlanker Körper ackert wie ein Butterstampfer, Regenjacke und Jeans kleben ihr am Leib, aus ihren Augen sprühen Funken.

Das ist ungerecht, keucht Embla, als sie Margrét endlich

eingeholt hat, und versetzt ihr einen Knuff. Du kannst ruhig mal auf mich warten, du willst doch, dass ich dich nach Hause fahre, oder, Bitch?, sagt sie lachend, und Margrét hält ihr die Wasserflasche hin, tja, du musst dich halt ein bisschen anstrengen und an deiner Fitness arbeiten.

Sie fahren wieder los, da hinten stehen große, weiße Häuser, wie zu einem riesigen Torfhof zusammengebaut, und direkt daneben ist das Einkaufszentrum. Das gelobte Land. Sie radeln das letzte Stück auf der Straße, es ist niemand unterwegs.

Spooky, sagt Embla, und das stimmt.

Auf dem Parkplatz stehen lauter Autos, Wohnwagen und ein paar rostige, ramponierte Karussells, die auf Stadtfeste warten, die niemals stattfinden werden. Der Platz ist menschenleer, die Leute haben ihre Autos einfach stehen lassen und sind weggegangen, nachdem der letzte Tropfen Benzin aufgebraucht war. Die Bürger haben ihre Flotte zurückgelassen – Mazda, Volvo, Range Rover – und gegen Einkaufswagen eingetauscht: Bónus, Textillager, Toys'R'Us.

Die Mädchen steigen von den Rädern und schieben sie an den toten Geschäften vorbei, und Margrét überlegt, dass es vielleicht vernünftig wäre, zu mehreren zu sein. Sie waren beide das letzte Mal vor Weihnachten hier, damals wimmelte es auf dem Parkplatz von vollbeladenen Autos und gestressten Familien beim Weihnachtseinkauf, der Spielwarenladen war brechend voll mit aufgedrehten Kleinkindern. Jetzt hört man nichts, bis auf den brausenden Wind und das Kreischen einer vereinzelten Möwe, Müll fegt über den Bürgersteig, und keine Menschenseele zu sehen.

Wen sollten wir hier noch mal treffen?, flüstert Margrét.

Einen Jungen, er heißt Hrafn, antwortet Embla. Er nimmt

alle möglichen Sachen und bezahlt mit Lebensmitteln. Ich glaube, er wohnt hier, jedenfalls ist er immer da.

Embla genießt das Vorrecht, einen älteren Bruder zu haben, sie kennt sich oft besser aus als Margréts andere Freundinnen, aber manchmal tut sie auch nur so. Aber egal, Informationen sind wertvoller als früher, Informationen, die nicht in Büchern stehen und noch nicht mal im Internet, Informationen über Tauschmärkte und Läden, die Essen und Zeug verkaufen, von dem alle dachten, es wäre längst aufgebraucht, über Leute, die Waren tauschen und Dinge besorgen und nicht zu viele Fragen stellen.

Doch es ist kein Hrafn zu sehen, sie rütteln an den Türen zum Textillager und zum Bónus-Supermarkt, aber sie sind abgeschlossen. Dann kommen sie zur Tür des Möbelhauses, und die ist offen. Sie schieben die Fahrräder hinein und schauen sich in der riesigen Halle um. Margrét war zuletzt hier, als sie zu Hjalti gezogen sind, damals irrten sie zwischen Bücherregalen und Glastischen herum wie jede andere stinknormale Familie und kauften ein großes Sofa, damit alle gemeinsam fernsehen konnten.

Das Geschäft zieht sich über zwei Etagen, die mit Aufzügen und Rolltreppen miteinander verbunden sind, und sieht überhaupt nicht mehr aus wie ein Möbelhaus. Sofas, Regale und vergoldete Hirschgeweihe wurden zu chaotischen Stapeln aufgetürmt und mit Gardinen und Teppichen bedeckt, der Laden sieht aus wie ein Zeltcamp, wo jeder sein Leben mit einem notdürftigen Unterstand schützen will. Im Gebäude ist es totenstill, bis auf das monotone Rauschen der Rolltreppen, die nur aus Selbstzweck zu laufen scheinen.

Hallo! Ist da jemand?, ruft Embla, die draufgängerische, unbekümmerte Embla, dabei klingt ihre Stimme ziemlich verzagt. Eine Sekunde später geht die Lautsprecheranlage an, es rauscht und knackt, und dann dröhnt Rapmusik los, sie wird immer lauter, und kurz darauf erscheint auf der oberen Etage ein Junge, er trägt Basecap und Sonnenbrille und bezieht mit verschränkten Armen Stellung.

Was wollt ihr?

Wir suchen Hrafn, brüllt Embla, um die Rapmusik zu übertönen, wir wollen ein Fahrrad verkaufen.

Ich brauche kein Fahrrad, antwortet der Junge, und wir kaufen nichts.

Embla will noch etwas sagen, aber Margrét stößt sie an, lass uns abhauen. Sie drehen sich um, doch als sie gehen wollen, stehen plötzlich zwei Jungen vor der Eingangstür. Die Mädchen spiegeln sich in der Sonnenbrille des einen, und der andere glotzt sie an, na, Mädels, wollt ihr was verkaufen?

Nee, nee, ist schon okay, entgegnet Margrét und will die Tür aufmachen, aber sie ist abgeschlossen, sie ruckelt daran, kann sie jedoch nicht öffnen.

Zeigt mal, was ihr im Angebot habt, sagt der Junge grinsend und nimmt Embla das Fahrrad ab, sie sträubt sich, lässt dann aber los. Margrét gibt ihm ihr Fahrrad, doch er lässt es auf den Boden fallen, ohne es eines Blickes zu würdigen.

Wir wollten es verkaufen, sagt sie mit leiser Stimme. Das ist ein super Fahrrad.

Er tritt ganz nah an sie heran, seine Augen so seltsam und schwarz, die Haut blass und pickelig, er riecht nach Zigaretten und saurer Milch und Leder, hast du das geklaut?

Nein, stößt sie hastig hervor, oder doch, eigentlich schon. Es stand halt vor einem Laden.

Er steht dicht vor ihr und drückt sie gegen die verschlossene Glastür, schaut ihr in die Augen und grinst breit, sodass seine schmutzigen Zähne aufblitzen. Margrét versucht, seinem strengen Mundgeruch und seiner aufdringlichen Nähe zu entkommen, aber er ist fast einen Kopf größer als sie, und stärker, obwohl er abgemagert aussieht. Er presst sie gegen das Glas, klemmt sie mit seinem harten Brustkorb fest und drückt seine Schenkel an ihre. Sie hat das Gefühl zu ersticken, er darf das nicht tun, sie ist noch ein Kind, so klein und machtlos und geschockt, dass sie nichts sagen kann, nur hofft, dass sie nicht anfängt zu heulen wie ein Baby, hofft, dass sie sich nicht vor Angst in die Hose macht, und dann kommt Embla, die gute Embla, und greift nach seiner Schulter, hey, lass sie in Ruhe, du Wichser, lass uns raus!

Er lässt Margrét nicht aus dem Blick, während er Embla zur Seite schubst und gegen die Glastür schleudert, grinst noch breiter und packt ihren Unterkiefer, zwingt ihr Gesicht ganz nah an seines. Sie windet sich und will schreien, aber es kommt nur ein schwaches Winseln, und dann stößt er seine schleimige Zunge in ihren Mund.

Margrét wird schwarz vor Augen, und im nächsten Moment ist ihr Mund voller Blut, und der Junge liegt auf dem Boden, eine Hand auf seinem blutenden Mund und die andere zwischen den Beinen. Er liegt da und windet sich und stöhnt vor Schmerz, und sie spuckt aus und wischt sich den Mund an der Jacke ab, angeekelt.

Embla trommelt hysterisch gegen die Glastür, komm Margrét, wir müssen raus! Der Typ auf der Empore und ein paar andere Kinder stürmen die Rolltreppe hinunter, gegen die Laufrichtung, einige wirken jünger als Embla, andere älter, der Junge ist bestimmt schon achtzehn. Die Mädchen wollen in den Laden flüchten, aber da sind noch mehr Kinder, sie sind umzingelt.

Der Typ von der Empore geht zu dem am Boden liegenden Jungen und stößt ihn mit dem Fuß an, du bist so ein Idiot. Dann schaut er zu Margrét, hast du ihm die Zunge abgebissen?

Sie schüttelt den Kopf, bringt kein Wort heraus, wischt sich noch einmal den Mund an der Jacke ab.

Sorry, wie der sich aufführt, Sjonni ist ein Schwachkopf. Er dreht immer durch, wenn er was eingeworfen hat. Aber er ist ein guter Türsteher.

Margrét hat endlich ihre Sprache wiedergefunden. Ja, klar, ein guter Türsteher. Wie seid ihr eigentlich drauf?, brüllt sie dem Typen von der Empore ins Gesicht, dem Anführer. Warum hast du ihn nicht zurückgepfiffen?

Er setzt die Sonnenbrille ab und steckt sie in die Hosentasche, seine Augen sind blau und blicken amüsiert. Du bist ja witzig. Glaubt ihr etwa, ihr könnt hier so einfach reinlatschen und ein bisschen shoppen wie feine Damen?

Nein, sagt Embla. Wir wollten nur wissen, ob ihr das Fahrrad kaufen möchtet.

Der Junge zuckt die Achseln, klar können wir das Rad nehmen, aber dafür kriegst du nicht viel. Das Essen brauchen wir selber. Er zieht einen Packen Geldscheine aus der Hosentasche. Ich kann euch Geld geben, wenn ihr wollt. Fünfzigtausend? Hundert?

Die Mädchen schütteln den Kopf.

Wir haben gehört, dass ihr Konserven und tiefgefrorenes Fleisch und so was habt, sagt Embla. Batterien und so.

Der Junge schüttelt den Kopf. Ja, alle glauben, das wäre hier das Paradies, hier wäre alles voll mit Essen und Süßigkeiten und Drogen, hier wären die Kinder frei und satt und müssten nie mehr in die Schule. Jeden Tag kommen neue

Kinder her und denken, das wäre irgendein Luxushotel. Von wegen.

Wir wollen nicht hier einziehen, erwidert Margrét. Wir wollen wieder nach Hause.

Stína, mach die Tür auf, befiehlt er, und der Junge mit der verspiegelten Brille, der anscheinend Stína heißt, holt einen Schlüsselbund heraus und schließt auf.

Der Typ begutachtet das Fahrrad und sagt dann, ich kann euch ein paar Sachen dafür geben. Er hält Margrét seine tätowierte Hand hin, sie schlägt ein und blickt in diese hellen Augen.

Ich bin Hrafn, sagt er.

Sie überlegt fieberhaft. Hier wird sie nicht Margrét heißen, die kleine, fleißige Margrét.

Ich heiße Mara, sagt sie. Das ist meine Freundin Embla.

Mara, wie dieses Monster, das einen im Schlaf überfällt, entgegnet Hrafn. Bist du ein solcher Albtraum?

Manchmal, antwortet sie und schaut zu Sjonni, der sie böse anstarrt und seinen Mund betastet.

Kommt, Mädels, sagt Hrafn, ich zeige euch die Hütte. Unser Schloss. Das Kinderschloss, sagt er und lacht.

Margrét folgt ihm, und Embla läuft ihnen nach, mit argwöhnischer Miene. Sie gehen durch den Laden, die Präsentationsstände sind zu kleinen Behausungen geworden. Matratzen liegen auf dem Boden, umgeben von Regalen und aufgestapelten Möbeln, über denen Bettbezüge und Decken hängen, um den Bewohnern etwas Privatsphäre zu verschaffen. Der Ort erinnert Margrét an Bilder von Flüchtlingscamps, die sie im Fernsehen gesehen hat, als es noch Nachrichten aus dem Ausland gab. Nur dass es hier keine bärtigen Männer gibt und keine ausgemergelten Frauen mit kleinen Kindern auf dem Arm. Hier sind nur Kinder, die jüngsten etwa zehn Jahre alt, die ältesten sechzehn, siebzehn, sie chillen auf Sofagarnituren und spielen, sind in ihre iPads vertieft oder quatschen. Auf einem Stuhl sitzt ein Mädchen mit einem Hundewelpen auf dem Arm, sie ist der schönste Mensch, den Margrét je gesehen hat, mit langen, fast weißen Haaren und großen, mandelförmigen Augen, ungefähr in ihrem Alter, vielleicht knapp dreizehn. Das Mädchen schaut Margrét und Embla teilnahmslos an, sie trägt eine Lederjacke und ein Nietenhalsband, hat große Ringe in den Ohren und sitzt mit einer Gruppe älterer Jungen zusammen. Vor ihr auf dem Boden hockt ein kleiner Junge mit blonden, strubbeligen Haaren und spielt ein Computerspiel.

Hrafn schreitet wie ein König durch sein Reich, das ist Benni, dahinten sind Arndís, Jói, Dickerchen, Villi, sie können sich die Namen kaum merken, bis auf Jóhanna, das Mädchen mit den weißen Haaren.

Sie folgen ihm durch eine Tür in eine dunkle Halle voll mit großen, gewölbten Gebilden und einem merkwürdig chemischen Geruch. Hier verwahren wir die Hüpfburgen, erklärt er, und die Mädchen erkennen den Partyraum wieder, in dem sie ihre Kindergeburtstage gefeiert haben, in dem die Gummioberflächen immer klebrig von Limonade und Zuckerwatte waren und das fröhliche Kreischen der Kinder durch die rhythmische Technomusik hallte. Jetzt herrscht hier Stille, bis auf das Schnaufen der Maschinen, die Luft in die Hüpfburgen pumpen. Der Boden ist mit Flaschen und Bierdosen übersät, dazwischen ein paar benutzte Kondome.

Die anderen Geschäfte sind seit ihrer Schließung nur noch spärlich bestückt, nachdem die Mitarbeiter aufgegeben und sich solidarisiert und die Regale geplündert haben, der

Boden des Spielwarenladens ist mit Bauklötzen, Bällen und kopflosen Puppen übersät, die Fische in der Tierhandlung schlafen im stinkenden, braunen Wasser den ewigen Schlaf, treiben mit den Bäuchen nach oben an der Oberfläche.

An der Tür zum Supermarkt ertönt ein leises, feindseliges Knurren. Hrafn öffnet sie vorsichtig und spricht sanft mit den Hunden, die ihn kennen und mit dem Schwanz wedeln, interessiert an den Mädchen schnuppern. Embla schiebt abwehrend die Hände unter die Achselhöhlen, sie hat Angst vor Hunden.

Hrafn wirft den Jungs, die die restlichen Kostbarkeiten bewachen, einen Gruß zu, es ist noch nicht alles aufgebraucht, die Kühltruhen sind angeschlossen, und in den Regalen stehen ein paar Konservendosen. Aber die Schokolade ist weg, die Gemüsetheke leer.

Er sammelt einige Sachen in einen Einkaufskorb und blickt zu Margrét, habt ihr eine Kühltruhe? Sie nickt. Sie hat lange nicht mehr so viel Essen gesehen. Die Mädchen bekommen eine große Packung Reis, Kokosflocken und Mehl, eingelegte Pfirsiche, Rote Beete und Nudeln, ein paar Dosen Sardinen, Butter und eine ganze Tüte tiefgefrorene Blut- und Leberwurst. Die will keiner haben, sagt Hrafn und schneidet eine Grimasse, zögert einen Moment und legt dann ein tiefgefrorenes Hähnchen dazu, ein deutsches Suppenhuhn.

Okay?, fragt er.

Die Mädchen nicken demütig, dann sagt Embla, hast du Damenbinden und so was? Hrafn gerät für einen Moment aus der Fassung, sehr witzig, diesen selbstbewussten Jungen so verlegen zu sehen, und die Mädchen lachen, zum ersten Mal seit langem, und er lacht mit und zeigt vage hinter sich, dahinten, nehmt euch, was ihr wollt.

Die Mädchen hängen zwei Tüten an Emblas Fahrradlenker, Margrét setzt sich auf den Gepäckträger und hält die dritte Tüte im Arm, ihre Wangen sind rot vor Aufregung und Erleichterung, als sie sich abstoßen. Embla kämpft sich die Steigung hinter dem Parkplatz hinauf, Margrét feuert sie an, dreht sich um und winkt Hrafn und den Jungen zu, die draußen stehen und rauchen, die Hände in den Hosentaschen. Hrafn hebt reflexartig die Hand und lässt sie sofort wieder sinken. Ich heiße Mara, denkt sie, ich bin zwölf Jahre alt, ich bin eine Diebin, ich bin verliebt.

SVANGI

Die Dunkelheit hat mich verschluckt, umhüllt mich wie eine Teergrube, zähflüssig und glänzend. Ich strampele und versuche freizukommen, ringe nach Luft, aber der Teer fließt über mein Gesicht, das Ungeheuer hat sich rittlings auf mich gesetzt und reitet mich ruhig und entschlossen, drückt meinen Hals zu und dringt in meinen Mund und meine Nase, ich kann mich nicht bewegen.

Ich werde nicht sterben.

Der Gedanke nimmt Form an und legt sich um die Hirnrinde, bildet die Wörter im Stirnlappen und presst sie nach unten zur Zunge, durch die Kehle, ich schreie und schrecke von meiner eigenen Stimme aus dem Schlaf hoch.

Es ist nicht dunkel, der Winter ist vorbei. Die Sonne hat sich einen Weg durch die stumpfe Fensterscheibe gebahnt und scheint mir direkt in die Augen, ich zucke in der Helligkeit zusammen und wälze mich, der Schlafsack ist nass von Schweiß, er hat sich über meinen Mund und meine Nase geschoben.

Am ganzen Körper zitternd stehe ich auf, das Fieber schüttelt mich, die Wunde an meinem Bein pocht. Ich muss runter zum Bach, muss etwas trinken, so ein Mist, dass ich keine Medikamente habe.

Ich klettere vom Dachboden, hole den Kessel und öffne die Tür. Der Hund springt vor mir her, hinaus aus der feuchten Dämmerung. Der Frühling hat einen Vorstoß unternommen, die Schneewehen verbluten, und über dem Misthaufen auf dem Hof summen Fliegen. Ich humpele zum Bach, ziehe das Bein nach, lege mich ans Ufer und tunke mein Gesicht ins Wasser, lasse die Kälte in mich hineinströmen. Drehe mich dann auf den Rücken und schaue mit zusammengekniffenen Augen ins Himmelblau. Ein Meerstrandläufer trippelt geschäftig umher, mit weißen Rallystreifen auf dem Alltagskleid, er scheint über den Nestbau nachzudenken. Recht so, du kleiner Angeber.

Wenn ich sterbe, läuft das Leben hier weiter seinen gewohnten Gang, alles wird wieder wie vorher. Der Himmel ist mal wolkenlos, mal verhangen, Engelwurz und Wald-Storchschnabel überwuchern meine Spuren, Kormoran und Zaunkönig halten Wache, und der Fuchs tappt auf seinen Raubzügen über Kiesflächen und Sandinseln. Die Schafe vermissen mich kaum, sie grasen am Ufer und klettern höher hinauf in die Berge, hoffentlich schneien sie nicht ein. Nichts von alldem spielt letztendlich eine Rolle.

Týra stößt mich mit der Schnauze an und winselt leise, weiß, dass sie mir das Gesicht nicht ablecken darf. Vielleicht würdest du mich ja vermissen, meine Süße.

Ich setze mich auf und tauche den Kessel in den Bach, besser weitermachen, als in Selbstmitleid und Lethargie zu versinken. Ich schleppe mich zurück zum Haus, zünde den Ofen an und setze Wasser auf, scheiße auf den Rauch.

Als ich die Verbände von der Wunde löse, verziehe ich qualvoll das Gesicht, sie sind schwarz von Blut und Eiter und Schmutz. Ich koche einen Lappen aus und versuche, die Wunde zu säubern, muss mich dabei vor Schmerzen fast übergeben, beiße die Zähne zusammen, bis es knirscht. Ich bringe es nicht fertig, die Wunde wieder zu verbinden, lasse lieber ein bisschen Luft daran.

Dann hieve ich mich nach oben, lege mich aufs Bett und falle in einen unruhigen Schlaf, Träume voller Bedauern und Kummer, liebe, längst verlorene Gesichter, viel zu kurze und schmerzvolle Leben. Die Dunkelheit bricht erneut über mich herein.

Festnahmen im Parlament

Oppositionsführern wurde Immunität entzogen

REYKJAVÍK, 15. Mai – Fünf führende Mitglieder der Fraktion Die Wähler wurden heute Morgen in Untersuchungshaft genommen, nachdem das Althing zugestimmt hatte, ihnen die Immunität zu entziehen. Sie werden der Verbrechen gegen den Staat und dessen höchster Organe bezichtigt.

Zu den Festgenommenen gehören Viðar Már Jónsson, Vorsitzender der Fraktion Die Wähler, Ástríður Einarsdóttir, stellvertretende Vorsitzende, und Vignir Viðarsson, Fraktionsgeschäftsführer und der Sohn von Viðar Már.

Die Anklagepunkte sind nicht bekannt. Als Verbrechen gegen den Staat gelten unter anderem Terrorakte, das Aufrufen zu Revolten gegen die Regierung und die Planung von Mordanschlägen gegen den Präsidenten und die Machthaber. Das Strafmaß reicht bis zu einer lebenslänglichen Gefängnisstrafe.

»Der Fall wird untersucht, und wir werden darüber informieren, sobald Details vorliegen«, heißt es in einer Presseerklärung der Polizei Reykjavík.

»In diesen unsicheren Zeiten, in denen der Schutz und die Interessen der Bürger nur durch eine deutliche Machtausübung des Staates garantiert werden können, ist es nach Ansicht des Parlaments notwendig, dass die Regierung einen klaren Vertrauensvorschuss erhält«, sagte der Vorsitzende des Parlaments in seiner gestrigen Rede. »Deshalb stimmt das Althing zu, vier Abgeordneten die Immunität zu entziehen, damit die Polizei die gegen sie vorgebrachten Anschuldigungen untersuchen kann.«

Festnahmen zeitgleich mit Zusammenlegung von Ministerien

Die Festnahmen fanden statt, kurz nachdem bekanntgegeben wurde, dass alle Ministerien zu einem einzigen zusammengelegt werden, welches direkt der Ministerpräsidentin unterstellt ist. Die Opposition sprach sich gegen die Zusammenlegung aus.

Die Fraktion Die Wähler wurde im Februar dieses Jahres gegründet, als sich die drei Oppositionsparteien zusammenschlossen, um ihrer Forderung nach Neuwahlen mehr Nachdruck zu verleihen. Die Fraktion wird auch von radikalen Aktivisten unterstützt, die unter dem Verdacht stehen, im Frühjahr zu Protesten, tätlichen Auseinandersetzungen und Randalen aufgerufen zu haben.

Die Anführer der Fraktion weisen jegliche Verantwortung für die Sabotageakte der Aktivistengruppe zurück. Laut Informanten der Polizei besteht jedoch kein Zweifel daran, dass es sich bei der Fraktion Die Wähler um den politischen Arm der Gruppe handelt, der die Aktionen im Hintergrund organisiert.

Viðar Márs Anwalt erklärte im Gespräch mit der Zeitung, er halte die Festnahmen für einen Verstoß gegen die Verfassung und die internationale Menschenrechtskonvention. Er werde vor dem Höchsten Gericht Berufung einlegen.

»Das sind politische Häftlinge«, sagte der Anwalt.

HJALTI

Bjarki springt von seinem Schreibtisch auf, den Telefonhörer noch in der Hand, ein erwartungsvolles Blitzen in den Augen: Im Bónus am alten Hafen gibt's noch Reis und Kartoffeln! Sollen wir darüber berichten? Er schaut erst zu Úlfhildur, dann zum Chefredakteur. Das bedeutet, es werden nicht alle Vorräte in Warenlagern im Frachthafen gebunkert. Klingt doch nach einer guten Nachricht, oder?

Bjarki ist ein netter Kerl mit einem schlichten Gemüt. Er passte sich schnell an die neuen Schwerpunkte der Redaktion an, schreibt informative Berichte über Kräuteranbau und Hühnerzucht im eigenen Garten und hat letztens einen guten Artikel über das Comeback der Großfamilie und die Zufriedenheit älterer Menschen publiziert, die seit der Schließung der Altenheime ihre letzten Lebensjahre im Schoß der Familie verbringen dürfen.

Ja, klar, beeil dich, sagt der Chefredakteur, und Bjarki rennt los, um einen Fotografen und ein brauchbares Fahrrad mit Anhänger zu finden, damit er alles, was sich unterwegs abgreifen lässt, nach Hause transportieren kann.

Ich könnte ja mitfahren, schlägt Hjalti vor, und die Nachrichtenleiterin blickt auf. Eigentlich sollte er etwas über die Tests mit Elektromotoren für die Fischereiflotte ins Netz stellen, aber die waren nicht so erfolgreich wie geplant, deshalb ist diese Meldung nicht sinnvoll. Úlfhildur widerspricht nicht, Hjaltis Verbindungen zum Ministerium haben ihn unantastbar gemacht, und auf der Arbeit kommentiert keiner seine Entscheidungen.

Sie radeln gemeinsam in die Stadt, mit Rückenwind den Hang hinunter, der Regen klatscht gegen ihre Anoraks, aber sie sind alle bester Laune; Hjalti, Bjarki und Einar, der Fotograf, wie drei Jungs auf Schatzsuche. Reis, der helle Wahnsinn!, wiederholt Bjarki unentwegt, und Hjalti stellt sich dessen vier Kinder beim Milchreisessen vor, mit Bjarki stolz wie Oskar am Kopf des Küchentischs. Bjarkis Frau war Lehrerin und hat zur Zeit nicht viel anderes zu tun, als sich mit Bjarki und den Kindern zu zanken, nach Waren Ausschau zu halten und zu stricken.

Sie sind nicht die Einzigen, die von den Reisvorräten gehört haben. Menschen strömen in die Weststadt, manche auf Fahrrädern, andere schieben Einkaufs- oder Kinderwagen vor sich her, eine Gruppe Frauen zieht einen großen PKW-Anhänger, sie haben sich Gurte um die Schultern gelegt und schuften wie Ochsen vor dem Pflug. Vor dem Supermarkt herrscht absolutes Chaos, einige Leute haben sich in einer Schlange angestellt, andere drängeln sich vor und stoßen Alte und Eltern mit kleinen Kindern auf dem Arm zur Seite. Überall hört man Rufe und Schreie, stellen Sie sich gefälligst hinten an, wir warten schon viel länger, ein breitschultriger Typ um die zwanzig dreht sich zu einem Mann mittleren Alters mit runder Brille und Regenschirm, halt's Maul oder ich polier dir die Fresse! Der Brillenmann lässt sich nicht so leicht einschüchtern, klappt den Regenschirm zu, hakt den Griff an die Schulter des jungen Mannes und zieht. Der Typ dreht sich knurrend um, zwängt sich zu seinem Widersacher, packt ihn am Kragen und verpasst ihm eine Kopfnuss, man sieht Blut und eine zerbrochene Brille, unterdes schieben sich die Reporter mit erhobenen Presseausweisen durch die Menge, wir berichten nur, wir wollen nichts kaufen, und die Leute machen ihnen grummelnd den Weg frei.

Drinnen ist die Lage nicht viel besser, es gibt fast nur noch Milch, die weiterhin durchs Land fließt, ein bisschen Fleisch in der Kühltruhe und eine endlose Auswahl an Grillsoßen, die nie auszugehen scheinen. Ganz hinten im Laden stehen Kisten mit Kartoffeln und Reis, jedenfalls hat es den Anschein, denn das Gedränge wird weiter hinten immer dichter, und die Leute rufen und schreien. Eine Frau klettert auf ein Podest und brüllt: Er ist aus! Der Reis ist aus! Sie wird von einer Protestwelle überrollt, die Leute buhen und pfeifen und kämpfen umso härter darum, zu den Kisten zu gelangen. Einar ist auf einen Tisch geklettert und hält die Kamera auf die Menschenmenge, er schaut zu den anderen hinunter und nickt, der Reis ist aus. Bjarki sackt enttäuscht zusammen, lasst uns aus diesem Tollhaus abhauen! Aber Einar möchte nicht gehen. Wartet, das ist cool, sagt er und drückt wie wild auf den Auslöser, der Lärm vor der Tür ist jetzt ohrenbetäubend, große, kräftige Männer bahnen sich einen Weg in den Supermarkt.

Alle raus!, ruft einer von ihnen. Hier ist die Polizei, der Laden ist geschlossen. Alle raus! Die Männer tragen keine Uniformen und sehen nicht aus wie Polizisten. Sie schubsen die Leute, schieben sie gegen den Strom aus dem Laden, ein Kind fängt bitterlich an zu weinen.

Der Schuss verändert alles. Einer von ihnen hat mit einer Schrotflinte in die Luft geschossen, solche Argumente verstehen die Leute. Die Menge drängelt nach draußen, viel zu viele gleichzeitig, Menschen werden in der Tür eingequetscht und tun alles, um nicht zertrampelt zu werden.

Der Schütze richtet die Waffe auf Einar, runter da, Junge, weg mit der Kamera. Er hat einen Bart, lange, zottelige Haare, die zu einem Pferdeschwanz gebunden sind, und trägt einen orangenen Anorak von einer teuren Outdoor-Firma, seine Pupillen sind ungewöhnlich groß.

Einar hebt einen Arm hoch, legt die Kamera ab und klettert vom Tisch. Der Mann lässt die Waffe sinken, kommt zu ihnen und streckt die Hand aus. Die Karte. Geben Sie mir die Speicherkarte. Einar will protestieren, lässt es dann aber bleiben, nimmt die Speicherkarte aus der Kamera und legt sie ihm in die Hand. Der Mann hält die Hand weiter auf, bis der Fotograf seine Tasche ausleert und ihm die beiden anderen Karten gibt.

Hören Sie, Sie können mir die nicht so einfach abnehmen, sagt Hjalti. Diese Bilder gehören uns. Das sind Pressefotos.

Jetzt nicht mehr, entgegnet der Mann. Jetzt sind sie Eigentum der Polizei. Er steckt die Speicherkarten in die Tasche.

Sie sind von der Polizei?, fragt Hjalti. Können Sie sich ausweisen?

Ich bin von der Rettungswacht. Und dir muss ich gar nichts zeigen, kapiert? Raus mit euch!

Er stößt Hjalti mit der Waffe an, und die drei Journalisten machen, dass sie wegkommen, stinksauer und frustriert, weil sie noch nicht mal Fotos von der Sache haben, obwohl sie durch die ganze Stadt gefahren sind. Die Leute verlassen das Gelände, stapfen mit hängenden Schultern durch den Regen, und verängstigte Supermarkt-Mitarbeiter schließen die Türen ab, schieben Gatter und Riegel vor.

Die kriegen immer mehr Macht, sagt Bjarki und zieht sich die Kapuze seiner Regenjacke über den Kopf. Das sind doch gar keine richtigen Rettungsleute mehr.

Hjalti wirft ihm einen Blick zu. Bjarki hat einen Artikel über die Neuerungen bei der Rettungswacht geschrieben, nachdem sie bewaffnet und mit dem Sondereinsatzkommando der Polizei zusammengelegt wurde. Demnach haben sich ihr viele Neulinge angeschlossen und sind unglaublich schnell in der Hierarchie aufgestiegen, kleine Männer mit großen Muskeln und gewaltigen Aggressionen. Er hatte Material und Fotos von Schauplätzen gesammelt, an denen Rettungsmänner angeblich Gewalttaten verübt hatten, aber der Artikel wurde nie veröffentlicht. Bjarki wurde zum Chefredakteur zitiert, hatte eine lange Unterredung mit ihm und spielte die ganze Sache danach herunter.

Na ja, immerhin haben sie dafür gesorgt, dass da drinnen niemand verletzt wurde, sagt Hjalti. Ganz nutzlos sind sie also nicht.

Glaub bloß nicht, dass sie deshalb hier sind, sagt Einar und zeigt zur Warenannahme an der Seite des Supermarkts. Mitarbeiter tragen Säcke mit Reis und Kartoffeln hinaus und laden sie in einen Transporter, während ein paar Rettungsleute danebenstehen und warten.

Der Kerl in dem Anorak beobachtet die Reporter aus dem Augenwinkel, rückt grinsend sein Gewehr auf der Schulter zurecht und klopft auf seine Jackentasche mit den Speicherkarten.

So ein Mist, dass wir keine Fotos davon haben, stöhnt Einar, der die Kamera in eine schwarze Plastiktüte gepackt hat. Jetzt bleibt ihnen nichts anderes übrig, als durch die nasse Stadt zurückzuradeln, mit Gegenwind den Hang hinauf.

Unterwegs wird Hjalti klar, dass es an der Zeit ist, sich einen neuen Job zu suchen.

~

Er wählt Elíns Geheimnummer, aber sie geht nicht ran. Er schickt ihr eine SMS und wartet auf eine Antwort, nervös, weil er so schlecht mit der Sache umgehen kann. Sie haben seit der Jahresfeier nicht mehr miteinander gesprochen. Hjalti wurde auch nicht mehr zu den Meetings des Führungsteams eingeladen und glaubt allmählich, dass er seinen Zweck erfüllt hat, dass Elín keine Verwendung mehr für ihn hat.

Úlfhildur geht mit einer Teetasse in der Hand an seinem Schreibtisch vorbei, bleibt stehen und mustert ihn neugierig. Alles in Ordnung mit dir?, fragt sie, und er nickt, ja, alles bestens.

Hast du sie erreicht?, fragt sie. Er schüttelt den Kopf. Versuch mal, fürs Netz ein Interview mit ihr zu machen, fügt sie hinzu. Wir müssen ihr ein paar Fragen zur Opposition stellen, sie hat sich noch nicht dazu geäußert, inwieweit die Regierung Einfluss auf die Festnahmen hatte.

Ich bemühe mich, aber sie hat sich noch nicht zurückgemeldet. An deiner Stelle wäre ich da auch nicht allzu optimistisch.

Ach, das schaffst du schon, entgegnet sie. Und wie gesagt, pass auf, dass du dich nicht von ihr abhängig machst.

In diesem Moment geht ein Anruf von einer unbekannten Nummer ein, und Hjalti signalisiert Úlfhildur, dass sie ihn allein lassen soll. Er nimmt den Hörer ab, doch in der Leitung bleibt es still.

Hallo?, sagt er noch einmal, woraufhin Elín ein tiefer Seufzer entfährt. Grüß dich, sagt sie dann. Ist ja ziemlich lange her.

Hjalti spürt, wie er knallrot anläuft, und ist heilfroh, dass die halbe Stadt zwischen ihnen liegt. Ja, sehr lange, sagt er, ohne zu erwähnen, dass er nach der Jahresfeier versucht hat, sie zu erreichen, verkatert und mit zitternden Händen ihre Nummer eingetippt und als einzige Antwort eine SMS mit einem kleinen Smiley bekommen hat. Er ist immer noch gekränkt, weil sie ihrem kleinen Abenteuer so wenig Wert beimisst, ihrer Affäre, freut sich aber dennoch, ihre Stimme zu hören.

Was willst du?, fragt sie, aber er will so viel, dass er nicht weiß, was er antworten soll. Die Opposition, fällt ihm wieder ein, die Anführer der Fraktion Die Wähler. Was wird aus denen?

Der Fall liegt in den Händen der Polizei und der Staatsanwaltschaft. Dazu darf ich mich nicht äußern.

Aber du musst doch was wissen.

Ja, aber das kann ich dir nicht sagen. Nur streng vertraulich, du darfst das auf keinen Fall verwenden.

Sie setzt zu ihrem üblichen Sermon über die beispiellose Situation an, über die Herausforderungen, vor denen das Land steht, Hjalti kennt das alles in- und auswendig, er hat ihr nämlich geholfen, den Text zu schreiben. Ungeduldig trommelt er mit den Fingern auf die Tischplatte, während sie die üblichen Floskeln herunterleiert, die Abwesenheit des Präsidenten und des Ministerpräsidenten, der Schock und die Verwirrung im Januar, was glaubt sie eigentlich, mit wem sie spricht?

Wir können jetzt nicht zu Neuwahlen aufrufen, fährt sie fort. Wir können nicht einfach so von Bord springen, wir müssen das Schiff in den sicheren Hafen bringen. Danach kann man wählen und die Differenzen beseitigen. Die Opposition weigert sich, die jetzige Regierung noch länger zu stützen, sie weigert sich, mit uns zusammenzuarbeiten. In der momentanen Situation ist das nichts anderes als Landesverrat. Und außerdem, sie senkt die Stimme, hat die Polizei rausgekriegt, dass sie einen Terroranschlag planten. Wir wissen noch nicht, was sie genau vorhatten, ob sie das Parlamentsgebäude in die Luft sprengen oder die Regierung in Geiselhaft nehmen wollten oder beides, aber die Polizei hält es für wahrscheinlich, dass sie vor der Sommerpause zugeschlagen hätten, deshalb war Eile angesagt.

Das ist ja unglaublich, sagt Hjalti verblüfft. Sie waren vielleicht nicht immer sachlich, aber dass sie zu Gewalt greifen würden ...

Jetzt pass mal auf, unterbricht sie ihn, soweit ich weiß, untersucht die Polizei, ob die Wähler im Frühjahr die Bombe im Konzerthaus deponiert haben.

Ich dachte, das wäre ein Unfall gewesen?

Offiziell schon. Wir ... äh, die Polizei ist davon ausgegangen, dass wir nur Angst und Schrecken in der Bevölkerung verbreitet hätten, wenn wir die tatsächliche Ursache bekannt gegeben hätten. Wir konnten sie also nur verschweigen.

Das muss an die Öffentlichkeit, sagt Hjalti nach einer kurzen Pause. Bei dem Unfall in der Harpa sind 64 Menschen ums Leben gekommen. So was kann man nicht einfach unter den Tisch kehren. Wie auch immer die gesellschaftliche Situation gerade ist, insistiert er, als sie ihm ins Wort fallen will, die Behörden dürfen bei einer solchen Sache keine falschen Informationen rausgeben.

Elín weigert sich, ihm ein Interview zu geben, und will, dass er diese Informationen vertraulich behandelt.

Das nützt mir nichts, erwidert Hjalti. Es behindert mich nur, wenn ich mit niemandem darüber reden kann.

Das ist dein Problem. Diese Infos sind nicht für die Öffentlichkeit bestimmt, und daran wirst du dich halten.

Sie schweigen beide, und er spürt, wie Wut in ihm aufsteigt.

Sag mal, fragt Elín aus heiterem Himmel. Was machst du heute Abend? Sollen wir uns treffen?

Uns treffen? Wozu?, fragt er irritiert.

Um uns zu unterhalten, über die ganze Situation. Wir haben uns lange nicht mehr gesehen.

Willst du mich zum Essen einladen, oder was?

Elín lacht ihr tiefes Lachen. Nein, das ist nicht mein Ding. Wir können uns im Ministerium treffen, heute Abend um neun Uhr in meinem Büro.

Sie legt auf und lässt ihn verwirrt zurück. Erst serviert sie ihn eiskalt ab und dann bittet sie ihn wieder herein in die Wärme, in ihr Büro, zu Kaffee und Champagner, vielleicht auch in ihren heißen, festen Körper. Hjaltis Blick wandert durch die verstaubte Redaktion mit ihren Papierstapeln und ihrer veralteten Technik, zu seinen ausgebrannten, verbitterten Kollegen, und er denkt, dass es vielleicht nicht das Schlechteste wäre, das alles hinter sich zu lassen, näher an den weißglühenden Kern der Macht heranzukommen, in Elín Ólafsdóttirs Dunstkreis.

MARÍA

María wischt sich die Hände ab und begutachtet ihr Werk. Ihr Rücken brennt, und ihre Beine sind steif von der Anstrengung, aber sie ist zufrieden, von oben bis unten mit Erde beschmiert und sehr zufrieden.

Guck mal, Elías!, ruft sie nach oben zum Balkon. Er sitzt draußen, im T-Shirt, vor sich ein Glas Wasser, wie ein kleiner Fürst auf seiner Yacht, schaut von seinem Buch auf und blinzelt hinunter in den Garten.

Hier setzen wir Kartoffeln, und da kommen die Rüben, da die Radieschen und da der Grünkohl hin, erklärt seine Mutter und zeigt auf die viereckigen Flächen im Beet. Und hier pflanzen wir Weißkohl und Rotkohl. Wie gefällt dir das?

Elías findet den Garten gut, aber nicht das Warten auf die Ernte. Mama, ich hab Hunger, quengelt er, und Marías gute Laune wird von der altvertrauten Sorge vertrieben, die Haferflocken- und Kartoffelvorräte könnten nicht reichen. Ich komme, Schatz, warte, bis ich die Schaufel weggeräumt habe.

Sie steigt die Treppe hinauf – der Aufzug funktioniert nicht mehr, und keiner scheint zu wissen, wie man ihn wieder in Gang setzt – und klopft an die Tür ihrer Nachbarin. Hallo Þórný, ich mache den Kindern was zu essen, möchtest du mitessen?

Danke, wie aufmerksam, meine Liebe, aber mein Neffe schaut nachher vorbei und bringt mir etwas mit, er ist heute Morgen in die Stadt gekommen.

María lächelt und kann ihre Erleichterung nur schwer verbergen. Die alte Frau braucht nicht viel, aber jeder Bissen ist wertvoll.

Sie wäscht die gröbste Erde von den Händen ab und setzt

Hafergrütze auf. Mit den Kartoffeln ist sie knauserig, denkt dankbar an die Knollen, die in der Waschküche vorkeimen und kräftige, grüne Rettungsanker zum Himmel strecken, Gott sei gedankt für das alltägliche Wunder des Gärtnerns.

María bekreuzigt sich verschämt. Der kindliche Glaube überkommt sie immer völlig unerwartet, Erinnerungen an Licht, das sich in Buntglasfenstern bricht, den angenehm muffigen Geruch im Beichtstuhl, eine Mischung aus Wachs und Räucherwerk, die dröhnende Stimme von Pater Miguel, gegrüßet seist du, Maria, voll der Gnade. Der Katholizismus war eines der Dinge, die sie hinter sich ließ, als sie hierher in den Norden zog, zusammen mit dem subtilen, schwülstigen Chauvinismus, knöpf deine Bluse auf, Mädchen, den lüsternen und spöttischen Rufen der Männer auf der Straße, die man Komplimente nannte, aber bei denen María sich immer fühlte, als hätte man sie mit Hundekot beworfen.

Und jetzt steht sie hier auf diesem Fels mitten im Nordatlantik, in einer Mietswohnung im Vorort einer Stadt, die die letzte Stadt auf der Welt sein könnte, rührt in einem Topf mit Hafergrütze und zählt Kartoffeln ab, drei für Elías, vier für Margrét, und mir genügen zwei, dann reicht der Rest bis übers Wochenende. Sie versucht, nicht weiter als bis zu diesen Kartoffeln zu denken, darf nicht die Kontrolle über sich verlieren, sonst wird sie von Entsetzen gepackt, von dieser schrecklichen Panik vor der Ungewissheit und Leere, die seit dem Winter unter ihren Füßen klafft.

Immer nur von einem Tag auf den anderen denken.

Manchmal ruft sie zu Hause an, tippt die vertraute Nummer ein und wartet, bis das Rufzeichen ertönt, sie bekommt keine Verbindung, sitzt dennoch auf dem Bett, den Hörer am Ohr, und flüstert, hallo Mama, wie geht es dir, ich wollte nur deine Stimme hören, ich wünschte, ich hätte öfter angerufen, ich wünschte, ich hätte dich öfter besucht, ich hätte dich nach Island eingeladen. Und sie weint, die kleine, taffe María weint ins Telefon und in ihre Bettdecke und legt dann wieder auf.

Sie essen die Hafergrütze und die Kartoffeln, María und Margrét essen langsam, um sich das Essen einzuteilen, während Elías alles in sich hineinschaufelt und so lange nach mehr fragt, bis seine Mutter ihm ihre Kartoffeln gibt. Nur Butter ist immer genug da.

María stapelt die Teller ins Spülbecken und greift gerade nach der Spülbürste, als es an der Tür klingelt. Sie hakt die Sicherheitskette ein, bevor sie aufmacht, im Hausflur steht ein großer, bärtiger Mann mit geröteten Wangen und hängenden Schultern, der nicht weiß, wohin mit seinen Händen.

Ich wollte Ihnen nur eine Kleinigkeit geben, sagt er und schwenkt eine Plastiktüte, das ist Seelachs. Ich bin Þórnýs Neffe.

Sie öffnet die Tür und bittet ihn herein, doch er lehnt dankend ab und drängt ihr unbeholfen die Tüte auf. Ich hab's eilig, muss zurück zum Boot.

María steht da, mit dem Fisch in der Hand und Tränen in den Augen, so sind Gottes Wege, flüstert das alte Gespenst des Katholizismus. Ach, sei still, sagt sie zu sich selbst.

MARA

Sie liegt auf dem Rücken auf der Gummimatte und schaut nach oben in die Dunkelheit, die schweren Beats hämmern in ihrer Brust, und sie hat das Gefühl, langsam im Kreis zu fliegen. Sie hat noch nie Alkohol getrunken.

Alles okay?, fragt er, und sie schüttelt den Kopf, nur um ihn zu ärgern. Was hast du?, fragt er besorgt, und sie prustet los, nichts, du Blödmann, er lacht auch, und sie liegen lachend nebeneinander, fast ohne Klamotten. Dennoch ist ihr nicht kalt, er liegt dicht neben ihr und ist so warm wie ein Heizofen.

War's okay für dich?, fragt er wieder, und sie überlegt, ja, es war schön, sagt sie dann, obwohl es wehtat, viel mehr wehtat, als sie dachte. Die Mädchen scheinen es immer gut zu finden in den Filmen, die sie gesehen hat, Filmen, die sich die Jungs anschauen, vielleicht tut es nur beim ersten Mal weh.

Aber das ist ihr jetzt egal, sie ist mit ihm zusammen, sie ist die Einzige, und er freut sich, sie zu sehen, wenn sie zu Besuch kommt, und nimmt sie in den Arm, soll ich es wagen, dich zu küssen? Keiner traut sich das nach der Sache mit Sjonni. Sie nimmt ihm die Zigarette aus dem Mund und pafft, gibt sich ganz cool, wirft die Haare zurück und blinzelt ihm zu, komm doch, wenn du dich traust.

Sie ist erwachsen und mächtig und sexy, wenn sie mit ihm zusammen ist, kein dürres, ängstliches Kind. Sie kann es kaum erwarten, nicht mehr klein zu sein, und weiß, dass sie sich hier groß fühlen darf.

Er greift nach seinen Sachen und beginnt, sich anzuziehen, sie tastet nach ihrer Hose, unter ihr ist etwas Klebriges, es hat geblutet.

Hrafn? Ihre Stimme klingt zögerlich und unsicher, die Stimme eines verängstigten Kindes. Er lächelt väterlich, tätschelt ihren Oberschenkel und zündet sich eine Zigarette an. Das ist nicht schlimm, Süße. Es blutet oft beim ersten Mal.

Er hält ihr die Zigarette hin, sie nimmt sie, inhaliert den Rauch und stößt ihn hustend wieder aus. Da ist mehr drin als nur Tabak. Sie schlüpft in ihre Hose und ihr Oberteil und als sie aufsteht, gibt die Hüpfburg unter ihr nach, sodass sie sich nicht beherrschen kann und Schwung holt, der mit Gummi überzogene Hohlkörper empfängt sie und katapultiert sie erneut nach oben. Hrafn kommt nicht auf die Beine, rollt fluchend mit der Hose an den Fersen auf der Matte herum, während sie weiterhüpft, lachend, kreischend vor Glück, mit Schmerzen im Schritt und der Zigarette zwischen den Fingern, sie ist frei, sie ist erwachsen.

SVANGI

Ich wache wieder auf, diesmal nicht von meinen eigenen Geräuschen, sondern vom Knurren des Hundes. Es ist schon spät am Tag, und eine wundersame Stille liegt über dem Fjord, die Vögel schweigen, und die Schafe sind entspannt, vollauf damit beschäftigt, an der Grasnarbe zu knabbern, sobald sie unter den Schneefeldern zum Vorschein kommt.

Benommen mustere ich den Hund, Týra ist nicht dumm. Sie kam als halbwüchsiger Welpe zu mir, stammt teils von fleißigen Hütehunden, teils von langohrigen Jagdhunden ab, Mischlinge sind die besten Hunde. Týra ist kein schöner Hund, aber sie weiß genau, wo sich jedes einzelne Lamm aufhält, ist trittsicher und eine unermüdliche Läuferin, die keine Angst vor den Raben hat. Außerdem bellt sie nicht, als wüsste sie, dass wir uns unauffällig und ruhig verhalten müssen, dass sie ihr Herrchen nicht verraten darf.

Jetzt ist diese brave Hündin alles andere als freundlich, sie senkt sich auf die Vorderpfoten, legt die Ohren an und knurrt leise und bedrohlich, ihre Hinterbeine zittern, und aus ihren Augen sprühen Funken. Es sind Gäste gekommen.

Kurzfassung der Geschichte vom Weltuntergang

II

Wir wissen nicht, was passiert ist. Wir sind verwirrte Kinder, tasten uns mit verbundenen Augen durch ein Spiel, das wir nicht verstehen. Es gibt so viele Spekulationen, so viele, wie es Menschen gibt, jeder hat seine eigene Theorie aufgestellt, eine absurder als die andere, und keiner will die Theorien der anderen hören.

Niemand hat auch nur die geringste Lust, über die Leere zu sprechen, diese unbegreifliche Lücke, die auf den imaginären Landkarten in unseren Köpfen entstanden ist, was wurde aus Boston, was aus Kopenhagen, Madrid, Marokko? Haben diese Namen überhaupt noch eine Bedeutung? Wir wissen es nicht, und wenn außer uns niemand mehr übrig ist, dann haben sie vielleicht nur noch die Bedeutung, die wir ihnen beimessen, bestehen nur noch aus unseren Erinnerungen an sie, als wir sie bereisten, kurz innehielten, um ein Mittagessen einzunehmen, Kunstwerke und Einkaufsstraßen und Weltkulturstätten zu besichtigen, und unsere Reise dann fortsetzten.

Einige dieser Orte waren unser Zuhause, vielleicht sind wir sogar dort geboren und zur Schule gegangen, haben dort gearbeitet, Familien und Firmen gegründet, doch uns alle, die wir hier sind, verbindet, dass wir nach Island gekommen sind und allein gelassen wurden, dass wir festsitzen, isoliert in dieser erdrückenden Weite, dieser nagenden Ungewissheit, und wir irren umher wie Kinder im Dunkeln und rufen, wo seid ihr? Das ist nicht mehr lustig, wo seid ihr? Gleichzeitig haben wir Angst, dass wir allein bleiben und dass dieser Zustand vielleicht gar nicht real ist, sondern dass es sich um einen gewaltigen, abscheulichen Streich handelt, einen Witz von Weltrang, dass wir mitten im Meer abgehängt wurden, dass keiner mehr etwas mit uns zu tun haben will, und dass das Leben womöglich seinen gewohnten Gang geht an Orten, von denen wir früher als »in der großen, weiten Welt«, »in Übersee« oder »im Ausland« sprachen.

Zwar gab es dort im Frühling keine kleinen Lämmer und keine Polsternelken, aber wir zogen unser Selbstbewusstsein daraus, dass wir uns mit Bewohnern anderer Länder verglichen, wir konnten in die Welt hinausblicken und uns positionieren.

Was für einen Zweck hat das, wenn wir allein sind, wenn es niemanden zum Vergleichen mehr gibt. Die paar armen Teufel, die hier gestrandet sind, mit ihren Koffern im Flughafen in Keflavík standen, bereit zur Heimreise, und auf die Abflugtafeln starrten, delayed, delayed, cancelled, wobei die Hoffnung in ihren Augen erlosch, die taugen nicht als Maßstab, die gehören nirgends mehr hin, sie sind zu Gespenstern in stylishen Hotelzimmern geworden, zwischen Strickpullovern und Goretex-Jacken, mit ihren ausgestopften, weitgereisten Papageitauchern, die den langen Weg aus China zurücklegten, um für Wucherpreise in einem Souvenirladen in Stykkishólmur an chinesische Touristen verkauft zu werden, diese Papageitaucher

kommen nie mehr nach Hause, genauso wenig wie die Touristen, die sie gekauft haben.
Fast könnte man darüber lachen, wenn diese armen Menschen nicht herumvagabundieren würden. Konfus wenden sie sich an ihre Botschaften, sobald sie kein Geld mehr für ein Hotelzimmer haben, aber die können nicht alle beherbergen, also müssen sie selbst klarkommen, sich einen Job suchen, für Kost und Logis arbeiten.
Und wir anderen, die Einheimischen, schauen diese Leute argwöhnisch an, früher brachtet ihr uns Devisen, jetzt seid ihr eine Last, klaut unser Essen und unsere Jobs, ihr verschreckten Touristen in euren grellen Outdoorklamotten, wenigstens wird euch nicht kalt. Geh doch zurück in dein Hotel, du scheiß Touri, brüllt eine Gruppe junger Männer einen zu Tode erschrockenen alten Mann an, der in einer Mülltonne nach Essbarem sucht, die Kreditkarten unbrauchbar, alle Kronen ausgegeben. Er antwortet auf Englisch, aber sie hören nicht zu, wir sprechen hier Isländisch, du Wichser, dann schubsen sie ihn auf den Bürgersteig und spucken ihn an. Das geschieht auf dem Laugavegur, am helllichten Tag, Passanten eilen herbei und helfen ihm auf die Beine, wischen ihm die Spucke ab und rufen die Polizei, aber da ist es schon passiert.

Geschichten wie diese verbreiten sich unter den Touristen in der Innenstadt wie ein Lauffeuer, und die Leute trauen sich nicht mehr allein aus den Hotels, sind nur noch in Gruppen unterwegs, am besten, wenn nicht viel los ist, schleichen in ihren Goretex-Jacken durch die helle Sommernacht und erzeugen so bei uns anderen noch mehr Abneigung und Misstrauen, Gespenster mit falschen Pässen und Adressen irgendwo da draußen im Nichts.

Beginn der Heuernte

Landesweit begannen die Bauern noch nie so früh

REYKJAVÍK, 8. Juni – Auf mehreren Höfen haben die Bauern angefangen, das Heu einzufahren, nicht nur im Süden, sondern auch im Norden. Die Heuernte begann in manchen Regionen bis zu drei Wochen vor der üblichen Zeit. Die Wetterbedingungen waren in diesem Frühjahr perfekt – warm, viel Sonne, aber auch ausreichend Regen. Einige Bauern fingen bereits am ersten Freitag im Juni an zu mähen.
Jóhannes Ólafsson, Bauer auf Hvammur im Bezirk Eyjafjarðarsveit, sagt, das Gras sei wegen des schönen Wetters und des ausbleibenden Kälteeinbruchs sehr gut gewachsen. »Ich mähe drei Wochen früher als sonst. Wir haben noch nie so früh mit der Heuernte angefangen.«
Zudem können die Bauern sich nicht über Arbeitskräftemangel beschweren. Zahlreiche Menschen ziehen durch die Gemeinden und bieten ihre Arbeitskraft für einen bestimmten Zeitraum an. »Viele sind bereit, für Essen zu arbeiten«, sagt Jóhannes. »Es macht ordentlich Arbeit, Sensen zu schmieden und den Leuten das Sensenmähen beizubringen, aber viele Hände, schnelles Ende.«
Im Westland hat die Heuernte ebenfalls begonnen.

Die Bauern im Reykholtsdalur sagen, sie hätten noch nie so früh angefangen wie dieses Jahr. Im Bezirk Hvalfjarðarsveit wurde ebenfalls am Freitag mit dem Mähen begonnen. Bei dem guten Wetter ist das Heu übers Wochenende schnell getrocknet, sodass es heute zu Heuballen gebunden und eingefahren werden konnte.

HJALTI

Der Frühlingsbote, der Goldregenpfeifer, ist noch nicht in Island eingetroffen, aber niemand redet darüber. Vielleicht tuscheln die Leute abends in den Küchen oder in ihren Ehebetten, aber das würde Hjalti nicht zu Ohren kommen. In diesem geschwätzigen Land bleibt neuerdings vieles ungesagt, niemand spricht über die Opposition, die von der Bildfläche verschwunden ist, über die Ministerien, die zusammengelegt wurden, über die Ausländer, die sich in Hotels verstecken, niemand erwähnt, dass der Goldregenpfeifer noch nicht da ist.

Alle sind fest entschlossen, sich optimistisch und positiv zu zeigen, denkt Hjalti, als er das Fahrrad in den Keller unter dem Ministerium trägt und mit dem Aufzug zu seinem Büro fährt. Es ist klein, aber ganz gemütlich, mit Blick aufs Meer.

Der Vertrag beim Ministerium sichert ihm ein höheres Gehalt als das, was er für seine journalistische Arbeit bekommen hat, plus einen Zugang Stufe B-3 zu den staatlichen Lebensmittelvorräten im Frachthafen. Für das Nutzungsrecht eines Elektroauto steht er auf der Hierarchieleiter zu weit unten, aber er ist sich nicht zu fein, mit der Elektro-Vespa und einem Rucksack zum Frachthafen zu knattern und sich seine Wochenration an Hackfleisch, Kartoffeln und Tomaten abzuholen. Es hat gewisse Vorteile, Single zu sein, denkt er, wenn er auf der Uferstraße an müden Familienvätern vorbeisaust, die Einkaufswagen vor sich herschieben, er hätte keine Lust auf die Sorgen, mit denen man sich herumplagt, wenn man noch weitere Personen ernähren muss.

Aber im Juni ist sowieso alles viel einfacher. Die Stadt wirkt wieder wie früher, obwohl viele junge Menschen aufs

Land gezogen sind, um zu arbeiten, Heu zu ernten, Unkraut zu jäten, Fisch aus dem Meer zu ziehen. Das wird schon wieder, alles wird gut, sagen die Leute, manche setzen sich sogar mit Sonnenbrille und einer Eiswaffel auf den Austurvöllur und klimpern auf der Gitarre herum, wenn die Sonne sich mal blicken lässt, bis die Polizei sie aufscheucht und vom Rasen vertreibt. Es gilt als Bedrohung der Sicherheit, wenn sich zu viele Menschen vor dem Parlamentsgebäude versammeln.

Hjalti schaltet den Computer ein und klickt sich durch seine Mails und Icebook, bevor er die erste Aufgabe des Tages in Angriff nimmt, er muss das Interview schneiden, das er mit einer Wissenschaftlerin über Fragen der Ernährung in Island im historischen Rückblick geführt hat. Der Plan ist, erklärte Máni bei ihrem ersten Treffen, nachdem Hjalti seinen Job im Ministerium offiziell angetreten hatte, Lehrfilme und Infomaterial zum Thema Lebensführung zu erstellen und in den sozialen Netzwerken zu verbreiten, damit das allgemeine Interesse an autarken Lebensformen geweckt wird und möglichst viele Menschen dazu animiert werden, aufs Land zu ziehen.

Hjalti wurde Chefredakteur eines Teams aus Journalisten, Foodbloggern und Coaches, die Material zusammenstellen über das Leben auf idyllischen Bauernhöfen, übers Gärtnern und Kochen mit saisonalen heimischen Zutaten. Er verdrängt den Gedanken, dass er zu einem Lifestyle-Blogger geworden ist. Normalerweise muss er nicht viel selbst schreiben, aber das Thema des Tages interessiert ihn, und er vertieft sich in die Arbeit.

Ólöf Ottesen, Biochemikerin vom Institut für experimentelle Pathologie der Universität Islands in Keldur, hat sich mit einer seltenen, speziell isländischen Krankheit befasst, eine erbliche Neigung zu Hirnblutungen, die bis ins 16. Jahrhundert zurückverfolgt werden kann. Diese Erbkrankheit kostete Hunderten von Menschen das Leben, meist junge Leute, die erkranken und sterben, wenn sie selbst noch kleine Kinder haben. Ólöf und ihre Mitarbeiter haben versucht, den Familien, die diesen Gendefekt tragen, einen gemeinsamen Vorfahren zuzuordnen. Dieser wurde höchstwahrscheinlich um 1550 im Breiðafjörður geboren. Die Familien, in denen diese Krankheit weitergegeben wird, stammen überwiegend aus dem Westland, aus Barðaströnd, wobei einige davon vermutlich ins Südland gezogen sind.

Wir haben festgestellt, dass Menschen früher mit diesem Gendefekt sehr lange leben konnten, sagt Ólöf. Genauso lange wie ihre Ehepartner, die wir als Vergleichsgruppe heranzogen. Obwohl das Gen im 16. Jahrhundert mutiert ist, scheinen die Leute erst seit relativ kurzer Zeit an der Krankheit zu sterben. Die ersten Erkrankten starben um 1820, und bis zur ersten Hälfte des 20. Jahrhunderts setzten die ersten Hirnblutungen bei immer jüngeren Patienten ein. Jetzt sterben die meisten mit etwa dreißig Jahren, während die Lebenserwartung ihrer Ehepartner stetig gestiegen ist.

Ólöf und ihre Mitarbeiter vermuten, dass die Krankheit erst ausbrach, als sich die Ernährung der Isländer in der ersten Hälfte des 19. Jahrhunderts zu verändern begann.

Bis 1820 ernährten sich die Menschen einseitig. Sie aßen weniger Fleisch, als allgemein angenommen, erklärt Ólöf, sondern vor allem Trockenfisch, fermentierte Butter und Quark. Später begann man, diverse Nahrungsmittel zu importieren, beispielsweise Zucker. Getreide, Kartoffeln und Gemüse kamen nur selten auf den Tisch. Die Isländer aßen alles ungesalzen, obwohl sie Salzfisch und Salzfleisch für den Export herstellten. Dies änderte sich im 19. Jahrhundert sehr schnell. Vorher bestand ein Viertel der Energie, die die Menschen aus ihrer Nahrung generierten, aus Kohlenhydraten, um 1900 war es bereits die Hälfte. Vorher bezogen sie die Hälfte ihrer Energie aus Fetten, und nun ein Drittel. Zudem verringerten sich die Proteine in der Nahrung. Der Genuss von Salz und Zucker erhöhte sich im 19. Jahrhundert um ein Vielfaches.

Erst als die Bevölkerung die Ernährungsgewohnheiten änderte, trat die Krankheit auf, fährt Ólöf fort, und die Lebenserwartung der Erkrankten verkürzt sich, je moderner die Essgewohnheiten werden.

Ólöf hat alte Konservierungsmethoden erforscht, dafür hat sie die Wohnverhältnisse der Isländer in den vergangenen Jahrhunderten nachgebildet. Die Leute bezogen die Hälfte ihrer Energie aus Fetten, erläutert sie, größtenteils aus ungesalzener Butter. Es war üblich, sie in Schafmägen oder speziellen Kisten, den sogenannten Grauseiten, aufzubewahren. Der Name deutet darauf hin, dass die Butter sich schlecht konservieren ließ. Man bewahrte sie lange auf und benutzte sie sogar als Zahlungsmittel, sagt Ólöf und hebt den Deckel einer ihrer Butterkisten an. Der Geruch ist unbeschreiblich und zugleich vertraut, als hätte der Gestank von Jahrhunderten des Hungers und Elends seine Spuren in unseren Genen hinterlassen.

So unglaublich es auch klingen mag, die schimmelige Butter war Fluch und Segen zugleich, meint Ólöf, schabt mit einem Stäbchen eine graublaue Schicht von der Butter und streicht sie in ein Reagenzglas. Unsere Forschungen haben gezeigt, dass der Schimmelpilz nicht giftig ist und in den meisten Fällen lebensnotwendige Nährstoffe enthält. Vor allem Vitamin C.

Vitamin C?, fragt Hjalti, und die Wissenschaftlerin nickt. Ja, das beantwortet eine der dringlichsten Fragen der isländischen Geschichte, ernährungswissenschaftlich betrachtet. Woher bekamen die Leute Vitamin C? Warum erkrankten nicht mehr Menschen an Skorbut, in einem Land, in dem praktisch nichts Grünes im Angebot war, außer Beeren und Moose und in seltenen Fällen Tang? Wir gehen davon aus, dass die Antwort im guten alten Buttergestank steckt.

Hjalti speichert das Interview, ohne genau zu wissen, welches Fazit seine Zuschauer daraus über Selbstversorgung ziehen sollen, ob ranzige Butter bei den Trendsettern, denen alle nacheifern sollen, durchschlagenden Erfolg haben wird. Er muss den Beitrag noch weiter bearbeiten und Elín bitten, sich das Interview anzusehen.

Ihre Beziehung hat sich nach dem pikanten Vorfall bei der Jahresfeier wieder normalisiert. Hjalti ist froh darüber, auch wenn ihn die Sache wesentlich mehr verunsichert hat als Elín. Sie war sofort wieder die Alte, professionell, sachlich und direkt, während er nervös um sie herumtippelte, weil er die Folgen ihrer seltsamen Metamorphose in dem Hotelzimmer nicht einzuschätzen wusste. Am Anfang zerbrach er sich den Kopf darüber, ob sich das noch einmal wiederholen würde, ob sie mehr wollte, ob sie erwartete, dass er den ersten Schritt machte, oder besser gesagt den zweiten, und was er eigentlich selbst von der ganzen Sache hielt. Aber sie blockte sämtliche Annäherungsversuche ab, und inzwischen hat er sich von der Geschichte erholt, dieser äußerst denkwürdigen Hürde auf seinem ansonsten rasanten Aufstieg in der öffentlichen Verwaltung.

Er ist wieder ganz cool, macht seinen Job wie jeder andere, lässt sich vom Summen des Computers und dem flackernden Neonlicht an der Decke des Ministeriums einlullen.

Máni ist gerade bei einer Besprechung in Elíns Büro, als Hjalti anklopft, ein dicker Stapel mit Kalkulationen und Diagrammen liegt zwischen den beiden auf dem Schreibtisch. Er schaut auf, mit einem kurzen Lächeln, hallo Hjalti, und schiebt die Unterlagen in eine Mappe. Sind wir fertig?, fragt er, und Elín nickt, tief in Gedanken, ja, das ist gut. Máni macht Anstalten, zu gehen, aber Hjalti bittet ihn, noch zu bleiben. Ich möchte euch einen neuen Film zeigen.

Er stellt seinen Laptop auf den Schreibtisch, sodass beide den Bildschirm sehen können, und spielt das Interview mit Ólöf ab, die in ihrem weißen Kittel in einem chaotisch anmutenden Labor steht. Über diese Einstellung hat er Aufnahmen von Frauen gelegt, die in Nationaltracht Butter schlagen, von Hofbewohnern in einer alten Stube, die einem Bauern lauschen, der im Licht einer Tranlampe aus einem Buch vorliest.

Aha, sagt Máni, interessant. Vitamin C?

Das senden wir nicht, sagt Elín scharf.

Warum nicht?, fragt Hjalti. Das ist doch genau das, was wir machen wollen. Wir setzen die traditionelle Lebensweise der Isländer in ein gutes Licht.

Sie wirft ihm einen Blick zu, als hätte er sie maßlos enttäuscht. Du wurdest eingestellt, um sinnvolles Lehrmaterial darüber zu produzieren, wie wir ein neues, autarkes Island aus den Ruinen des alten aufbauen können. Findest du wirklich, dass die Bevölkerung jetzt so was hören sollte? Ranzige Butter? Erbkrankheiten, die auf Isolation und Inzucht zurückzuführen sind? Das ist ja ein großartiges Erbe.

Aber das sind hochinteressante Untersuchungen, sie dokumentieren unsere Anpassungsfähigkeit und zeigen, wie die Leute damals mit einseitiger Ernährung in einer isolierten Lage zurechtkamen. Das spielt doch eine Rolle, oder etwa nicht?

Aber unsere Verhältnisse sind heute doch ganz andere. Wir nutzen unsere natürliche Energie, unsere Erdwärme, wir bewirtschaften das Land viel besser als damals. Wir müssen uns nicht darauf besinnen, dass die Leute damals von ranziger Butter lebten, wir haben Rüben und Tomaten. Orangen, Zitronen und sogar Bananen, wenn wir die anbauen wollen. Es ist Quatsch, auf solchen Themen wie dünne Besiedlung und gefährliche Erbkrankheiten herumzureiten. Wir wissen, dass wir uns keine Sorgen machen müssen, solange wir mehr als zehntausend sind.

Aber genau das sollten die Leute erfahren, wendet Hjalti ein. Dass in uns außergewöhnliche, erblich bedingte Fähigkeiten stecken, um zu überleben, dass die Isländer von Natur aus dafür gemacht sind, in Island zu leben. Ich muss das Interview nur ein bisschen bearbeiten, die Schwerpunkte ändern, die Sache mit den erblich bedingten Hirnblutungen abmildern und mehr Betonung auf die Zukunft legen, auf Gemüseanbau und so weiter. Du wirst zufrieden sein, wart's ab.

Na gut, sagt Elín, aber vergiss nicht, was wir erreichen wollen. Wir wollen die Leute motivieren, nicht entmutigen. Du weißt doch, vorwärts Island.

Vorwärts Island, sagt er und zieht die Tür hinter sich zu.

LEIFUR

Er sollte wieder mal Rasen mähen. Er würde den leistungsstarken Bosch-Rasenmäher dafür benutzen, den er letzten Herbst im Schlussverkauf bei Bauhaus gekauft hat, wenn er Benzin für ihn hätte. Damals konnte er noch nicht wissen, dass er sich heute insgeheim dafür verfluchen würde, dass er nicht den Elektro-Rasenmäher genommen hatte, der war nämlich billiger und durchaus leistungsstark genug.

Er würde den Rasen mähen und Guðrún derweil die Beete säubern, ganz vertieft ins Unkrautjäten und ihren Kampf mit den hartnäckigen Löwenzahnwurzeln. Sie könnte sich auch in die Sonne legen, er würde die schicken Liegestühle aus Akazienholz herausholen und die Auflagen, die sie im Herbst reinigen ließen, sie könnte sich in dem roten Sommerkleid, das sie letztes Jahr für die Teneriffa-Reise gekauft hat, auf dem Liegestuhl niederlassen, mit ihrer großen Sonnenbrille daliegen und ihn herbeirufen und auffordern, sich doch neben sie zu legen. Sie könnte zwei Aperol Spritz mixen und mit Eiswürfeln und Orangenscheibe in den Rotweingläsern von Iittala servieren. Klaviermusik von Víkingur Heiðar auflegen und am Abend Gäste empfangen, so hätte dieser sonnige Samstag aussehen können.

Leifur begutachtet die überwucherten Beete und die struppigen Büsche und seufzt. Er ist gezwungen, sich an den Wochenenden freizunehmen, kann nicht jeden Tag arbeiten, denn die Schichten im Krankenhaus sind hart umkämpft. Nicht nur wegen des Gehalts, auch weil es etwas anderes ist, wenn man einen Job hat, etwas Sinnvolles tut, in der Kantine Würstchen mit Kartoffelpüree bestellt, einen weißen Kittel trägt und sich dadurch von den zerlumpten Massen auf den

Straßen Reykjavíks abhebt, die auf der Suche nach Arbeit und Essen herumstromern, nach irgendetwas, das sich verhökern lässt.

Guðrún, diese humorvolle, gesellige Frau, geht nicht mehr aus dem Haus, dabei wollten sie doch gerade anfangen, gemeinsam das Leben zu genießen, nachdem die Kinder ausgezogen waren. Zum Studieren ins Ausland.

In den ersten Tagen telefonierte sie ununterbrochen, genau wie er, sie wählten und wählten die Handynummern der Kinder, die Nummern der Unis und Botschaften. Sie sprachen mehrmals am Tag mit den Eltern anderer Studenten, deren Kinder ebenfalls in Aarhus und Stanford studierten, das Telefon stand nicht still, und da war immer dieser Hoffnungsschimmer: Habt ihr jemanden erreicht? Habt ihr was gehört? Mit jedem Mal ließ er ein bisschen mehr nach, wurde schwächer und schwächer, bis Guðrún nicht mehr ans Telefon ging, nicht mehr das Haus verließ, nicht mehr zum Friseur und zur Kosmetikerin ging, diese attraktive Frau. Ganz eingefallen und grau war sie geworden, kein Feuer mehr in den Augen, die früher vor Witz und Unternehmungslust nur so sprühten. Sie weint nicht, spricht nicht darüber, liegt nur reglos neben ihm im Bett, und er traut sich nicht, sie zu berühren, aus Angst, dass sie zu Staub zerfällt, zu einem Aschehäuflein in der Damast-Bettwäsche.

Er geht ins Haus, steigt die Treppe hinunter in den Keller, ohne zu den Zimmern der Kinder zu schauen, die noch genauso aussehen wie vor ihrem Auszug, Lárus' ordentliches Studentenzimmer mit dem alten Teakholzschreibtisch seines Vaters, das frisch bezogene Schlafsofa und die Pharmaziebücher, die in einer exakten Reihe im Regal stehen, Lóa Lífs Jugendzimmer, ihre alten Teddybären, Kerzenständer, die unruhigen Schwarzweißfotos, die sie bei einer Projektwoche in der Schule gemacht hat, nach der sie beschloss, ins Ausland zu gehen und Fotografie zu studieren, und sie erlaubten ihr, direkt nach dem Abitur zu fahren, Papas kleinem Mädchen, im selben Herbst, in dem Lárus ins Ausland ging, um seinen Master zu machen.

Nein, er schaut nicht zu ihren Zimmern, öffnet stattdessen die Tür zur Garage, wo alles wie üblich tipptopp ist, der Volvo auf Hochglanz poliert, sogar noch ein bisschen Diesel im Tank, falls man ihn mal braucht, aber das hat er niemandem erzählt, noch nicht einmal Guðrún.

Hinter der Garage befindet sich noch ein Zimmer, ein nicht genehmigter Kellerraum ohne Fenster. Sie hatten immer vor, etwas Witziges damit zu machen, sich ein Heimkino einzurichten - ein echtes, mit Luxussesseln und Popcornmaschine - oder eine Kegelbahn, und scherzten darüber, dass der Raum perfekt wäre, um Cannabis anzubauen, doch dann wurde er nur eine Abstellkammer, einer dieser Räume, in denen man Kisten mit Steuerunterlagen und Schulaufsätzen stapelt, Couchgarnituren von Freunden und Verwandten, die zum Studieren ins Ausland gezogen sind und die Möbel nie wieder abgeholt haben, zumal sie inzwischen völlig aus der Mode sind.

Vorsichtig öffnet er die Tür, Guðrún? Und natürlich, da ist sie, schon wieder zählt sie, Konservendosen, Milchpulver und Reispackungen, Batterien, warme Kleidung. Sie hat einen Bleistift und ein Klemmbrett in der Hand und hakt die Dinge Stapel für Stapel ab. Sie hat genau ausgerechnet, dass sie mindestens zwei Jahre durchhalten könnten, wenn sie sich die Vorräte gut einteilen, wenn sie nicht verschwenderisch damit umgehen und es vielleicht schaffen, sich zusätzlich etwas zu besorgen, Fisch oder was auch immer.

Einen Hauch der alten Guðrún erkennt er sogar wieder, seine fröhliche, tatkräftige Frau. Sie ist unbeirrt und konzentriert bei der Sache, zählt und registriert, ihre Augen leuchten, und ihre graudurchwirkten Haare sind vor Eifer ganz zerzaust. Endlich hat sie einen Zweck für den Kinosaal gefunden. Als sie Leifur bemerkt, dreht sie sich um: Wir brauchen Glühbirnen, am besten diese Solarleuchten.

Er seufzt, überlegt einen Moment. Ja, wahrscheinlich. Was könnten wir dafür weggeben?

Sie ist genervt, such doch einfach was aus, Möbel oder Geld, oder vielleicht Werkzeug?

Alle haben genug Möbel und Geld, Guðrún. Das braucht niemand.

Sie scheucht ihn weg, lass dir was einfallen, dann hellt sich ihr Gesicht wieder auf. Dünger! Wir haben noch zwei Säcke Dünger für den Rasen und die Beete, erinnerst du dich? Die könnten wir eintauschen.

Na gut, mal sehen, sagt er und geht, steigt die Treppe hinauf in den ersten Stock, zum Arbeitszimmer. Er setzt sich an den Schreibtisch, den Chefarztschreibtisch seines Vaters aus geschnitztem Mahagoni, klappt den Laptop auf und tippt das Passwort ein. Das Internet läuft heute ganz gut, an einem so schönen Tag sind nur wenige im Netz. Er öffnet Icebook, dieses behäbige soziale Netzwerk, das von fleißigen Programmierern auf die Schnelle zusammengeschustert wurde, nachdem die alten Seiten nicht mehr funktionierten, und in dem zur Zeit ungewöhnlich wenige Teilnehmer damit beschäftigt sind, ihre Landsleute mit Verschwörungstheorien und Verfolgungswahn zu bombardieren.

Zu verschenken, Haushaltsmarkt, Neu und gebraucht, Tauschforum – er überfliegt die Rubriken auf der Suche nach Glühbirnen, findet aber keine. Solarlampen sind so gut wie nicht zu kriegen, die sind den Gärtnereien vorbehalten. Er stellt kurze Anfragen auf den beiden größten Seiten: *Glühbirnen gesucht in Seltjarnarnes. Guter Tausch.* Mal sehen, denkt er, vielleicht kann ja doch jemand eine Küchenmaschine gebrauchen. Den Dünger gibt er nur her, wenn er nichts anderes findet.

Als er draußen Geräusche hört, schaut er aus dem Fenster, das zum Golfplatz und dem Leuchtturm von Grótta hinausgeht. Ein Trupp Männer schiebt Schubkarren in seinen Garten. Er steigt die Treppe hinunter und tritt hinaus in die Sonne, guten Tag, kann ich Ihnen helfen? Ziemlich herablassend, wie er findet, aber trotzdem höflich und mit einem Lächeln.

Drei kräftige junge Männer in Muskelshirts und Arbeitshosen stehen mitten im Unkraut, kaum älter als zwanzig, im Alter von Lárus, aber das absolute Gegenteil seines Sohnes. Ihre Oberarmmuskeln scheinen die sonnenverbrannte, tätowierte Haut fast zu sprengen, blinzelnde Augen unter roten Stirnen und Bürstenhaarschnitten.

Sie haben Ihren Rasen nicht gemäht, sagt einer von ihnen. Es ist mehr eine Feststellung als eine Frage. Nein, dazu bin ich noch nicht gekommen, erwidert Leifur und fügt scherzhaft hinzu, seid ihr vom Verschönerungskomitee, oder was?

Sie verziehen keine Miene. Wir sammeln das Gras aus den Gärten ein. Autarkes Island, Sie wissen schon, entgegnet der Wortführer. Heute sollten alle ihr Gras gemäht und getrocknet haben.

Das ist völlig an Leifur vorbeigegangen. Stimmt, da gab es eine Ankündigung im Radio. War das etwa verpflichtend?

Es steht jedem frei, seinen Teil beizutragen, sagt einer der anderen Jungs und verschränkt die Arme. Allen, die den Bauern in unserem Land helfen wollen.

Diese Typen sind nicht direkt bedrohlich, aber groß, muskulös und sehr ernst, und Leifur beschließt, lieber kooperativ zu sein.

Dann mähe ich heute noch, sagt er. Oder wollt ihr das lieber machen? Mein Rasenmäher hat natürlich kein Benzin mehr, aber mit einer Sense geht das ganz fix.

Der Anführer fällt ihm ins Wort: Das machen Sie mal schön selber. Wir kommen nach dem Wochenende wieder und holen das Heu ab, das muss dann trocken sein, kapiert?

Im Gänsemarsch verlassen die Männer den Garten. Das ist doch ein Witz, denkt Leifur, drei Gorillas, die unschuldige Bürger zur Gartenarbeit zwingen. Aber ihm ist nicht nach Lachen zumute, sein Herz hämmert wie wild, und er überlegt, wer von seinen Nachbarn ihm einen Rasenmäher leihen könnte, denn es wäre absurd, das mit der Heckenschere zu tun, damit würde er sich nur den Rücken ruinieren.

Leifur schaut nach dem Wetter, der Himmel ist blau mit ein paar Quellwolken im Westen. Wind zieht auf, und ihn fröstelt, dieser sonnige Tag hätte irgendwie ganz anders ablaufen sollen. Wenigstens hat er jetzt einen Grund, den Rasen zu mähen.

MARÍA

Den Geruch von Tomatenpflanzen hat sie immer geliebt. Viele mögen ihn nicht, finden, es riecht nach Katzenurin, aber María hat den Geruch immer mit etwas Grünem und Reinem in Verbindung gebracht, der Sonne im Garten ihrer Mutter, dem Basilikum, das sie in Töpfen gezogen hat, um die Fliegen von der Veranda zu vertreiben, den Bohnen, den Erdbeeren, dem Salat. Und wenn sie schon einmal dabei ist: Bäume, über und über behangen mit Avocados, Äpfeln, Zitronen, Mandeln, mit allem, was gerade reif war, in ihrer Erinnerung ist der Garten ihrer Mutter ein duftendes Fest, sonnengelb und voll mit summenden Bienen, und Mama irgendwo in Gummistiefeln und einem alten Kleid mit einer Harke in der Erde herumstochernd, triumphierend die Kartoffelblätter schwenkend, mira las patatas, sieh nur, die schönen kleinen Kartoffeln, das gibt ein Festmahl heute Abend!

Das hier ist kein Gemüsegarten im sonnigen Süden. Das Gewächshaus ist alt und heruntergekommen, das Glasdach noch ganz gut in Schuss, aber die Wände grün von Moos und Algen. Ein intensiver Schwefelgestank liegt in der Luft und überdeckt fast den Duft der Tomaten, ein Gestank wie tausend faule Eier, der altvertraute Geruch des heißen Wassers.

Haben Sie irgendwelche Erfahrungen?

Der Bauer betrachtet die Tomatenpflanze, als erwarte er die Antwort von ihr, knipst ein paar Triebe ab und dreht sich dann zu María. Ein typischer Isländer, denkt sie, stämmig und mit Stiernacken, um die Taille herum ziemlich füllig. Am Strand in ihrer Heimat erkannte man diesen Typ Mann immer am roten Nacken, an den blondierten Haaren und den kleinen, wasserblauen Augen.

Ja, antwortet sie, ich bin mit Gemüseanbau groß geworden. Hier in Island habe ich auch Gemüse gezogen, aber nur Kohl und Kartoffeln und so. Nicht im Gewächshaus.

Der Bauer mustert sie misstrauisch, Sie sind Spanierin, oder? Er zieht die Nase hoch und spuckt auf den Boden. Wir haben uns vorgenommen, nur Isländer einzustellen, um die Nation zu stärken, Sie wissen schon.

Ich habe die isländische Staatsangehörigkeit, entgegnet sie. Ich lebe seit fünfzehn Jahren hier, meine Kinder sind hier geboren.

Man kann hören, dass Sie Ausländerin sind, sagt er. Und sehen. Und Sie haben als, äh, na ja, als Geigerin gearbeitet? Er schüttelt den Kopf. Fürs Geigezupfen kriegt man heutzutage nicht mehr viel. Die kommen massenweise her, diese Musiker, Maler, Sternforscher, Philosophen, die ganzen schlauen Leute, Philosophen, hahaha. Die sind jetzt nicht mehr so angesehen. Hungrige Teufel, wie alle anderen, ziehen mit ihren Familien aufs Land. Mit ihren zarten Händen. Aber die können einfach nicht arbeiten, diese Leute. Haben nie richtig gearbeitet. Der Bauer sieht María eindringlich an. Aber das sind immerhin echte Isländer.

Ich kann arbeiten, erwidert sie, ich habe immer gearbeitet. Schon als Kind. Und als ich nach Island kam, hatte ich erst alle möglichen Jobs, im Restaurant, im Altenheim, bevor ich nur noch als Musikerin gearbeitet habe. Ihre Stimme klingt schon ganz weinerlich, das kann sie nicht ausstehen.

Das sagen alle, entgegnet der Bauer. Er ist kein schlechter Mensch, aber er ist stolz. Wie soll man auch nicht stolz sein, wenn man plötzlich einer der wichtigsten Männer des Landes ist, Arbeitgeber, Nahrungsmittelproduzent, eine Säule der Gesellschaft, sagt die Ministerpräsidentin, einer von denen, die diese Nation vor Hunger und Elend retten können.

Er hat immer nur seine Arbeit gemacht und von dem gelebt, was das Treibhausgemüse abwirft, mit ein bisschen Tourismus nebenbei, aber dieses Abenteuer ist vorbei, und jetzt sind seine blassen Tomaten und mickrigen Gurken auf einmal unglaublich wertvoll. Als hätte er all die Jahre auf einem Goldschatz gehockt, ohne es zu wissen. Jetzt kommt dieser Strom von Menschen, gut gekleidete Leute, die früher in der Harpa und der Universität rumstolzierten und sich für etwas Besseres hielten, jetzt wollen sie alle arbeiten, egal was, für Kost und Logis. Natürlich hat er Mitleid mit ihnen, und natürlich macht er sich Sorgen über die Lage, so wie alle anderen auch, aber es verwirrt ihn auch ein bisschen, als hätte er im Lotto gewonnen, als hätte man ihn auf den Gipfel katapultiert, wie eine Rockefeller-Paprika, während andere sich im freien Fall befinden.

Und nun steht da diese kleine, dunkeläugige Frau in dem blauen Anorak vor ihm, und er überlegt, ob er sie einstellen soll. Schließlich ist sie keine Asiatin oder so – er ist kein Rassist, aber diese Leute sind einfach anders als wir, haben eine ganz andere Kultur –, natürlich ist sie keine Isländerin, aber man kann sie schon verstehen, außerdem hat sie Trauerränder unter den Fingernägeln, das ist ihm aufgefallen. Erde.

Sie haben also Kinder, was würden Sie denn mit denen machen?

Die bringe ich mit. Ich melde sie hier in der Schule an, und sie könnten nachmittags und am Wochenende mithelfen.

Hier ist kein Platz für Kinder.

Ich bin alleinerziehend, sie haben sonst niemanden.

Na und? Das ist hier kein Kinderheim.

Bitte! Sie besteht fast nur aus Augen, diese Frau. Ein zartes Geschöpf.

Tut mir leid. Ich betreibe eine Firma, keinen karitativen Verein.

Sie blickt auf den Boden und macht Anstalten, zu gehen.

Außer vielleicht ..., lenkt er ein. Sie dreht sich um, und in ihren Augen keimt ein Funke Hoffnung auf. Vielleicht treffen wir ja eine Übereinkunft. Wir könnten die Art Beziehung eingehen, bei der Sie Ihre Kinder mitbringen können.

Die Hoffnung in ihren Augen schlägt in Empörung um. Darauf gehe ich nicht ein, sagt sie hastig. Auf Wiedersehen.

Tränen der Wut laufen ihr über die Wangen, als sie mit ihrem klapprigen Fahrrad auf die Hochheide strampelt, verfluchtes Hveragerði, das war die letzte Gärtnerei, in der sie es probiert hat. Der Sommer ist hell und duftend, doch der Herbst rückt bedrohlich näher, wie das Bergmassiv, eine schwarze Wand, die sie in großen Bögen hinaufradeln muss, und jenseits des Herbstes lauert der Winter, grau und kalt, winselnd vor Hunger. Sie braucht unbedingt einen Job.

SVANGI

Tausendmal schon habe ich im Traum einen Rettungsmann getötet. Mal schläft er, mal ist er wach, immer groß und behaart wie ein Bär, mit rötlicher Haut und einem hämischen Grinsen unter der zerkratzten Pilotensonnenbrille, in einem nach unzähligen Gräueltaten verschmutzten und zerrissenen Anorak. Normalerweise schieße ich ihm in die Stirn, direkt über den Augen, aber manchmal auch zuerst ins Bein oder in den Bauch, bleibe eine Weile neben ihm stehen und sehe zu, wie er sich quält und um Gnade fleht, mit herausgeplatzten Eingeweiden, bevor ich den Lauf zwischen seinen Augenbrauen ansetze und abdrücke.

In einem anderen Traum hat der Rettungsmann die Oberhand, ich renne um mein Leben, aber er ist schneller, rast auf einem Motorschlitten hinter mir her, ich höre sein grimmiges Gelächter und einen Schuss, spüre einen stechenden Schmerz in der Schulter. Es gibt kleine Unterschiede in diesen Träumen, manchmal bin ich nackt und werde gefoltert, bevor der Schuss abgeht, manchmal bin ich wieder in der Stadt, im Camp, warte darauf, dass ich mit den anderen aufs Schiff getrieben werde, sehe diese Schweine mit ihren Gewehren und gezückten Messern herumstolzieren, sehe, wie sie die Frauen an den Haaren reißen, Kinder an der Wand aufstellen, was gibt's denn hier zu motzen?

Ich schleppe mich die Treppe herunter und fluche, weil ich mein Bein nicht verbunden habe, es tut weh, wenn ich auftrete, blutiger Eiter quillt bei jedem Schritt aus der Wunde. Natürlich kommen sie jetzt, wenn ich angeschlagen bin, diese verdammten Aasgeier, werden vom Wundbrand angelockt. Ich hätte besser kein Wasser gekocht, kein Feuer gemacht. Schwarze Punkte schwirren vor meinen Augen, und meine Zunge ist trocken und verkrustet, dann nimmt jetzt halt alles seinen Lauf.

Ich lausche an der Tür und drücke sie ganz vorsichtig auf, verharre auf der Türschwelle und halte die Luft an.

Der Felsen schützt das Haus von Süden und Osten, was Vor- und Nachteile hat, denn es ist dem Westwind ausgeliefert, der oft brüllend über die Berge tost, und die Steilhänge im Norden jagen Unwetter über das Haus und den Fjord, doch Svangi liegt versteckt vor den Augen derer, die sich dem Hof über den einzig begehbaren Landweg nähern. Heute ist es ein geheimer Ort, der in der Stille den Atem anhält.

Ich stolpere hinaus zu dem Felsen, möglichst leise, doch mein kraftloses Bein schleift über den Boden, ich strauchele, verflucht nochmal, dass sie ausgerechnet jetzt kommen. Ich stütze mich auf die Flinte und kneife zähneknirschend die Augen zusammen. Der Schmerz überkommt mich in Wellen, wenigstens will ich im Stehen sterben, sollen sie mich doch abknallen, aber erst werde ich auf sie schießen. Ich wuchte mich hoch und lege das Gewehr an, schleiche hinter den Felsen, bereit zum Schießen, und da sehe ich sie. Ich sehe sie, diese Verbrecher, wie sie auf der anderen Seite des Fjords die Kluft hinuntersteigen, sich einen Weg durch die Schneefelder bahnen. Es sind mehrere, fünf oder sechs, der Erste trägt eine rote Jacke, aber sie sind noch außer Schussweite.

Ich habe das Fernglas nicht dabei, habe es oben auf dem Dachboden vergessen, aber noch genug Zeit, mich zu verstecken. Ich kann mich in meinem Bau verkriechen.

Kritik an Ladenbesitzern

Lebensmittelgeschäfte brachten Verteilung durcheinander

REYKJAVÍK, 25. Juli – Die Ministerpräsidentin wirft den Lebensmittelhändlern vor, die Warenverteilung nicht korrekt durchgeführt zu haben. Sie weist darauf hin, dass die Bewohner der städtischen Gebiete zu einem großen Maß von den Geschäften abhängig sind, um ihre Haushalte zu versorgen.

»Die Ladenbesitzer haben sich sehr rücksichtslos verhalten«, sagt Ministerpräsidentin Elín Ólafsdóttir. »Leere Regale in den Stadtteilläden erwecken Besorgnis und nötigen die Leute, sich in anderen Vierteln mit Lebensmitteln einzudecken.«

Sie versichert, dass die Behörden gemeinsam mit den Ladenbesitzern Lösungen für eine bessere Lagerung und Verteilung finden werden.

Kraftstoffmangel macht sich bemerkbar

»Uns ist bewusst, dass der Kraftstoffmangel gewisse Auswirkungen hat«, sagt sie. »Die großen Schiffe liegen zwar am Kai, aber durch die Maßnahmen der Regierung zum Sparen von fossilen Brennstoffen wurde den Kleinbootfischern genug Kraftstoff zugeteilt, damit sie im Sommer Küstenfischerei betreiben und den inländischen Bedarf größtenteils abdecken können. Insgesamt wurden diesen Sommer landesweit mit etwa 600 Booten bereits über 700 Tonnen gefischt.«

Die Ministerpräsidentin weist Gerüchte über drohende Nahrungsmittelknappheit im Land zurück. Das seien Intrigen, eingefädelt von der Opposition und verantwortungslosen Medien. Die Stimmungsmache verschärfe das Problem nur, weil viele Bürger sich von diesen Anarchisten täuschen lassen und Lebensmittel und andere wichtige Waren hamstern würden. An einigen Orten habe es sogar Prügeleien um Nahrungsmittel gegeben.
»Wir müssen zusammenhalten«, mahnt Elín zum Abschluss. »Jeder Einzelne muss Verantwortung tragen und Selbstbeherrschung üben und sich fragen, was er selbst dazu beitragen kann, den Nahrungsbedarf der Bevölkerung zu sichern.«

HJALTI

Es ist wichtig, dass wir nicht vergessen, warum wir hier sind, sagt Hjalti und blickt auf seine alte Arbeitsstelle. Er kann nicht leugnen, dass es ihm durchaus Spaß macht, wieder bei seinen alten Kollegen in der kleinen, angestaubten Redaktion zu sitzen und zu schauen, was er hinter sich gelassen hat. Der harte Kern hört ihm begeistert zu, unser Mann im Ministerium.

Wir müssen die Bürger motivieren, ihnen neue Perspektiven aufzeigen, anstatt sie mit unserer Kritik an allem, was die Regierung für sie tut, zu entmutigen. Er lächelt diskret. Ich betrachte mich als einen von euch, auch wenn ich jetzt im Ministerium bin. Wir haben alle dieselbe Aufgabe, wir müssen den Menschen in unserem Land den Weg in die Zukunft weisen.

Der Chefredakteur erwidert sein Lächeln und streicht sich über die Glatze, du hast vollkommen recht, mein lieber Freund, das ist selbstverständlich unser aller Anliegen. Es ist gut zu wissen, dass wir uns auch weiterhin an dich wenden können.

Die Tagesschicht ist zu Ende, die Kollegen sammeln ihre Sachen ein und setzen ihre Fahrradhelme auf, sie vermitteln ihnen ein vages Sicherheitsgefühl in dieser unsicheren Welt. Die Männer verabschieden sich von ihm mit Handschlag, die Frauen mit Küsschen, sie bedanken sich für die Geschenke aus dem Ministerium, die Kartoffeln und das Lammfleisch. Da könnte man heute Abend glatt grillen, sagt Bjarki munter und klopft ihm auf die Schulter.

Nur Úlfhildur macht keine Anstalten, ihn zu küssen, sie verabschiedet sich noch nicht einmal von ihm, bleibt mit hochgelegten Beinen am Schreibtisch sitzen, ignoriert ihn und schaut Nachrichten. Wobei die nicht gerade spannend sind, seit die Nachrichtenredaktion des Staatsfernsehens sich darauf spezialisiert hat, die Meldungen aus dem Ministerium nur noch mit Bildern zu unterlegen, schöne Aufnahmen von sonnengebräunten Menschen bei der Heuernte und Kühen auf der Weide, von Elín beim Redenschwingen, bei einem Besuch bei Arbeitern in einer Fischfabrik, beim Heurechen auf einer Wiese. Sie hat sich einen neuen Stil zugelegt, statt Kostümjacke trägt sie jetzt Sommerkleider und Strickpullis, ihre blonden Haare sind zu einem Kranz geflochten.

Hjalti zieht einen Stuhl zu Úlfhildurs Schreibtisch und schaut mit.

Die Festivals am Handelsfeiertag verliefen größtenteils gut, auch wenn die Leute nicht wie sonst zu den beliebten Veranstaltungen im ganzen Land reisen konnten, sagt der Sprecher lächelnd. Unsere Reporterin Ósk Halldórsdóttir steht an der Búrfellsgjá-Schlucht im Naherholungsgebiet Heiðmörk vor den Toren von Reykjavík. Sieht so aus, als hätte die gesamte Nation dort gezeltet, oder?

Ja, antwortet die Reporterin, die Polizei geht davon aus, dass gestern und heute bis zu zehntausend Menschen in der Heiðmörk gefeiert haben. Die meisten sind mit Zelt und Rucksack angereist, teilweise auch mit Hochprozentigem, und heute herrscht ausgelassene Stimmung. Der Fußballnationalspieler Sindri Snær leitet das Festivalkomitee – wie ist es gelaufen, Sindri?

Sindri Snær wird mit jeder Fernsehübertragung sonnengebräunter, blonder und muskulöser, seine hellen Augen blicken offen in die Kamera, er trägt einen Islandpullover und über der Schulter eine Gitarre. Inzwischen ist er Vollprofi, dominiert das gesamte Sommerprogramm, tourt mit kurzweiligen Unterhaltungssendungen durchs Land und gestaltet zusammen mit einer Gruppe ausgewählter Entertainer und Musiker regelmäßig Radiosendungen. Seine Botschaft ist immer dieselbe.

Es ist super gelaufen, antwortet er. Bombenstimmung, ein bunt gemischtes Publikum, Jung und Alt, Familien und Freunde feiern gemeinsam.

Im Vorfeld gab es ja Bedenken, wenn in diesen unsicheren Zeiten so viele Menschen zusammenkommen. Man hatte Angst vor Ausschreitungen und Gewalt, aber diese Angst ist unbegründet, oder?

Absolut! Aber gut, dass Sie das ansprechen, es gibt ja immer noch Leute, die sich Sorgen machen und glauben, dass alles den Bach runtergeht, aber das stimmt nicht. Uns geht es gut, wir amüsieren uns und haben Spaß, was wollen wir mehr? Die Jungs von der Rettungswacht sorgen für unsere Sicherheit, und alles, was die anpacken, läuft!

Es gab Gerüchte, einigen Leuten würde der Zutritt zum Gelände verweigert, können Sie uns dazu etwas sagen?

Klar, das gehört nun mal zum Sicherheitskonzept, dass man potenzielle Unruhestifter nicht reinlässt. Schließlich feiern wir hier ein echtes isländisches Familienfestival. Das lassen wir uns von Leuten, die hier nicht hingehören, doch nicht vermiesen! Denen werden wir's schon zeigen! Die schmeißen wir einfach raus! Er dreht sich um, ballt die Faust und ruft über die Menschenmenge hinweg: Vorwärts Island! Tausende Stimmen antworten: Vorwärts Island! Dann nimmt der junge Mann die Gitarre, schlägt ein paar Takte an und brüllt mehr, als dass er singt: Es grünt das Feld, der Winter flieht, und alle stimmen mit ein.

Damit verabschieden wir uns fürs Erste aus der Búrfellsgjá, viel Spaß noch!, sagt Ósk lachend, und der Sprecher bedankt sich bei ihr und kündigt die nächste Meldung an.

Der wird ja immer heftiger, der Knabe, sagt Hjalti.

Úlfhildur wirft ihm einen schiefen Blick zu. Machst du dir jetzt Gedanken über Sindri Snær? Ich dachte, ihr wärt im selben Team?

Wie meinst du das?

Er arbeitet im Auftrag des Ministeriums, das wissen doch alle. Bei jeder Veranstaltung, aus der Elín Ólafsdóttir meint Kapital schlagen zu können, ist er mit seinen Stimmungsmachern und Parolen am Start.

Wir sind nicht in einem Team.

Sie rückt näher zu Hjalti und funkelt ihn an. Ich habe zu Hause so ein Gerät, das heißt Zuckerthermometer, sagt sie. Das benutze ich zum Marmeladeeinkochen. Wenn ich es in die Marmelade stecke, zeigt es exakt die Temperatur an, und dann weiß ich, ob sie lange genug gekocht hat. Dieser blonde Schlägertyp, der ist das Zuckerthermometer deiner Elín. Sie taucht ihn regelmäßig in ihre Marmelade, um die Stimmung zu kontrollieren, und wenn die Leute immun genug sind gegen ihre Grausamkeiten, dann macht sie Nägel mit Köpfen. Das nennt man Faschismus, Hjalti.

Elín ist keine Faschistin. Bei so was würde ich niemals mitmachen.

Das hoffe ich. Und Elín ist vielleicht noch keine Faschistin, weil ihr das noch nichts nützt. Aber sie wird eine sein, sobald ihr Thermometer die richtige Temperatur anzeigt, wart's ab.

Du spinnst doch, Úlfhildur. Ich hätte nicht gedacht, dass du so realitätsfern bist.

Behauptest du. Du kommst hierher, mit Bestechungsmaterial beladen, und willst uns vorschreiben, was wir veröffentlichen sollen. Nichts über die Opposition, nichts über die Kinder und Alten, die im Kringlan-Einkaufszentrum betteln, nichts über die Plünderer, die durchs Land ziehen und sich einfach nehmen, was sie wollen. Keiner darf die Federn an den Engelsflügeln deiner Elín anrühren, keiner darf etwas Unangenehmes sagen.

Ich bin weg. Du tust mir leid.

Dann verschwinde und lass dich hier nicht mehr blicken. Und behalt deine Kartoffeln, die können mir gestohlen bleiben.

Ohne noch etwas zu entgegnen, geht Hjalti hinaus in die milde Sommernacht, es dämmert bereits. Er tritt die Vespa an, rast durch die Straße und den Hang hinunter, nicht nach Hause, sondern in die Stadt. Sie ist bestimmt noch auf der Arbeit, sie ist immer auf der Arbeit, und er muss mit ihr reden.

Er wirft den Sicherheitsmännern einen Gruß zu, zeigt ihnen seine Zugangskarte, hält sie an den Scanner und tippt den Code ein. Dann schiebt er die Vespa durch den Hintereingang, schließt sie im Fahrradkeller ein und nimmt den Aufzug zum Ministerflur. Als er der Sekretärin begegnet, einer mausgrauen Frau mit großer Brille und Dutt, grüßt er freundlich. Sie freut sich wie immer auf ihre verschämte Art, ihn zu sehen, und lässt ihn in Elíns Büro, bitte warten Sie hier, sie kommt gleich.

Hjalti setzt sich auf das Ledersofa, Mies van der Rohe, schwarz und glänzend wie Lakritz. Elín hat das Bild über dem Sofa ausgetauscht, anstelle des kobaltblauen abstrakten Gemäldes von Hafsteinn Austmann hängt dort jetzt ein idyllisches Landschaftsbild von Ásgrímur Jónsson, gewellte Hügel unter soßefarbenen Bergen.

Nach ein paar Minuten steht er auf und geht zum Schreibtisch, der wie üblich ordentlich aufgeräumt ist, auf einigen Papieren liegt ein Brieföffner, der Computer summt angenehm, obwohl der Bildschirm schwarz ist. Auf der grünen Schreibtischunterlage liegt eine zerlesene Akte, aus der grelle Klebezettel ragen. Er liest die auf dem Kopf stehende Überschrift:

Nahrungsmittelsicherheit und Bevölkerungsentwicklung.
Vertraulich.

Hjalti zögert einen Moment, bevor er seinem Instinkt nachgibt und den Bericht aufschlägt.

> Die Volkszählung von 1703 ist zweifellos die wichtigste Quelle zur Bevölkerungsentwicklung in Island. Sie wurde durchgeführt, um die Situation nach den schwierigen Jahren zwischen 1694 und 1702 zu untersuchen, in denen viele Menschen an Hunger starben. Man geht davon aus, dass damals insgesamt 9000 Menschen verhungerten, also fast ein Sechstel der Gesamtbevölkerung. 1703 lebten in Island 50 358 Personen. Bei der Volkszählung im Jahr 1801 waren es 47 240 Personen. Nach den Hungersnöten der Jahre 1783-1785 betrug die Zahl der Isländer 38 363. Im Verlauf des 18. Jahrhunderts ging die Bevölkerungszahl nicht mehr über 50 000 Menschen hinaus.

Bevölkerung in Island 1703-2016

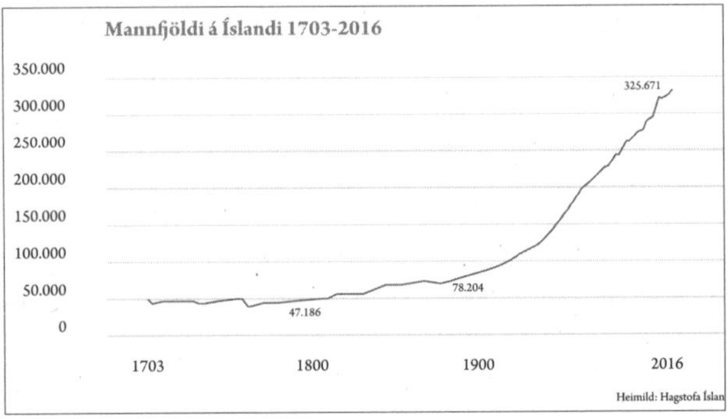

Quelle: Statistisches Büro Islands

Zu Beginn des 19. Jahrhunderts war man der Ansicht, dass nicht mehr als 45 000, allerhöchstens 50 000 Menschen in Island leben könnten. Jeder darüber hinausgehende Zuwachs würde unweigerlich auf irgendeine Weise zu Minimierung führen. Diese Einschätzung der natürlichen Obergrenze der Bevölkerung war in der damaligen, stagnierenden isländischen Gesellschaft natürlich richtig. Die Frage ist nur, ob diese Stagnation unausweichlich war.

Auf den nächsten Seiten befinden sich Berechnungen und Statistiken zu Bevölkerungsentwicklung, Lebensmittelproduktion und Klimabedingungen.

Nachweislich stieg die Bevölkerungszahl erst im Jahr 1926 über 100 000 und im Jahr 1968 über 200 000.

Hjalti blättert zum Abschlusskapitel, lauscht kurz, aber im Flur sind keine Geräusche zu hören.

Es ist allseits bekannt, dass sich die Verhältnisse in Island innerhalb eines Jahrhunderts von Grund auf geändert haben. Die technische Entwicklung, der zunehmende Handel und der Kontakt mit dem Ausland haben die sozialen Bedingungen und den Bevölkerungsanstieg derart schnell vorangetrieben, dass unsere heutige Gesellschaft für einen Menschen aus dem 19. Jahrhundert nicht mehr wiederzuerkennen und gänzlich unverständlich wäre, wie intelligent und fortschrittlich er auch sein mochte. Dennoch müssen wir uns bezüglich der natürlichen Obergrenze der Bevölkerung in seine Lage versetzen, seit die Variable »internationaler Handel und Verkehr« aus der volkswirtschaftlichen Gesamtrechnung wegfällt.

Island hat die Energiewirtschaft massiv ausgebaut und produziert wesentlich mehr Strom, als die Bevölkerung braucht. Diese Energie wird für eine beachtliche Lebensmittelproduktion genutzt, sowohl für den Anbau von Gemüse und Obst in Gewächshäusern als auch für Getreide, Kartoffeln und Wurzelgemüse auf beheizten Feldern. Die Wartung der technischen Geräte und die Anpassung der Maschinen an die Verknappung fossiler Brennstoffe ist ein vorübergehendes Problem, das Techniker und Ingenieure in relativ kurzer Zeit lösen können.

Die Haltung von Nutztieren, sei es traditionelle Schaf- und Rinderzucht oder Massentierhaltung von Schweinen und Geflügel, ist dadurch eingeschränkt, dass viele gängige Futtermittel sowie Kunstdünger im Inland nicht erhältlich sind. Grünpflanzen- und

Getreideanbau ist nur in dem Umfang möglich, wie er sich mit natürlichem Dünger bewerkstelligen lässt. An der Entwicklung einer Methode zur Herstellung eines wirkungsvolleren Düngers aus Industrieabfällen wird gearbeitet, aber die Versuche haben noch nicht den gewünschten …

Im Flur geht eine Tür auf, mehrere Stimmen sind zu hören. Hjalti kann zwar kein Wort verstehen, aber Elín ist im Anmarsch. Da es zu spät ist, den Schreibtisch noch fluchtartig zu verlassen, lässt Hjalti sich einfach auf den Stuhl fallen, den aufgeschlagenen Bericht vor sich auf dem Tisch.

Die Tür geht auf, und Elín schaut ihn ausdruckslos an, scheint noch nicht einmal erstaunt, ihn auf ihrem Stuhl zu sehen.

Guten Abend, sagt sie. Du bist ja noch spät hier.

Du aber auch. Gehst du nie nach Hause?

Die Belange Islands schlafen nicht, antwortet sie. Ich kann es mir nicht erlauben, nur zur Bürozeit zu arbeiten.

Ziemlich interessantes Dokument, sagt er und hebt den Bericht hoch. Warum sitze ich eigentlich stundenlang mit dir und Máni und dem Führungsteam in Meetings, wenn anschließend diverse Nebenaspekte einfach hübsch unter den Tisch gekehrt werden? Wie zum Beispiel, dass es nicht genug zu essen im Land gibt.

Nun ja, entgegnet sie. Das lag doch auf der Hand, oder nicht? Schließlich ist das die Frage, um die sich alles dreht, innerhalb des Führungsteams und bei den vielen Meetings. Und du hast nie nachgefragt.

200 000 Menschen, sagt er, kann das Land also ernähren. Was willst du mit den restlichen 150 000 machen?

Wenn man es positiv sieht, sagt sie, ist das eine unglaubliche Entwicklung innerhalb der letzten zweihundert Jahre. Island konnte Anfang des 19. Jahrhunderts noch keine 50 000 Menschen ernähren und am Ende nur etwas über 90 000. Im Hochland wimmelte es von bettelarmen Kleinbauern, und die Ärmsten der Armen wanderten mit Schiffen nach Amerika aus. Diese 200 000 sind ein ziemlich großer Erfolg für eine so kleine Nation. Sie können ein sehr gutes Leben führen.

Was wird aus den anderen?, insistiert er.

Sie schüttelt den Kopf. Das wissen wir nicht. Aber es gibt keinen Grund, durchzudrehen, wir können die Schiffsmotoren umbauen und mit Strom oder Biodiesel antreiben, damit die Trawler zu den Fischgründen gelangen und mehr Fang einholen können. Das sind alles nur Rechenexempel. Können wir mehr Menschen ernähren, wenn wir Heu und Getreide produzieren oder wenn wir Raps anbauen, aus dem wir Pflanzenöl für die Schiffsmotoren gewinnen? Wobei das letztendlich wohl unerheblich ist – was auch immer wir anbauen, bei einer bestimmten Bevölkerungszahl ist Schluss. Weidekapazitäten, Futtermittelproduktion für Fischzucht und Massentierhaltung, Gewächshäuser, das sind alles begrenzte Ressourcen.

Aber 200 000, das ist furchtbar wenig. Hast du nicht gesagt, wir sollten uns zu Gruppen zusammentun, viele Hände erleichtern die Arbeit und der ganze Quatsch?

Hjalti, es ist nicht sicher, dass es so kommen wird. Das ist unser pessimistischstes Szenario, schon bald werden wir sehen, wie stark die Bauern die Produktion steigern konnten, wie viel Fang die Kleinboote in den Herbstmonaten einholen werden. Der Sommer war gut, alle sind optimistisch. Aber wir müssen auch ein paar schwierige Entscheidungen treffen. Man kann sich ja vorstellen, was passiert, wenn sich 350 000 Menschen um Lebensmittel für 200 000 Menschen prügeln. Die Leute rotten sich zusammen, die Schwachen unterliegen und hungern, die Starken übernehmen die Macht und führen das Land, indem sie die anderen gewaltsam unterdrücken. Es gäbe einen Bürgerkrieg mit allen Gräueltaten, die man sich nur vorstellen kann.

Sie stellt sich ans Fenster und blickt über die Stadt.

Das ist eine schwere Belastung. Glaub mir, ich würde mich am liebsten einfach hinlegen, mir die Decke über den Kopf ziehen und es anderen überlassen, die Welt zu retten, beziehungsweise das, was noch von ihr übrig ist. Aber das darf ich nicht zulassen. Ich muss diese Aufgabe bewältigen und werde meinen Posten nicht räumen, solange ich mich auf den Beinen halten kann. Ich werde mein Kind nicht in eine Hölle auf Erden hineingebären, wenn es sich irgendwie vermeiden lässt. Mir bleibt ein halbes Jahr Zeit, um das zu verhindern.

Hjalti wird plötzlich schwindelig. Das mit dem Kind ist eines der nicht angesprochenen Themen zwischen ihnen.

Aber all diese Menschen – wie soll man die denn auswählen? Was wollt ihr mit ihnen machen? Sie abschlachten wie Tiere? Was für eine Zivilisation bliebe uns dann?

Wie kommst du denn auf diesen Schwachsinn?, erwidert sie empört. Wir sind eine kultivierte Nation. Wir werden eine Lösung finden, mit der alle einverstanden sind. Wir hoffen natürlich, fügt sie mit Nachdruck hinzu, dass die Leute, die wir wegschicken müssen, auch gehen wollen.

MARÍA

Als sie nach Hause kommt, ist sie so müde, dass sie kaum mehr stehen kann. Es ist nach Mitternacht, und mit letzter Kraft schleppt sie das Fahrrad die Treppe hinauf. Sie steckt den Schlüssel ins Schloss und schließt auf, doch die Sicherheitskette ist vorgeschoben und blockiert die Tür.

Margrét, ruft sie leise, und dann etwas lauter, Margrét, Liebes, ich bin wieder da.

Zwei große Augen starren sie aus der Wohnung heraus an, und sie erschrickt, Elías, bist du wach? Kannst du die Kette losmachen, Schatz?

Er rührt sich nicht, schaut sie aus dem dämmrigen Flur nur weiter an mit diesen großen weißen Untertassen. Ihre Stimme wird lauter, Elías, mach auf! Lass mich rein!

Margrét ist nicht zu Hause, wispert er. Sie war den ganzen Tag nicht da.

Das Entsetzen schnürt ihr die Luft ab, und ihr wird schwarz vor Augen. Wo ist sie? Bitte mach auf, Schatz.

Endlich erhebt er sich vom Fußboden, drückt die Tür zu, nimmt die Kette aus der Schiene und öffnet seiner Mutter die Tür, die halb in die Wohnung hineinfällt, ihn in die Arme schließt und ins Wohnzimmer trägt, zum Sofa. Mein süßer Kleiner, mi cariño, warst du den ganzen Tag allein?

Elías presst sich an die Schulter seiner Mutter, bohrt seine Nase in ihren Hals, als wollte er in sie hineinkriechen, umarmt sie, so fest er kann, die Hände in ihren Anorak gekrallt.

María ist so aufgewühlt und besorgt, dass sie kaum mehr atmen kann, ihre Nasenflügel sind geweitet, und ihre Stimme zittert. Wo ist diese Göre? Sie hat Margrét vertraut, hat ihr ihren zerbrechlichen kleinen Bruder anvertraut, so zart, als hätte er keine Haut, keinen Schutz vor dieser Welt. Aber Margrét ist so selbstständig und zuverlässig, pfiffig und schlagfertig, dass María ihr die Verantwortung übertragen hat, und jetzt wurde sie von ihr enttäuscht.

Dann bekommt sie Panik, das sieht Margrét gar nicht ähnlich, vielleicht ist ihr etwas zugestoßen. Ständig unterwegs mit ihrem Fahrrad, fährt in der Gegend herum und meldet sich manchmal stundenlang nicht, ist sie womöglich in die Fänge eines Verbrechers geraten, hatte sie einen Unfall?

María greift nach dem Telefon und wählt die Nummer ihrer Tochter, aber ihr Handy ist ausgeschaltet. Es ist schon ein Uhr, aber sie ruft trotzdem bei Embla an, deren schläfriger Vater erst murmelnd protestiert, am Ende aber doch seine Tochter weckt und ihr das Telefon reicht.

Eigentlich treffen Margrét und ich uns gar nicht mehr, sagt Embla, ich hab sie seit Wochen nicht gesehen. Sie ist immer bei den Kids im Korputorg, die wissen bestimmt, wo sie ist.

Embla bemüht sich, erwachsen zu klingen, ihr Mut zu machen, Margrét ist total cool, mit der ist bestimmt alles okay.

María bedankt sich und legt auf. Sie weiß nicht, was sie machen soll, sie kann Elías nicht schon wieder allein lassen und hat nicht die Kraft, rauszugehen und nach ihrer Tochter zu suchen. Die Polizei erfüllt schon lange nicht mehr ihre ursprünglichen Aufgaben, es bringt nichts, dort anzurufen, wenn man nicht den entsprechenden Preis zahlen kann.

Schlussendlich holt María tief Luft und wählt eine alte Nummer, eine Nummer, die sie aus ihrem Handy gelöscht hat, aber noch auswendig kann. Sie ruft Hjalti an.

Dann schlüpft sie aus ihrem Anorak, nimmt Elías, trägt ihn ins Bett, ringelt sich um ihn wie eine Raubkatze um ihren Welpen, liegt wach in der Spätsommernacht und wartet.

HJALTI

Er weiß nicht, was er hier macht. Warum er sich mitten in der Nacht aus dem Bett quält, um dem Hilferuf einer Frau zu folgen, die ihn von sich gestoßen hat, warum er sich in ein Leben einmischt, das nichts mehr mit seinem zu tun hat.

Das Einkaufszentrum liegt im Dunkeln, die viereckigen Türme heben sich wie abgebrochene Zähne vom Himmel ab. Hjalti mustert es und überlegt, wie er die Sache angehen soll. Das Gebäude wirkt heruntergekommen und verlassen, doch aus seinem Inneren dröhnen dumpfe Bässe, als schlüge in diesem hässlichen Haus ein dunkles, wildes Herz.

Ein trüber Lichtschein fällt aus einem der Ladenlokale, er geht langsam auf die Tür zu, kann aber niemanden darin ausmachen. Die Tür ist abgeriegelt, und die Fensterscheiben sind schwarz übermalt, doch dahinter sind Bewegungen und Musik, und er klopft. Niemand antwortet. Noch einmal, fester, jetzt mit der geballten Faust gegen die Scheibe, lasst mich rein, ihr Schwachköpfe!

Ein Schlüssel dreht sich im Schloss, und ein pickeliger Teenager streckt das Kinn heraus und glotzt ihn an. An seiner Nase hängt ein Ring, der ihm wohl ein bedrohliches Image verleihen soll, ihn aber wie ein Kälbchen aussehen lässt. Durch die Türöffnung dringen rhythmische Beats und blinkende Lichter.

Ich suche Margrét, sagt Hjalti so freundlich wie möglich. Sie ist dreizehn und sollte eigentlich zu Hause sein. Ihre Mutter möchte, dass sie zurückkommt.

Verpiss dich. Hier gibt's keine Margrét, entgegnet der Junge mit brüchiger Stimme. Er will die Tür wieder zuknallen, aber Hjalti schiebt seinen Fuß dazwischen, mach keinen

Scheiß, sonst suche ich sie selbst. Der Junge stößt einen Schrei aus, und bevor Hjalti weiß, wie ihm geschieht, bekommt er einen heftigen Tritt in den Bauch, krümmt sich vor Schmerzen und sinkt auf den Asphalt. Halbwüchsige Jungs stürmen durch die Tür, grölend und schreiend, einige mit Flaschen, andere mit Zigaretten, und er spürt nur noch Dunkelheit und Schmerz, als sie ihn mit Tritten und Schlägen traktieren. Der pickelige Knabe hat einen Baseballschläger in der Hand und holt weit aus, Hjalti schließt die Augen und schlägt sich schützend die Hände vors Gesicht.

Urplötzlich hören sie auf, eine bedächtige Stimme übertönt den Lärm der Musik und fragt, kennst du den? Ja, flüstert Margrét, der war mal mit meiner Mutter zusammen. Hjalti fühlt ihre Nähe, tastende Hände, sie versucht, ihm auf die Beine zu helfen, komm schon, steh auf, Mann.

Eine Welle der Erleichterung überkommt ihn, und dann Scham, weil sie ihn so sieht, geprügelt und gedemütigt auf der Straße, er kommt stolpernd auf die Beine, Margrét, ist alles okay mit dir?

Ich heiße nicht Margrét, antwortet sie trotzig, ich heiße Mara. Was hast du hier zu suchen, Mann?

Hjalti erkennt sie kaum wieder, sie ist gewachsen, hat sich die Augen schwarz geschminkt. Er ringt um seine Selbstachtung und strafft den Rücken, fühlt sich aber beschissen dabei, die verdammten Kids müssen ihm eine Rippe gebrochen haben.

Deine Mutter hat mich geschickt, um dich zu holen, sagt er. Sie stirbt fast vor Sorge. Du kommst jetzt mit mir nach Hause, Mädchen.

Nein, sagt Margrét einfach nur. Ich gehe nicht nach Hause. Du machst mir keine Vorschriften. Du bist nicht mein Vater.

Hjalti wird sofort sauer.

Wie bitte? Willst du etwa hier wohnen? In diesem Schweinestall? Was ist mit deiner Mutter? Und deinem kleinen Bruder? Du hast ihn den ganzen Tag allein gelassen, was hast du dir dabei gedacht?

Margrét weicht seinem Blick aus und erwidert nichts. Ein Junge in einer Lederjacke tritt vor und schiebt sie hinter sich, hast du nicht gehört, sie kommt nicht mit. Sie wohnt jetzt hier.

Sie wohnt nicht hier, entgegnet Hjalti, sie ist dreizehn. Sie ist noch ein Kind. Ich habe gehört, was ihr hier macht, Einbrüche und Überfälle, Partys ohne Ende, bei denen jeder Dahergelaufene sich für Essen und Alkohol an zugedröhnten Kindern vergehen kann.

Der Junge geht drohend auf ihn zu, sein Gesicht vor Hass verzerrt. Du kommst nicht hierher und schreibst uns vor, was wir dürfen und was nicht. Wir sorgen für uns selbst. Wir kriegen von niemandem was geschenkt. Das ist unser Zuhause.

Margrét hat ein Zuhause, fällt Hjalti ihm ins Wort. Sie hat eine Mutter, die sich um sie kümmert und sich Sorgen macht, und einen kleinen Bruder, auf den sie aufpassen soll. Lasst sie mich mit nach Hause nehmen, fleht er geradezu, doch Margrét drängelt sich vor den Jungen und zischt, nein, ich komme nicht mit, du Wichser. Sie dreht sich zu dem Jungen, legt ihm die Arme um den Hals und gibt ihm einen langen, provozierenden Zungenkuss, speziell für Hjalti.

Die Kids umringen ihn, rempeln ihn an, schwenken Baseballschläger und Schlagringe. Resigniert hebt er die Hände, okay, dann bleib hier, wenn du unbedingt willst. Darf ich wenigstens mal kurz mit dir allein sprechen?

Margrét schaut zu dem Jungen, der nickt und der Gruppe ein Zeichen gibt, sich zurückzuziehen. Er zündet sich eine Zigarette an und lässt Hjalti und Margrét nicht aus den Augen.

Ist wirklich alles okay mit dir, fragt Hjalti. Haben sie ... haben sie dir was getan?

Spinnst du?, sagt Margrét und verdreht die Augen. Das sind meine Freunde. Wir haben Spaß zusammen. Ich hab keinen Bock, zu Hause rumzuhängen und den ganzen Tag auf Mama zu warten.

Du weißt doch, dass sie sich Arbeit sucht, damit sie für euch sorgen kann.

Toll, läuft ja super, entgegnet sie. Hier gibt's wenigstens genug zu essen. Und alle sind nett zu mir. Wie eine Familie.

Familie! Das sind doch kriminelle Halbstarke, und das Essen ist geklaut. Du ziehst diese Ganoven deiner Mutter und deinem kleinen Bruder vor, für den du verantwortlich bist. Die verprügeln mich, und du bezeichnest sie als deine Familie. Da kannst du ja mächtig stolz sein auf dich und deine feinen Freunde.

Ach, halt's Maul, sagt Margrét, zieht die Mütze tiefer in die Stirn und marschiert zurück zu ihren Freunden, zu dem Jungen in der Lederjacke.

Ich will dir doch nur helfen, ruft er ihr nach, aber sie würdigt ihn keines Blickes.

Er steigt auf die Vespa und gibt Gas. Sein Rücken tut weh, und seine Jacke ist schmutzig und zerrissen. Er muss María sagen, dass er es nicht geschafft hat, muss sie enttäuschen, wieder einmal.

SVANGI

Ich kann mich kaum mehr aufrichten, muss mit dem verletzten Bein falsch aufgetreten sein und vor Schmerzen das Bewusstsein verloren haben. Als ich wieder zu mir komme, winsele ich wie ein verwundetes Tier. Ich fühle mich erbärmlich, kann nicht glauben, wo ich gelandet bin, eine elende Gestalt, die sich in einem Erdloch versteckt, ein bärtiges, schmutziges Scheusal, halb tot vor Angst und Einsamkeit, nach Fäulnis und Dreck stinkend nach einem langen Winter, den ich mit halb verdorbenem Essen und zusammen mit den Tieren im Haus verbracht habe.

Der Unterschlupf ist nicht viel mehr als eine Spalte in der Lava, eine Aushöhlung, die nach einem Erdrutsch entstanden ist. Sie liegt gut versteckt zwischen den Felsen, und um den Eingang noch besser zu tarnen, habe ich eine große Felsplatte davorgeschoben, wobei ich mich völlig verausgabt habe. Jetzt blicke ich nach oben in den trüben Lichtschein und fluche, weil ich mir nicht mehr Zeit genommen habe, die Höhle wohnlicher zu machen. Es ist schwer, auf den feuchten, kalten Steinen eine bequeme Stellung zu finden, die Wände sind mit Algen und Moos bedeckt. Ich zittere vor Kälte und Fieber, hier werde ich nicht lange durchhalten.

Falls ich hier jemals wieder rauskomme und mein Bein wieder heilt, dann nehme ich ein Bad. Das verspreche ich mir. Dann gehe ich aus meiner Hütte und wasche mich. Stutze mir den Bart und die Haare, spüle meine zerfetzten Klamotten aus.

Falls mich noch etwas anderes erwartet als das hier: mich heulend im eigenen Dreck zu winden.

Ich falle ins Delirium, liege im Wasser, heiß und duftend,

das sind Salze und Öle, Lavendel und Muskat, sagt sie und streicht mir über Schultern, Stirn und Brust, ich wasche dich, wenn du magst. Nun hat sie mich endlich erwischt, die Elfe im Felsen, hat mich aus der Menschenwelt zu sich gelockt und wird mich nie wieder aus diesem Loch herauslassen.

Von Zeit zu Zeit habe ich lichte Momente, zähle hastig die Vorräte, glaube, dass es mir gelungen ist, die meisten Hinweise auf meine Existenz zu tilgen, schiebe meine paar Habseligkeiten in Felsspalten und Mulden, breite alte Schaffelle und Grassoden über das Werkzeug und die Salzfleischtonne. Ich habe versucht, meine Spuren im Schlamm mit einem Ast zu verwischen, nur die Trockengestelle sind problematisch, sie werden den Stockfisch und das Fleisch finden, aber hoffentlich nicht begreifen, wie frisch es ist, vielleicht denken, dass hier vor langer Zeit jemand gehaust und den Möwen und Schmeißfliegen wertvolle Proteine hinterlassen hat. Schließlich sind sie nicht die Schlausten, damit tröste ich mich.

Ich sinke wieder in Dämmerschlaf, in die sanften Hände, die mich streicheln, massieren und meinen müden, schmerzenden Körper liebkosen, tauche nur auf, um Luft zu holen, aus dem weichen, warmen Wasser, aus diesen kleinen, starken Händen.

Anlass zu Optimismus

Island auf einem guten Weg in Richtung Autarkie und Nahrungsmittelsicherheit

REYKJAVÍK, 5. August – »Es besteht kein Grund, sich um Nahrungsmittel Sorgen zu machen, es wird immer genug geben, auch wenn der internationale Handel vorübergehend brachliegt«, sagte Ministerpräsidentin Elín Ólafsdóttir, die heute einen neuen Bericht zur Produktionskapazität in Landwirtschaft und Fischfang vorstellte.

Fachleute aus dem Ministerium halten es für sicher, dass diese Wirtschaftszweige alle Einwohner des Landes ausreichend ernähren können, wenn man die Produktion des letzten Jahres zugrunde legt.

Fülle an Nahrungsmitteln

Aus dem Bericht geht hervor, dass die Zahl der Rinder in Island 74444 beträgt, davon 26159 Milchkühe. Die Zahl der Schafe beträgt circa 490000, ausgewachsene Schweine gibt es etwa 3600 und Legehennen etwa 226000.

Insgesamt wurden letztes Jahr 30000 Tonnen Fleisch produziert. Durchschnittlich wurden 82 Kilo Fleisch pro Person konsumiert, was in etwa der produzierten Menge entspricht, sowie insgesamt 42 Millionen Liter Milch und Milchprodukte verkauft.

Die Heumenge betrug letztes Jahr 2,5 Millionen Kubikmeter, größtenteils in Form von Silageballen. Die Kartoffelernte brachte 8260 Tonnen und die Getreideernte 6227 Tonnen. Die Gemüseernte, bestehend aus Rüben, Karotten, Tomaten und Kohl, brachte fast 6000 Tonnen.

Die Gesamtmenge an gefangenem Fisch belief sich letztes Jahr auf etwa eine Million Tonnen, davon wurden 750000 Tonnen in den isländischen Hoheitsgewässern gefischt.

Die Fischzuchtbetriebe produzierten letztes Jahr circa 8300 Tonnen Fisch, überwiegend Lachs und Seesaibling.

Milch und Honig fließen

Elín begrüßte die Ergebnisse des Berichts. »Island ist ein Land, in dem Milch und Honig fließen«, sagte sie. »Wir haben nichts zu befürchten.«

Die Ministerpräsidentin hält es nicht für besorgniserregend, dass der Import von Benzin, Dünger und Kunststoff eingestellt ist.

»Das sind vorübergehende technische Komplikationen«, sagte sie. »Die besten Wissenschaftler und Forscher des Landes arbeiten an der Aufnahme einer Produktion im Inland, die die bisher aus dem Ausland importierten Produkte an Zweckmäßigkeit übertreffen wird.«

Sie gab sich jedoch eher zurückhaltend, es sei noch zu früh, Genaueres über diese Forschungen zu veröffentlichen.

HJALTI

> Bei Hungersnöten hat der Mensch nur ein Ziel: zu überleben. Alle anderen Ziele treten dahinter zurück; alle menschlichen Kontakte sind auf das Grundbedürfnis Nahrung ausgerichtet. Dies ist verbunden mit einer Auflösung der moralischen Werte, der sozialen Verbindungen, des Familienlebens und der Achtung von Recht und Ordnung. Es kommt zu Krawallen, die Menschen irren marodierend umher. In Hungergebieten sind Einbrüche, Überfälle, Gewalttaten und Morde aus Habgier an der Tagesordnung. Kannibalismus kommt vor, ist jedoch selten und findet im Verborgenen statt.

Hjalti klappt den Bericht zu und seufzt. Máni steht abwartend mit verschränkten Armen auf der anderen Seite des blankpolierten Konferenztisches und trommelt mit den Fingern gegen seine Oberarme. Er trägt einen Islandpullover, wahrscheinlich ein Produkt seines Wollprojekts, das hervorragend gelaufen ist. Die Leute haben begeistert mitgemacht und alles verstrickt, was die Schafe im Sommer hergaben. Tatkräftige Schreiner haben angefangen, Webstühle zu bauen, und der Plan ist, im Herbst eine groß angelegte Lodenproduktion zu starten.

Gott steh uns bei, denkt Hjalti, während er seine Geschichten über die vielen optimistischen, zupackenden Menschen schreibt und in die sozialen Netzwerke pumpt. Fast scheint es so, als wäre die Isolation das Beste, was dem Land je passiert ist, sonst hätten sie niemals gelernt, allein zurechtzukommen, die Not lehrt die nackte Frau das Spinnen und so weiter. Gebrechliche Senioren werden aus den Betten gezerrt, um den Leuten beizubringen, wie man spinnt, webt, Fisch verarbeitet, melkt, sich durchschlägt, diese armen Greise müssen ihr Leben im selben nasskalten Albtraum beenden, in den sie hineingeboren wurden, und wünschen sich nichts sehnlicher, als wieder aus ihm herauszukommen, zurück in ihre warmen Betten, wo die iPads auf sie warten.

Und niemand ist optimistischer oder tatkräftiger als dieser Ökonom mit seinem Veränderungsmanagement. Er spricht von Fortschritt und Autarkie und zählt die neusten Errungenschaften des Projekts auf. Aus recyceltem Kunststoff werden Packsättel hergestellt, aus Autowracks Sensen, aus den Fenstern der gläsernen Paläste in der Borgartún, den leerstehenden Banken und Anwaltskanzleien, werden die Scheiben herausmontiert und mit unendlicher Liebe und Sorgfalt zu den Gewächshäusern der Geothermalgebiete im Süd- und Westland transportiert.

Dann spricht er von Nahrungsmittelsicherheit. Hjalti weiß, dass sie sich dem Kern des Problems nähern, jetzt kommen die Fragen und Antworten auf den Tisch, und bei dem Gedanken wird ihm speiübel.

~

Hjalti nimmt sich vor, eine richtige Mahlzeit zu kochen, wenn er nach Hause kommt. Shepherd's Pie aus Hackfleisch und Gemüse, mit Kartoffelpüree und Käse überbacken. Ihm läuft schon das Wasser im Mund zusammen, er wird einen großen Auflauf machen, der für mehrere Tage reicht. Das Essen im Ministerium ist nicht schlecht, aber es ist lange her, seit Hjalti richtig gekocht hat, und er vermisst es.

Als er nach Hause kommt, bemerkt er ein graues Etwas

auf den Stufen vor seiner Haustür. Das Etwas entpuppt sich als Úlfhildur in einem abgetragenen Trenchcoat. Er grüßt sie verwundert, sie haben sich noch nie gegenseitig zu Hause besucht, und er kann sich nicht erinnern, ihr jemals woanders als auf der Arbeit begegnet zu sein.

Sie haben mich gefeuert, sagt sie. Er bittet sie herein, mitfühlend, aber nicht überrascht. Dankend nimmt sie ein Glas Wasser an und setzt sich in dem verwaisten Wohnzimmer aufs Sofa.

Viel hat sie nicht mitgenommen, sagt sie. Die paar Habseligkeiten nach einem Vierteljahrhundert am selben Arbeitsplatz füllen kaum eine Plastiktüte. Einige Bücher, die Kaffeetasse mit ihrem Namen, zwei abgetragene Pullis und einen Stapel Visitenkarten, die sie alle nicht gebraucht hat. Und natürlich das, was in den Walzen der Druckmaschinen verschwand, kurz darauf in der Zeitung erschien, Tausende Spaltenzentimeter an Meldungen, Interviews, Überschriften und Artikeln, die schlussendlich in den Altpapiertonnen der Isländer landeten, ein winziger, schnell vergessener Teil der Menschheitsgeschichte.

Ich denke, ich bin meiner Überzeugung immer treu geblieben, sagt sie. Ich habe mich bemüht, die bestmögliche Version der Wahrheit zu finden und in passablem Isländisch zu formulieren. So einfach ist das. Und das kostet mich dann am Ende meinen Job.

Ich habe dich gewarnt, sagt Hjalti. Aber du hast ja nie aufgehört, schwierige Fragen zu stellen.

Ich weiß, antwortet sie. Ich bin ein Opfer meiner eigenen Dummheit.

Sie sitzt kerzengerade auf dem Sofa, das Wasserglas vor sich auf dem Tisch, blass und verkniffen, hilflos, nachdem man sie aus ihrer vertrauten Umgebung gerissen hat, und Hjalti stimmt ihr zu, sie war ein Dummkopf. Selbst die Kinder, die ihre Eltern andauernd löchern: Was gibt's zu essen? Wann fängt die Schule wieder an? Hast du einen Job gefunden?, die hören irgendwann auf, schwierige Fragen zu stellen, wenn sie die Angst in den Augen ihrer Eltern sehen, die Ratlosigkeit gegenüber dem Ungewissen, bis schließlich einer brüllt: Ich weiß es nicht! Sei still! Dann hören sie auf zu fragen, packen mit an, beschäftigen ihre jüngeren Geschwister, während ihre Eltern rausgehen, um Arbeit betteln, um Essen, um irgendwas.

Was willst du jetzt tun?, fragt Hjalti, und Úlfhildur schaut ihn mit glanzlosen Augen an, erschreckend trotzig.

Mir fällt schon was ein.

Hast du Kontakt zu den Wählern?

Zu den Wählern? Sie schaut ihn eindringlich an. Spreche ich mit Hjalti Ingólfsson, meinem Freund und Kollegen, oder mit einem Mitarbeiter des Ministeriums?

Lass das.

Ja, ich werde wohl mit ihnen reden. Jedenfalls eher, als zur See zu fahren, obwohl mein Vetter in Þorlákshöfn mir angeboten hat, mich mitzunehmen. Ich finde, eine unsportliche Frau in den Fünfzigern ist an einem Schreibtisch besser aufgehoben als auf einem Fischkutter.

Hjalti ist sich da gar nicht so sicher, er kann sich diese stämmige, dickköpfige Frau ziemlich gut in einem orangen Seemannsoverall an Deck vorstellen, wo sie Befehle brüllt und den Matrosen versaute Witze erzählt.

Du weißt, dass es riskant ist, bei den Wählern mitzumachen, sagt er, man wird sofort festgenommen, wenn man auffliegt. Du könntest vom Regen in die Traufe kommen.

Schlimmer kann's nicht mehr werden, erwidert Úlfhildur. Ich bin allein, ich habe nur für diesen Job gelebt, und jetzt hab ich nichts mehr. Gar nichts. Mir bleibt nichts anderes übrig, als zu den Wählern zu gehen, wenn ich überleben will, und damit bestätige ich automatisch dieses verleumderische Geschwätz, ich wäre eine von ihnen und hätte in der Redaktion die Fäden für sie gezogen. Dieser Rausschmiss kostet mich nicht nur meinen Lebensunterhalt, sondern auch meine berufliche Ehre.

Lass es lieber, sagt er. Die sind gefährlich, sie schüren Proteste und Krawalle, einen instabilen Zustand, den wir im Moment nicht gebrauchen können. Alle wissen, was passieren würde, wenn es jetzt Neuwahlen gäbe, die Leute würden die Nerven verlieren und es käme zu bürgerkriegsähnlichen Zuständen. Was wir jetzt brauchen, ist Stabilität. Recht und Ordnung. Das ist eine Ausnahmesituation, und wir müssen uns an sie anpassen.

Úlfhildur mustert ihn so argwöhnisch, dass er verstummt. Tut mir leid, sagt er schließlich. Kann ich dir irgendwie helfen?

Du kannst mir helfen, indem du aufhörst, mit deiner Ex-Freundin Pläne zu schmieden, alles auszumerzen, was man in diesem Land noch als nüchternes und kritisches Denken bezeichnen kann, faucht sie und knallt das Glas auf den Tisch. Die Leute haben Hunger und sind verzweifelt, und wir müssen eine offene, demokratische Diskussion über die Probleme führen, nicht hinter verschlossenen Türen im Ministerium. Das Leben wird immer schwieriger, die Lebensmittel aus den Warenlagern im Hafen werden Busenfreunden der Regierungsmitglieder zugeteilt, und die sogenannte Rettungswacht wird immer brutaler. Úlfhildur schnaubt verächtlich. Und Elín hält sich bedeckt, während ihr kleiner Flötenspieler durchs Land tingelt, die schlimmsten Leute um sich schart und den Nationalismus anheizt.

Es ändert nicht viel, ob ich dabei mitmache oder nicht.

Das ändert alles!, widerspricht sie mit funkelnden Augen. Diese Aufwiegler sind harmlos, solange sie allein sind. Aber wenn intelligente und aufgeklärte Menschen bei diesem Horror mitmachen, dann werden sie richtig gefährlich. Und genau an der Stelle kommst du ins Bild. Nicht nur als Meinungsmacher, sondern weil du ein intelligenter und aufgeklärter Mensch bist. Wenn Leute wie du dabei mitmachen, ist der Kampf um eine zivilisierte Gesellschaft verloren.

Sie steht auf und sagt: Ich bin hergekommen, um dich zu bitten, mir zu helfen, aber weißt du was? Ich komme schon allein zurecht. Du hast ein viel größeres Problem als ich. Sag mir Bescheid, wenn ich irgendwas für dich tun kann.

Sie nimmt ihren Mantel und geht, zieht die Tür mit einem leichten Knall hinter sich zu. Hjalti tritt ans Fenster und schaut ihr nach, wie sie die Straße hinuntermarschiert, ungebeugt. Er hat Mitleid mit ihr und ist gleichzeitig unglaublich froh, dass sie weg ist. Dann überlegt er, ob er noch ein bisschen Muskatnuss im Haus hat, er wollte ja Shepherd's Pie kochen.

MARÍA

Das Land ist endlos, es gleitet flach und eintönig unter ihren Rädern dahin und verschwindet in der Ferne, im Herbst, der in raschem Tempo von Norden her anrückt. Der Regen kommt und geht, die Landschaft ist in dicke, graue Schleier gehüllt, Wiesen und Felder rauschen vorbei, grün und gelb und braun, prall gefüllt verheißen sie einen vollen Magen.

Sie kommen nur langsam voran, der Junge strengt sich an und hustet röchelnd Schleim, María zieht einen Anhänger hinter sich her, beladen mit dem Allernotwendigsten, trockener Kleidung und Schuhen, ein paar Büchern, Verpflegung und, ja, ihrer Geige, der unversehrten, eingewickelt in Schlafsäcke und Decken. Alles andere hat sie zurückgelassen, doch die Gewissensbisse, die Angst und Wut verfolgen sie, genau wie der Regen, wirbeln durch ihren Kopf in einem schwerfälligen Reigen, im Takt mit ihren Füßen, die das Fahrrad vorwärts treten.

Undankbare Göre.

Unerträgliches, widerborstiges Kind.

Mein kleines Mädchen.

Sie vertreibt die frustrierenden Gedanken aus ihrem Kopf, blickt zurück über die Schulter zu Elías, der nass und matschbespritzt ist, die Verzweiflung steht ihm ins Gesicht geschrieben, und wirft ihm ihr strahlendstes Lächeln zu. Wie geht's, capitán!

Ich bin müde, Mama.

Ich weiß, Schatz. Wir sind gleich da! Wir müssen uns beeilen bei diesem Regen.

Mama? Das Fahrrad schlingert unter ihm wie ein Boot, er strampelt weiter in großen, kraftlosen Schlenkern.

Ja, Schatz?

Warum ist Margrét nicht mitgekommen?

Sie ist bei ihren Freunden.

Warum wollte sie nicht mit uns fahren?

Sie kommt später. Sie will noch ein bisschen bei ihnen bleiben.

Glaubst du, dass sie uns findet?

Ja, Schatz. Sie ruft einfach an, und dann fahre ich sie holen.

Stille.

Warum können wir nicht auch bei ihren Freunden sein?

Das sind Jugendliche, Elías. Ich muss mir Arbeit suchen und Essen für uns besorgen. Und du bist noch zu klein, um bei denen zu sein, verstehst du?

Aber da sind auch kleine Kinder, so wie ich.

Ja, Elías. Aber das sind Kinder, die vielleicht keine Mama und keinen Papa mehr haben. Kinder sollen bei ihren Eltern sein.

Aber warum ist Margrét dann nicht bei dir?

María seufzt. Der Junge klingt schon den ganzen Weg aus der Stadt wie eine Schallplatte, die einen Sprung hat, seit sie vom Einkaufszentrum losfuhren, nachdem klar war, dass sie Margrét nicht dazu bringen würde, mitzukommen, weder im Guten noch im Bösen. María konnte gegen diese sogenannten Freunde nicht viel ausrichten, mieses Gesocks allesamt, kiffend und widerliche Plörre saufend, die Mädchen geschminkt wie Nutten ... María klingt schon wie ihre Mutter, sie merkt es und schüttelt sich angewidert. Sie wird zum Inbegriff all dessen, was sie selbst einst dazu brachte, abzuhauen, durch Europa zu tingeln, kiffend und saufend, bis sie durch einen glücklichen Zufall bei diesem Geigenlehrer in

Den Haag landete, danach auf die Musikschule in New York ging, abgemagert und ungestüm wie eine Wildkatze. Müsste sie, mit dieser Vergangenheit auf dem Buckel, ihrer Tochter nicht einfach vertrauen?

Sie ist noch so klein.

Gerade mal dreizehn.

Ein Regenschauer spült die Tränen von ihren Wangen, und in dem Grau nehmen plötzlich weiße Riesen Gestalt an, übernatürliche Wesen, die hoch oben im Himmel die Arme schwenken. María fängt an zu lachen, das muss ein Zeichen sein. Die Reise bringt zwei trübsinnige Spanier auf ihren rostigen Fahrzeugen in einen ganzen Wald voller Windmühlen.

Guck mal, die Windräder, Elías!, ruft sie. Du kannst Don Quijote sein, dann bin ich Sancho Panza!

Der Junge lebt wieder auf, tritt kräftig in die Pedale und radelt so energisch über den Weg, dass Wasser aus den Pfützen hochspritzt. María versucht, mit ihm mitzuhalten, sie rasen durch den Regen, rufen auf Spanisch, ihrer Geheimsprache.

Sie sind außer Atem und lachen, als sie am Ziel ankommen. María schaut sich um, sie hatte mit einer Kleinstadt gerechnet, aber die paar Häuschen kann man kaum als Dorf bezeichnen. Die Straße ist menschenleer, das einzige große Bauwerk ist der Kartoffelspeicher, der das Dorf überragt wie ein riesiges Torfgehöft, und dann noch ein gräuliches Gebäude jenseits des großen Grabens, der die Siedlung in zwei Teile schneidet. In den Fenstern ist Licht, und als sie auf das Haus zuradeln, sehen sie Pferde auf der Wiese und ein paar Fahrräder vor der baufälligen Eingangshalle. In der Ferne ist der Windräderpark zu erkennen, die Flügel drehen sich gemächlich über dem Dorf. María klopft an die Tür und öffnet sie dann vorsichtig. Sie treten ein in die Wärme und den Duft von Essen, und unglaublich, aber wahr, Livemusik und Stimmen.

Guten Abend, ruft sie, und die Musik und das Stimmengewirr verhallen. Eine große Flügeltür öffnet sich einen Spalt, und ein verdreckter Kopf mit rötlichen Dreadlocks schiebt sich heraus, die Haut fleckig und schuppig. Der Mann sieht aus wie ein Rastafari, der in einem Chlorbad gelegen hat, doch als er sie sieht, zieht sich ein breites Grinsen über sein Gesicht.

Guten Abend, ruft er, willkommen in Sóley! Wie seht ihr denn aus, ihr seid ja nass bis auf die Knochen!

Die Tür schwingt weit auf, und die unterschiedlichsten Leute strömen heraus, junge und alte, Frauen und Männer, lächelnd, Gesichter voller Neugier und Gutmütigkeit, ihre Hände nehmen ihnen die Regenklamotten ab, wickeln sie in Wolldecken, reichen ihnen Handtücher. Ihr seid bestimmt müde, ihr habt bestimmt Hunger, kommt rein und ruht euch aus, du musst María sein, und du bist bestimmt Elías, wir haben uns Sorgen um euch gemacht, das Fest hat schon angefangen!

María weiß kaum, wie ihr geschieht, und merkt plötzlich, dass sie in der Aula der alten Schule mit offenem Mund dasteht und sich vorkommt wie ein Fisch auf dem Trockenen. Die Leute haben an langen Tischen gesessen und gegessen, die Suppenschüsseln dampfen noch, und da kommt Inga mit einer Schürze über der Jeans aus der Küche gelaufen, María, endlich bist du da! Sie umarmt ihre Freundin so fest, dass sie kaum noch Luft bekommt, beugt sich dann zu Elías, hebt ihn hoch und drückt ihn, mein großer Junge, bist den ganzen Weg mit dem Fahrrad gefahren!

Sie bekommen einen Ehrenplatz, Inga stellt Teller mit dampfender Suppe vor sie auf den Tisch und gesellt sich zu ihnen, der schäbige Rastafari sitzt ihr gegenüber und stellt sich vor, er heißt Örn Úlfur und ist der Verwalter der Sóley-Kommune. Wir hätten vielleicht einen zweckmäßigeren Namen finden können, aber meine Tochter hat »Butterblume« vorgeschlagen, und wir fanden das schön, sagt er und zieht eine Grimasse.

Er bietet selbstgebrautes Bier an, aber María lehnt ab, nein danke, ich trinke nicht.

Zwei junge Leute haben mit Querflöte und Gitarre die Bühne betreten, sie spielen mit fröhlichem Elan einen andalusischen Tanz von Granados, extra für die neuen Gäste. María ist gerührt und betrachtet ihren Sohn, der gierig die Suppe löffelt, sie ist salzig und kräftig und wärmt bis in die Zehen und Stirnhöhlen. Da ist Pferdefleisch drin, sagt Inga entschuldigend, die Leute in Þykkvibær haben immer Pferdefleisch gegessen, obwohl die Kirche das früher streng verboten hat. Die Kartoffeln und Möhren haben wir heute Morgen geerntet, und der Chili und die Kräuter kommen direkt aus dem Gewächshaus.

María pickt die Fleischstücke aus ihrer Suppe und will sie auf Elías' Teller legen, doch Inga hält sie zurück, das ist nicht nötig, es ist genug da.

Ja, hier gibt's genug zu essen und genug zu tun, wirf Örn Úlfur ein. Das Dorf heißt nicht mehr Þykkvibær, sagt er und lächelt Inga zu, das Dorf hat neues Leben und einen neuen Namen bekommen. Sóley bietet euch einen Neuanfang, hier habt ihr die Chance, ein gutes Leben zu führen auf der Grundlage dessen, was das Land uns gibt, hier könnt ihr zusammen mit uns eine harmonische Gemeinschaft bilden.

Wir glauben nicht, dass sich immer alles um Produktivität und Leistung drehen muss, es muss auch Zeit bleiben, um zu feiern und zu tanzen, zu meditieren und kreativ zu sein. Die Kinder gehen hier zur Schule, und wir geben Kurse für Erwachsene, praktische Dinge wie Gemüseanbau und Stromerzeugung, aber auch Yoga und Philosophie. Jeder Bewohner von Sóley verfügt über ein besonderes Talent, etwas, das er anderen vermitteln kann.

Ich habe ihnen von dir erzählt, unterbricht Inga ihn, von deiner Geige und deinem Spanisch und deinem grünen Daumen, und Örn Úlfur hat gesagt, du würdest perfekt hier reinpassen.

Vielen Dank, sagt María und blickt auf ihren Teller. Ich weiß gar nicht, was ich sagen soll, das ist wie im Paradies. Wir sind viel durch die Gegend gezogen, überall wird man behandelt, als wäre man zu nichts nütze, wie irgendein Gesindel. Es ist lange her, dass mich jemand so freundlich empfangen hat. Sie schaut zu Inga, und sie lächeln beide, drücken sich die Hände, es ist schön, eine gute Freundin zu haben.

Von Elías ertönt ein leises Schnarchen, sein Kopf sinkt auf die Brust, und María nimmt ihn auf den Arm. Ich muss ihm etwas Trockenes anziehen und ihn schlafen legen, sagt sie. Dürfen wir uns in ein Eckchen legen?

Ihr wohnt bei mir, entgegnet Inga. Es ist aufgeklart, ich bringe euch nach Hause.

Das Haus ist klein und abgewohnt, doch es hält sich standhaft und reckt den Giebel in den Abendhimmel, der hübsche Garten ist mit Rosenbüschen eingefasst. Ein Rosenhain, flüstert María in Elías' Ohr. Wir sind endlich zu Hause.

MARA

Man gewöhnt sich an alles, irgendwie. Sie weiß zwar nicht, wie das funktioniert, aber es ist, als würden winzige Teile in ihrem Inneren zurechtgerückt, jeden Tag ein Stückchen mehr, die Grenzen jedes Mal neu gezogen, etwas näher an ihren Kern heran.

Es ist leichter, wenn man Drogen nimmt, raucht oder schnüffelt oder von dem Alkohol trinkt, den Sjonni ihnen besorgt, der ist aus Milch oder Molke hergestellt und eigentlich total widerlich, es sei denn, man mischt ihn mit Cola, davon ist noch ein bisschen da. Danach ist man total im Hier und Jetzt, gut drauf mit den anderen Kids, man möchte sich Respekt verschaffen, ein Teil der Gruppe sein, etwas zu sagen haben und die anderen zum Lachen bringen. Das Wichtigste ist, dazuzugehören.

Es war einfacher, als sie mit Hrafn zusammen war, das heißt, solange sie die Einzige war, denn sie ist immer noch mit ihm zusammen, schon klar, aber sie weiß, dass er sich auch mit anderen Mädchen trifft, ihnen Geschenke macht und sie manchmal vor den anderen umarmt. Das verletzt sie, aber sie lässt sich nichts anmerken, sie wirft ihre dunklen, schweren Locken zurück und lacht, wenn jemand sie darauf anspricht, er ist frei und ich bin frei, wir besitzen einander nicht.

Und wenn die Jungs in ihr Zelt kommen oder sie in die alte Lagerhalle ziehen und versuchen, sie zu küssen oder anzufassen, hat sie das Gefühl, sich an ihm zu rächen, er soll bloß nicht glauben, dass er sie besitzt, sie darf auch andere Jungs küssen. Manche sind ganz süß, aber nicht so wie Hrafn, nicht so stark und nicht mit so blauen Augen, aber trotzdem ganz süß. Ihre Freunde.

Jóhanna durchschaut sie. Die Mädchen liegen auf dem Dach in der Sonne, ganz allein auf der Welt, und Jóhanna sagt, du weißt doch, dass er auch mit mir schläft, und Mara spürt, wie Wut in ihr hochsteigt. Sie sagt nichts, dreht den Kopf zur Seite, und Jóhanna lässt nicht locker, er ist nun mal so, du weißt schon, er schläft mit allen. Es bringt nichts, sich groß Gedanken darüber zu machen.

Mit uns ist es was anderes, sagt Mara durch die zusammengebissenen Zähne, er liebt mich. Und ich liebe ihn. Aber er gehört nicht nur mir allein, das ist schon okay.

Jóhanna schweigt. Sie lächelt fast nie, blickt mit ihren dunklen Mandelaugen aufmerksam in die Welt, und Mara findet sie meistens total klug, aber jetzt ist sie gemein.

Kann schon sein, dass er dich liebt, sagt Jóhanna, aber das ist keine gute Liebe. Er macht dich traurig, das sehe ich dir an. Und manchmal macht er dir Angst.

Ach, sei still, sagt Mara und schließt die Augen.

Sie hängen nicht die ganze Zeit in dem alten Einkaufszentrum ab, sie machen auch Erkundungstouren in die umliegenden Viertel, checken die noblen Einfamilienhaussiedlungen, die leeren Schulen, gehen in das Tal, wo die Leute schon immer Hühner und Schweine und Pferde gehalten haben. Da muss man allerdings vorsichtig sein, die Bauern haben Gewehre und bewachen ihre Tiere und Gemüsegärten. Da ist es leichter, in die Einfamilienhäuser einzubrechen, viele wurden von ihren Bewohnern verlassen, manche Leute verpissen sich auch direkt, wenn die Kids kommen, schließen sich in ihren Schlafzimmern ein, lassen die Gang einfach alles ausrauben, weil sie Angst vor ihren Messern und Baseballschlägern und Schlagringen haben.

Manchmal wird ein Familienvater aufmüpfig, kommt

schon bewaffnet oder mit Drohgebärden zur Tür, dann lassen sie ihn in Ruhe, einige sind sogar bei der Rettungswacht, haben große Jeeps in den Einfahrten stehen und das Logo der Rettungswacht auf der Scheibe, dann machen sie lieber einen Rückzieher. Hrafn hat ihr erzählt, dass es einmal eine Polizeirazzia bei ihnen gab, im Winter, und er will nicht, dass das nochmal passiert.

Mit der Polizei und der Rettungswacht muss man sich gut stellen. Wir sind zwar voll die Rebellen und so, du weißt schon, aber die sind in der Überzahl und haben Gewehre. Wir müssen ein gutes Verhältnis zu ihnen haben.

Sie tun das alles auch deshalb, weil es Spaß macht, sie sind jung und stark, Adrenalin pumpt durch ihre Körper, wenn sie auf ihren Fahrrädern durch die verlassenen Straßen rasen und ausgelassen kreischen.

Gegen Ende des Sommers ist kaum noch wer unterwegs, die meisten Leute sind aufs Land gefahren, in den Süden und Westen, haben ihre Kinder mitgenommen und sich Arbeit gesucht, helfen mit bei der Heuernte, bei der Kartoffelernte und beim Bau neuer Gewächshäuser. Ihre Häuser lassen sie zurück, verlassene Gebäude in den Vororten, die letzte Cornflakes-Packung noch auf dem Küchentisch und die Hauskatze jammernd vor Hunger auf der Eingangstreppe.

Mara macht sich nicht viele Gedanken über die Zukunft, denkt nicht an Mama und Elías, schließt sie völlig aus dieser Welt aus, oder in sich ein. Manchmal erscheinen sie ihr im Traum, und wenn sie aufwacht, ist sie sich nicht sicher, wo sie sich befindet, glaubt, dass ihre Mutter mit einer Tasse Kaffee in der Küche sitzt und Zeitung liest, dass die Wärme neben ihr im Bett von Elías stammt, aber dann ist es Hrafn, meistens, und keine Küche, kein Kaffee, keine geliebte Mama.

Mama wollte im Südland Arbeit suchen, aber Mara hat ihr gesagt, dass sie keine verdammte Sklavin auf einem Kartoffelacker sein will, die bis zu den Knien im Dreck steht und Kartoffeln ausgräbt. Sie haben sich einen ganzen Abend darüber gestritten, Mama schrie und tobte, sie solle ihr gefälligst gehorchen, sie sei egoistisch und undankbar, ein schlechtes Mädchen, weil sie nicht an Elías denken würde, und Mara brüllte zurück, das sei ihr scheißegal, schließlich sei Elías nicht ihr Sohn, sie solle keine Kinder in die Welt setzen, wenn sie nicht in der Lage wäre, sich um sie zu kümmern, und Elías stand mit zitternder Unterlippe in der Türöffnung, Mara bemerkte ihn erst, als es zu spät war, und er hatte alles mitangehört. Dann stürmte sie hinaus, knallte die Tür hinter sich zu, und Mama lief ihr nach, kreischte, sie solle es bloß nicht wagen, noch mal zurück nach Hause zu kommen, sie wäre nicht mehr ihre Tochter, und als Mara dann wegradelte, schrie sie ihren Namen, Margarita, verzeih mir, geh nicht, bitte komm nach Hause.

Aber das ist nicht mehr ihr Zuhause, ohne Essen und niemand da, Mama ist mit Elías fortgegangen, keiner beantwortet das Telefon, die Nummer wurde gesperrt. Mama war mehrmals vorbeigekommen und hatte versucht, sie zu holen, sie mitzunehmen in diese Bruchbude ohne Essen, aber es war ja klar, dass sie am Ende aufgeben würde.

Im Bónus-Supermarkt ist auch nicht mehr so viel übrig, Mara spürt, dass Hrafn sich Sorgen macht, er spricht nicht mit ihr darüber, aber sie hört ihn leise mit den großen Jungs tuscheln, sie weiten ihre Erkundungstouren in neue Viertel immer mehr aus, zu neuen Geschäften, aber es scheint nirgendwo mehr Lebensmittel zu geben. Alles, was in die Stadt geliefert wird, Milch, Fleisch und Gemüse, wandert sofort zum Hafen, erzählt Hrafn, in die großen Vorratslager, von dort wird es auf die Geschäfte in der Innenstadt und die großen Supermärkte verteilt, und alles wird von den Rettungsleuten gut bewacht, wir können die Lager nicht ausrauben.

Manchmal haben sie Glück, zum Beispiel als Sjonni einen großen Sack Schweinefleisch ergatterte, der auf dem Weg in die Innenstadt von einem Wagen fiel, da schmissen sie eine mega Grillparty hinter dem Haus, selbst die Hunde wurden satt.

Am Abend kommt Hrafn zu ihr, und Mara bemüht sich, ihm nicht zu zeigen, wie sehr sie sich freut, ihn zu sehen, sie will cool und relaxed wirken, nicht wie ein Welpe um ihn herumspringen.

Guck mal, sagt er und zieht ein dünnes Goldkettchen aus der Tasche seiner Jeans, die ist für dich.

Mara nimmt die Kette, sie ist zu kurz, um sie um den Hals zu hängen, und zu lang fürs Handgelenk, am Ende befestigt sie sie an ihrem Knöchel. Sie küsst ihn auf die Wange, erstaunt und glücklich, es ist lange her, seit er ihr etwas geschenkt hat.

Hör zu, Süße, ich hab einen Plan. Ich weiß, was wir machen. Er hat was genommen, ist high und bester Laune, schmiegt seinen Kopf zärtlich an ihren, das Lachen ist in seine Augen zurückgekehrt.

Ich hab einen Typen getroffen, der in meiner Klasse war, ein alter Freund. Der war damals total durchgeknallt, aber jetzt ist er bei der Rettungswacht und echt gut drauf, sagt er. Die haben super viel zu tun, passen auf alles auf, und ich hab ihm von uns erzählt, was wir hier machen, und dann kam ich auf die Idee, eine Party für sie zu schmeißen.

Für die Typen von der Rettungswacht?, fragt Mara. Wollen wir die denn hier haben?

Nein, wir wollen nicht, dass sie herkommen und uns verprügeln, aber wenn sie kommen, um mit uns zu feiern, dann helfen sie uns vielleicht. Besorgen uns was zu essen und so.

Okay, sagt sie, Hrafn wird schon wissen, was er tut, auch wenn ihr die Vorstellung von lauter Rettungsleuten im Kinderschloss nicht besonders behagt.

Du weißt schon, eine Hand wäscht die andere, fährt er fort. Wir besorgen Alk und Shit, schmeißen eine Party im alten Spielzeugladen, mit DJ und so, alles cool dekoriert. Und dann müsstet ihr Mädels, er streicht ihr übers Haar und dreht eine Haarsträhne um seinen Finger, ein bisschen nett zu denen sein.

Was meinst du?, fragt sie. Mit ihnen tanzen und so?

Ja, tanzen und nett zu ihnen sein, sagt er, wir machen die Hüpfburgen auf.

Die Hüpfburgen?, fragt sie. Sind das nicht erwachsene Männer? Dann wird ihr klar, worauf er hinauswill.

Wir machen die Hüpfburgen auf, und ihr helft uns, ihnen eine gute Zeit zu bereiten, sagt er sanft, packt sie fest an den Haaren und zieht ihren Kopf nach hinten. Hast du verstanden?

Ja, Hrafn. Hab ich.

SVANGI

Der Hund liegt gut geschützt hinter mir und knurrt leise. Du taugst nicht zum Wachhund, meine Süße. Ich versuche, den Nebel aus meinem schmerzenden Kopf zu vertreiben, meine Schläfen pochen. Dennoch bin ich froh, dass Týra mir in mein Versteck gefolgt ist.

Ich weiß nicht, wie lange ich schon hier liege. Ich könnte vor Kälte und Hunger verrecken, und mein Bein ist völlig taub, die Wunde mag ich mir gar nicht mehr anschauen.

Über mir ertönt ein Geräusch, jemand geht vorsichtig über den Kies. Ich taste nach dem Hund und halte ihm die Schnauze zu, hoffentlich bleibt er still. Die Schritte stoppen, es könnte auch ein Schaf sein. Ich atme möglichst leise, habe mich aber nicht im Griff, und ein nervöses Zischen echot in der Felshöhle. Draußen kann man es bestimmt hören.

Ein Fuß stampft auf, es ist ein Menschenfuß, zweifellos. Die Schritte entfernen sich wieder, leichtfüßig, und eine helle Stimme ruft: Hier ist niemand!

Eine Kinderstimme. Natürlich haben sie Kinder dabei. Kinder haben nichts zu verlieren, außer ihre Seele, Drogenkuriere, Massenmörder, Sklaven, die die schlimmste Drecksarbeit verrichten für ein Streicheln über den Kopf und einen Happen Essen.

Ich warte ab, höre weitere Stimmen, hell und eifrig, aber ich kann kein Wort verstehen. Warum schicken sie Kinder ins Tal? Was soll ich machen, still in meinem Unterschlupf verharren, bis eines von ihnen hineintappt? Mein Leben als gruseliges Volksmärchen beenden – es war einmal ein Kind in einem Tal, das in ein Loch fiel?

Es ist Abend geworden, und die Eindringlinge sind immer noch da, sie scheinen sich im Haus eingerichtet zu haben. Ob sie sich einen Spaß daraus machen, in meinen Sachen herumzuwühlen, mein Essen zu verschlingen, meinen Lämmern den Garaus zu machen? Als der Duft von gekochtem Fleisch durch das Tal dringt, springe ich auf und kippe fast um, weil mir der Fuß wegknickt.

Verdammt noch mal. Ich werde nicht wie ein Feigling in dieser Höhle verrecken, während dieses Pack auf meine Kosten ein Festmahl abhält. Dann versuche ich lieber, sie zu erschießen, wenigstens ein paar von ihnen, und hauche mein Leben dann mit einem Rest Selbstachtung und einem letzten Röcheln aus.

Ich schultere das Gewehr und krieche aus der Höhle, über die nassen, glitschigen Steine, ziehe mich vorsichtig auf das Geröll und hoffe, dass das Gebüsch mich verdeckt. Der Schmerz macht mich blind, ich hänge noch halb in dem Loch und warte, bis die Schmerzwelle abebbt, wie eine Frau, die in den Wehen liegt.

Beim Hof mischt sich schwacher Qualm in den Essensduft, da wird wohl kräftig gefeiert. Langsam schleiche ich durch das Gestrüpp, es zerrt an meinen Haaren und zerkratzt mein Gesicht, ich schleppe mich näher zum Haus. Einige meiner ungebetenen Gäste sind unten am Meer und spazieren über den Strand, wahrscheinlich auf der Suche nach Muscheln und Holz, irgendetwas Brauchbarem.

Mein Atem ist schwer und keuchend, kalter Schweiß rinnt mir über Stirn und Hals, das Gewehr zittert in meinen Händen. Ich humpele zur Hauswand, bleibe einen kurzen Moment vor der Tür stehen, bevor ich mich hineinschiebe und abdrücke.

Der Rückschlag schleudert mich fast auf den Boden, ich

schwanke und blicke in zwei Augen in einem vor Entsetzen verzerrten Gesicht, es ist eine Frau, nein, es ist ein Mädchen, sie hält ein Kind im Arm, verdeckt es schützend mit ihrem Körper. Der Schuss ist danebengegangen. Gott sei Dank.

Kartoffelernte knapper als sonst

REYKJAVÍK, 4. September – »Der Regen ist gut, aber wir brauchen auch Sonne und Wärme«, erklärt Atli Már Harðarson, Kartoffelbauer in Seljavellir im Hornafjörður. »Wir hätten diesen Sommer viel mehr Sonnentage gebraucht.«

Atli Már sagt, die Ernte falle dieses Jahr schlechter aus als letztes Jahr. Die Bauern waren heute auf den Feldern, konnten aber noch keine Kartoffeln zum Einlagern sammeln, was für die Jahreszeit ungewöhnlich ist. »In den letzten Tagen gab es heftige Niederschläge, da ist das Ernten schwierig«, erklärt Atli. »Dann stehen die Erntehelfer bis zu den Knien im Schlamm.«

Trotzdem konnten Bauern aus der Region die Nachfrage erfüllen und die frisch gesammelten Kartoffeln sofort verkaufen. Die Ernte aus dem letzten Jahr reichte bis Juni, laut Atli ist es jedoch unwahrscheinlich, dass man mit der diesjährigen Ernte genauso lange auskommt.

HJALTI

Der Rumpf schwingt leicht im Wind, der Kopf schleift über den Boden, und die glanzlosen Augen starren trotzig in den Dreck. Sie haben dem Pferd die Hinterbeine zusammengebunden und es mit aufgeschlitztem Bauch an den Gabelstapler gehängt, die glitschigen Eingeweide liegen in einem Fischbottich, wo sie sich mit den Gedärmen der anderen Reitpferde vermischen. Der Einsatz in den Pferdeställen ist schnell und gründlich abgelaufen.

Hjalti findet Leifur im leeren Stall, er starrt an die Wand, wo die Werkzeuge ordentlich aufgereiht hängen, immer noch wie neu. Als Hjalti sich räuspert, zuckt er zusammen, hallo, sagt er gedankenverloren. Wir machen jetzt wohl keinen Ausritt mehr.

Ich habe gehört, dass heute die Ställe hier dran sind, sagt Hjalti kopfschüttelnd. Das tut mir wahnsinnig leid.

Leifur lächelt dumpf, ist wahrscheinlich besser so. Es war schwer für uns, weiter hier hochzufahren, die armen Pferde waren schon ziemlich vernachlässigt. Und Guðrún ist gar nicht mehr mitgekommen. Ich hätte die Pferde schon im Frühling verkaufen müssen, habe es aber nicht übers Herz gebracht.

Er blickt durch die offenstehende Tür zu dem Kadaver an dem Gabelstapler. Die gute Stjarna. Sie wurde nicht mehr geritten, seit Lóa weg ist.

Ihr bekommt eine Entschädigung für die Pferde, oder?

Eins können wir behalten. Das Ministerium nimmt den Rest, der kommt zu den Wintervorräten ins Warenlager. Er zuckt die Achseln. Wir müssen das Fleisch selbst verarbeiten, können es aber natürlich gut gebrauchen. Und man muss sich keine Gedanken mehr machen, wo man Heu herkriegt.

Leifur wirkt wie eingeschrumpft, und Hjalti findet, dass er gealtert ist. Er ist gerade mal fünfzig, aber seine Augenbrauen sind grau und zottig, der Haaransatz an der Stirn wandert immer schneller nach hinten. Der stattliche Kinderarzt hat eingefallene Schultern, die graue Jacke schlackert an seinen Knochen. Zum ersten Mal im Leben ist Hjalti größer als sein Bruder.

Euch fehlt es doch an nichts, oder?, fragt er. Genug zu essen und so?

Leifur schüttelt den Kopf. Nein, ich esse auf der Arbeit und bringe Guðrún die Reste mit. Es ist kein tolles Essen, aber manchmal kommt es einem so vor, als wäre die Kantine die einzige arbeitsfähige Abteilung im ganzen Krankenhaus. Wir sind inzwischen völlig ratlos, man muss es einfach so sagen. Die Leute sterben an den einfachsten Sachen, an Knochenbrüchen und Durchfall. Es ist wie im tiefsten Mittelalter.

Er betrachtet Hjalti, mustert seinen gepflegten Bart und sein gebügeltes Hemd, du siehst gut aus, Mama wäre stolz auf dich gewesen. Sie war sich immer sicher, dass du es mal weit bringen würdest.

Hjalti schluckt, er hat seinen Bruder seit der Beerdigung nicht mehr gesehen, seit Juni. Er sieht Leifur vor sich, eingesperrt in dem fensterlosen Betonkeller mit Guðrún, das irre Leuchten in ihren Augen, seine einzige Zuflucht die Arbeit, wo Kinder an harmlosen Krankheiten wegsterben wie die Fliegen. Und jetzt hängen seine Pferde an diesem hässlichen Gabelstapler, ihr schönes, friedliches Leben in gräuliches Hackfleisch verwandelt, in homogenisiertes Gulasch.

Sollen wir gehen?, fragt Hjalti. Kommst du noch auf einen Tee mit zu mir?

Nein, lass mal, ich muss mich noch um das Fleisch kümmern, antwortet Leifur. Sie haben mir versprochen, mich nachher nach Hause zu fahren. Aber ich habe Tee oben, wenn du magst, sagt er und zeigt zur Dachstube. Hjalti folgt ihm nach oben, lauscht dem anheimelnden Rauschen des Wasserkochers, sieht zu, wie sein Bruder mit Tassen und Thymian in Baumwollsäckchen herumhantiert, es ist, als wäre eine Ewigkeit vergangen, seit sie das letzte Mal hier saßen.

Leifur denkt dasselbe. Hast du was von María gehört?, fragt er, als er Hjalti gegenüber Platz nimmt.

Hjalti schüttelt den Kopf, schon länger nicht mehr. Sie hatte Riesenärger mit ihrer Tochter, die ist im Sommer zu Hause ausgezogen, mit dreizehn. Wohnt in einer Drogenhöhle im Korputorg. Das Letzte, was ich von María gehört habe, war, dass sie mit Elías aufs Land wollte.

Leifur nippt an seinem Tee und verzieht kopfschüttelnd das Gesicht. Vielleicht solltest du dich mal bei ihr melden. Mal nachhören, ob alles in Ordnung ist.

Hjalti rutscht auf seinem Stuhl herum, seine Rippe ist noch nicht wieder richtig zusammengewachsen.

Ich bin mir nicht sicher, ob sie das gut fände. Als wir das letzte Mal miteinander geredet haben, hat sie mir unmissverständlich zu verstehen gegeben, dass sie auf meine Hilfe keinen Wert legt.

Die Zeiten ändern sich, wirft Leifur ein. Das merken wir in der Notaufnahme. Da kommen immer mehr Patienten mit Verletzungen von tätlichen Auseinandersetzungen. Brutale Vergewaltigungen, organisierte Gewalt. Bestimmte Personengruppen werden vorsätzlich angegriffen, Ausländer, Muslime, Menschen mit Migrationshintergrund.

Wovon redest du denn da?, fragt Hjalti empört. Organisierte Gewalt? Bist du verrückt? Davon haben wir im Ministerium jedenfalls noch nichts gehört. Und das würden wir ja wohl, meinst du nicht?

Leifur blickt ihn unter seinen buschigen Augenbrauen finster an. Letzte Woche war eine Familie bei uns. Die Eltern sind vor über zwanzig Jahren als Flüchtlinge nach Island gekommen. Der Vater hat bei einer Firma hier in Reykjavík gearbeitet, als Fahrer für die Kantine. Da hat er wohl was mitgehen lassen, etwas zu essen für die Kinder, natürlich hätte er das nicht tun dürfen. Aber die Firma hat ihm irgendwelche Schlägertypen auf den Hals gehetzt, die das geklaute Essen bei ihm zu Hause auf dem Abendbrottisch vorfanden. Sie haben ihn bäuchlings auf den Tisch gebunden und ausgepeitscht, um ihm eine Lektion zu erteilen. Damit er den Isländern kein Essen mehr stiehlt. Seine Frau und seine Kinder mussten dabei zuschauen und bekamen dann alle einen Peitschenschlag ins Gesicht, als Markierung, wie sie das nannten. Um sie als Ausländer zu markieren. Leifur schaut in seine Teetasse. Das jüngste Kind war drei Jahre alt.

María und ihre Kinder sind isländische Staatsbürger, erwidert Hjalti, doch Leifur fällt ihm ins Wort, das waren diese Leute auch. Ich glaube, das wird kein Spaß diesen Winter in Island, als alleinstehende Mutter mit einem dunkelhäutigen Kind.

Und was soll ich für sie tun? Sie will mich nicht, schon vergessen? Es ist ziemlich schwierig, jemandem Hilfe aufzudrängen, der nichts mehr von einem wissen will.

Du könntest sie zum Fjord schicken, schlägt Leifur vor.

Das bräuchte ein bisschen Vorbereitung, aber da kann man gut überleben. Du könntest ihr dabei helfen.

Hjalti wirft seinem Bruder einen Blick zu, als wäre er komplett durchgeknallt. Zum Fjord? Da war ich das letzte Mal als Kind. Da gibt's doch nichts.

Da gibt es ein Haus, widerspricht Leifur und lächelt wehmütig. Und Fisch und Seehunde und Seevögel und etwas Flachland mit einem warmen Bach, wo die Leute früher Kartoffeln angebaut haben, das hat Opa doch erzählt. Man kann sich durchaus Schlimmeres vorstellen.

Stimmt, sagt Hjalti und denkt an Guðrún in dem fensterlosen Keller, vielleicht erzähle ich María davon, wenn ich sie das nächste Mal sehe.

Da bleibt einem gar nichts anderes übrig, als zu lachen. Zu arbeiten und zu lachen. Der Schlamm ist überall, auf den Häusern, auf den Stiefeln, im Gesicht und in den Haaren, er spritzt einem in den Kragen, in die Thermoskanne, er setzt sich in den Ohren fest und klebt in den Augenwinkeln, der Schlamm scheint vom Himmel zu regnen. Die Leute waten Seite an Seite über das, was einmal ein Kartoffelacker mit ordentlichen Reihen hübscher Kartoffelpflanzen war, jetzt ist das ein einziger Matsch, ein Meer aus Schlamm. Sie graben mit den Händen in der nassen Erde, stochern mit Schaufeln und Kartoffelgabeln darin herum und fischen die Kartoffeln heraus.

Die Herbstluft droht mit Frost, Nordlichter tanzen schon am Himmel, zwischen den Tiefs, die über das Land ziehen, jetzt kommt es darauf an, die Schätze zu retten, die gesegneten Kartoffeln. Jedes einzelne kleine Kartöffelchen, das man im Schlamm findet, ist wie eine Nadel im Heuhaufen, ein Symbol für den Sieg der menschlichen Seele, ein kleines Lot auf der Waagschale, mit dem man Fisch und Quark und Butter kaufen kann, Kleidung und Ersatzteile und Maschinenzubehör, Talg für die Kerzen im Winter und Dünger fürs Frühjahr.

María denkt nicht mehr an ihre Hände, sie hat längst aufgehört, sie zu pflegen und abends den Sand unter den Nägeln herauszupulen. Sie ist zu einem Ochsen geworden, einem Berg aus Muskeln, Fett und Sehnen, der sich durch den Matsch quält und ihn mit seinen harten Hufen durchpflügt. Im Grunde ist das auch nicht viel anders, als in einem Orchester zu spielen, sagt sie zu Inga, man arbeitet im Kollektiv auf ein gemeinsames Ziel hin, die perfekte Aufführung einer schwierigen Symphonie oder eine mit schönem Gemüse gefüllte Vorratskammer.

Auch die Namen der Kartoffelsorten sind hübsch – Goldauge, Ben Lomond, Blaulandkönigin. Jeden Morgen auf dem Acker säubert María sorgfältig die erste kleine Kartoffel, die sie findet, hält sie ins Licht und spricht einen stillen Dank aus für dieses kleine, kugelförmige Wunder, steckt es dann in den Mund und kaut, bis die sandige Erde zwischen ihren Zähnen knirscht. Sie isst immer nur eine, die erste ist frisch und süß, das Bittere macht sich erst bei Kartoffel Nummer zwei bemerkbar.

Mittags trifft sie Elías, drückt ihm einen Kuss auf die dreckverschmierte Wange und stellt sich mit ihm in die Schlange vor dem Waschbecken des Gemeinschaftshauses, um den gröbsten Schmutz abzuwaschen. Sie nehmen ihre Plätze an dem langen Tisch ein und lauschen bei einer schlichten Mahlzeit den Gesprächen und dem Stimmengewirr, Kartoffel- oder Lauchsuppe, Omelett mit Zwiebeln und Kartoffeln, gekochtes Salzfleisch. Selbst Grieben haben sie schätzen gelernt, Pferdespeckwürfel, die stundenlang im eigenen Fett geköchelt haben. Elías lässt sie sich schmecken, aber María braucht ein paar Anläufe, bis der Hunger stärker ist als der Ekel vor dem gelben Fett und dem strengen Geruch.

Die Schule ist ziemlich lasch, und der Unterricht wurde während der Kartoffelernte ganz eingestellt. Die Kinder werden in Gruppen aufgeteilt, die Großen gehen mit ihren Eltern und sammeln Kartoffeln und Kräuter, während die Kleinen sich um die anderen Gemüsesorten kümmern, die Köpfe der Möhren und Rüben anhäufeln, auf den Kohlfeldern Unkraut jäten. Elías scheint sich im Regen wohlzufühlen, er hat jetzt ein gesundes Glänzen in den Augen und redet zumindest mit den anderen Kindern, auch wenn María nicht weiß, ob er schon Freunde gefunden hat. Sie toben matschverschmiert in kleinen Grüppchen herum, keine Chance, sie, dreckig wie sie sind, auseinanderzuhalten.

María versucht jeden Tag, Margrét anzurufen, obwohl der Handyempfang schlecht ist. Sie wählt immer wieder ihre Nummer, bis sie endlich antwortet, unwirsch und bockig. Ja, sie hat genug zu essen. Ja, es geht ihr gut. Nein, sie will nicht, dass María kommt und sie abholt.

María erzählt ihr von der Kommune, von dem vielen Essen und der Musik, den abendlichen Zusammenkünften, sie hört, wie ihre Stimme immer verzweifelter wird, wenn sie dieses versiffte Bauerndorf so beschreibt, als wäre es ein Pfadfindercamp an einem Sandstrand im sonnigen Süden. Margrét lässt sich nichts sagen, fragt manchmal nach ihrem Bruder, und die Geschwister wechseln ein paar Worte, bis sie auflegt und garantiert die Augen verdreht über die aufdringliche Einmischung ihrer Mutter.

Sie entgleitet mir endgültig, denkt María, schon nach dem Bombenanschlag begann sie, mir zu entgleiten, als ich gefühlskalt wurde. Als das Band zwischen uns gefror.

Abends liegt sie wach im Bett, trotz der Müdigkeit, wälzt sich umher und denkt über Wege nach, wie sie ihre Tochter zu sich holen, ihr Vertrauen zurückgewinnen, wieder ihre Mutter sein könnte. Was macht man, wenn das eigene Kind einen ablehnt? Ist es möglich, eine kinderlose Mutter zu sein?

Jedes Mal, wenn sie die Augen schließt, sieht sie Margrét vor sich, hungrig, schmutzig, missbraucht, geprügelt. Wie sie säuft, raucht, sich zudröhnt. Die ständigen Sorgen fressen María von innen auf, das Gelächter auf dem regendurchtränkten Acker nervt, und die Späße am Abend im Gemeinschaftshaus klingen hohl.

Lass uns heute Abend bei der Zusammenkunft darüber reden, schlägt Inga vor, und María schaut sie an, als wäre sie verrückt. Warum denn? Ich kenne diese Leute erst seit ein paar Tagen, soll ich mich auf die Bühne stellen und mein Innerstes vor ihnen entblößen? Ist das hier eine Sekte?

Nein, es ist eine Gemeinschaft, entgegnet Inga. Wir sind jetzt deine Familie. Familien reden über Probleme und finden Lösungen. Lass mich Örn Úlfur davon erzählen, er erklärt es den anderen.

María hat Zweifel, lässt sich aber darauf ein, vor lauter Ratlosigkeit.

Am Abend schmeckt das Essens schal, sie kaut mechanisch auf der Wurst herum und gibt Elías ihren Kartoffelbrei. Nach dem Essen steigt Örn Úlfur auf die Bühne, schaltet die Lautsprecher ein und klopft gegen das Mikrofon. Er zeigt seine Zähne hinter den eingerissenen Lippen, lächelt selbstsicher, trotz seiner Hautkrankheit und seiner untersetzten Statur, er trägt ein verschlissenes Heavy-Metal-Shirt und Jeans, altersmäßig irgendwas zwischen dreißig und Anfang fünfzig.

Liebe Schwestern und Brüder, liebe Bewohner von Sóley, sagt er und wirft die rotblonden Dreadlocks zurück. Ich möchte mich bei euch allen für euren wertvollen Einsatz für die Kommune in dieser Woche bedanken. Das waren keine leichten Tage, fährt er fort, aber unsere wöchentliche Ernte beträgt vier Tonnen, diesen Sommer haben wir insgesamt über 35 Tonnen geschafft. Und viele Felder sind noch nicht abgeerntet, sagt er und breitet die Arme aus, das wird eine gute Ernte, Sóley trägt dazu bei, die Bevölkerung über den nächsten Winter zu bringen.

Hinten im Saal ertönt Murmeln, ein älterer Mann hebt die Hand, einer der Bauern, die ihr Land der Kommune überlassen haben, María weiß inzwischen, dass sie die Ältesten genannt werden.

Du weißt aber schon, dass das nur ein Bruchteil dessen ist, was wir letztes Jahr zur selben Zeit geerntet haben, gibt er zu bedenken. Die fehlenden Maschinen und das Wetter machen uns einen Strich durch die Rechnung.

Außerdem bereitet uns der Pilzbefall Sorgen, ergänzt eine der Frauen. Wir hatten im Sommer nicht genug Pflanzenschutzmittel, einige Felder sind schon befallen, das wissen wir. Was bringt es uns, eine gute Ernte einzufahren, wenn die dann in den Vorratskammern verrottet?

Das wird nur ein kleiner Teil der Ernte sein, beteuert Örn Úlfur, das Wichtigste ist, dass wir Kartoffeln gegen Fleisch, Fisch und Milch eintauschen, gegen warme Kleidung für unsere Kinder, Ersatzteile für unsere Maschinen. Wir brauchen jetzt nur ein paar trockene Tage, um die Kartoffeln zu waschen und zu schälen, dann sind wir auf der sicheren Seite.

María lauscht der lebhaften Diskussion über Pflanzenkrankheiten, Marktpreise, Strompreise und Örn Úlfars Ideen, der alten Kartoffelfabrik neues Leben einzuhauchen, neue Warenlinien zu entwickeln. Sie wollen auf weiteren Feldern Warmwasserleitungen legen, möglichst zweimal pro Jahr ernten, Möhren, Rüben und Kohl. Aber das Beste ist diese schöne, harmonische Gemeinschaft, die durch die Landwirtschaft entsteht, sagt er. Gemüseanbau ist eine ehrenwerte Arbeit, wir verrichten einfache Tätigkeiten im Schweiße unseres Angesichts, teilen unsere Fähigkeiten und unsere

Freundschaft miteinander und räumen genug Zeit dafür ein, uns und unsere Begabungen zu entfalten.

Er blickt zu María. Und jetzt haben wir lange genug über die Arbeit geredet. Wir müssen auch an die Familie denken. Wir haben eine neue Schwester und einen kleinen Bruder bekommen, María und Elías. Sie sind seit zehn Tagen hier und haben alles in die Waagschale geworfen. Sie haben bei der Ernte mitgearbeitet und uns mit ihrer Anwesenheit und Freundschaft beglückt. Schwester María, du hast noch nicht für uns gespielt, er lacht und blinzelt ihr zu, aber jetzt ist es so weit. Komm doch vorher mal bitte auf die Bühne und erzähl uns ein bisschen von dir. Hier ist sie! Applaus für Schwester María!

Sie öffnet den Geigenkasten und holt das Instrument heraus, steigt unter dröhnendem Applaus auf die Bühne, mit schwitzigen Händen, sich schmerzlich bewusst, dass sie eine Jogginghose und Wollsocken trägt, das einzig Saubere, was sie nach dem heutigen Arbeitstag noch hatte, so weit ist es mit der Konzertmeisterin gekommen. Sie spürt eine kleine, warme Hand in ihrer, Elías ist ihr auf die Bühne gefolgt.

Guten Abend, sagt sie ins Mikrofon und bemüht sich um eine korrekte Aussprache, ich heiße María, und das ist Elías, wir möchten uns herzlich dafür bedanken, dass ihr uns so freundlich empfangen habt und dass wir bei euch sein dürfen. Es ist lange her, seit ich das letzte Mal Geige gespielt habe - sie lacht, es ist nämlich lange her, seit meine Hände das letzte Mal sauber genug zum Spielen waren -, aber ich möchte euch trotzdem ein kleines Stück vorspielen, ein Teil aus einer Romanze von Beethoven.

Die Zuschauer pfeifen und klatschen, und Örn Úlfur klatscht auch, legt ihr den Arm um die Schultern und drückt sie brüderlich an sich. Und wir danken euch, dass ihr gekommen seid, bei uns wohnt, arbeitet und musiziert. Aber bevor du anfängst, erzähl uns doch kurz, warum du hergekommen bist.

Ich bin hergekommen, sagt sie zögernd, weil ich eine neue Chance gesucht habe. Für Musiker gibt es nichts mehr zu tun, und wir haben keine Familie in Island, die uns unterstützt. In der Stadt habe ich keine Arbeit gefunden, und wir hatten nicht mehr viel zu essen, eigentlich nichts. Ihr Blick wandert zu Elías. Und dann hat Inga angerufen und uns eingeladen, herzukommen, und deshalb sind wir hier. Wir sind sehr dankbar, betont sie noch einmal lächelnd und drückt Elías' Hand.

Du warst doch bei dem Unfall im Konzerthaus dabei, oder?, insistiert Örn Úlfur.

Ja, antwortet María, sagt aber nicht, dass es kein Unfall war, dass das nur im Nachhinein offiziell so deklariert wurde, denn das ist jetzt alles vorbei. Ja, ich war die einzige Überlebende im Saal. Ich hatte großes Glück.

Wir haben auch großes Glück, dass du überlebt hast, nicht nur der kleine Elías, sondern wir alle, die wir dich nun kennenlernen durften. Aber ihr seid doch nicht nur zu zweit, oder? Gibt es keinen Señor María?

Nein, antwortet sie und stimmt in sein Lachen ein, es gibt keinen Señor María. Ich bin Single. Aber ich habe noch eine Tochter. Margrét ist in der Stadt geblieben. Sie ist zwölf, nein, dreizehn Jahre alt.

Wo ist sie? Warum ist sie nicht mitgekommen?

Sie ... hat sich geweigert. Sie ist zu Hause ausgezogen und wohnt bei Freunden, in einem alten Möbelgeschäft oben bei Korpúlfsstaðir. Ich ... ich rufe sie jeden Tag an, es geht ihr gut, aber ich mache mir natürlich furchtbare Sorgen. Ich will sie so schnell wie möglich hierherholen.

Sag mir, liebe Schwester María, wie konnte sie sich weigern, mitzukommen? Ist sie nicht viel zu jung, um das selbst zu entscheiden?

María fängt an zu schwitzen. Margrét war schon immer sehr selbstständig. Und dickköpfig. Und außerdem ... habe ich sie enttäuscht, nach dem Unfall. Ich habe zu viel getrunken, mich nicht genug um die Kinder gekümmert, und das konnte sie mir einfach nicht verzeihen. Aber jetzt trinke ich nicht mehr. Davon bin ich weg. Jetzt will ich nur, dass sie zurückkommt. Ich würde alles dafür tun, sie hierherzuholen.

Ihr habt es gehört, Brüder und Schwestern. Sollen wir María und Elías helfen, Margrét hierherzuholen?, fragt Örn Úlfur in den Saal, und das Publikum klatscht und ruft, ja, natürlich, das machen wir, liebe Schwester María, und Elías hüpft fröhlich neben seiner Mutter, sie wollen uns helfen, Mama!

Sobald die Ernte eingebracht ist, holst du zusammen mit ein paar starken Männern das Kind, sagt Örn Úlfur, und María ist so dankbar, dass sie zu weinen beginnt und ihn umarmt. Danke, flüstert sie ihm ins Ohr.

Nichts zu danken, Liebes, flüstert er zurück und drückt sie an sich.

Sie lacht und hebt die Geige an die Wange, schwingt den Bogen und erhellt den Saal mit ihrer Musik. Die anderen Bauern, ihre Schwestern und Brüder, sitzen satt und zufrieden da und lauschen mit geschlossenen Augen, bis die Müdigkeit von der Arbeit auf dem Feld von ihnen abfällt.

~

In der Nacht kommt er zu ihr, als die Tür aufgeht, schreckt sie hoch und erkennt zunächst nicht, wer hereingekommen ist, was machst du denn hier?, flüstert sie dann, damit Elías nicht wach wird. Sie vermutet, dass er Neuigkeiten von Margrét hat, aber er schüttelt nur den Kopf, setzt sich auf einen Stuhl neben dem Bett und schaut sie ausdruckslos an.

Du weißt genau, warum ich hier bin.

Das kleine Dachzimmer wird plötzlich immer enger.

Warte, sonst weckst du ihn noch, sagt sie, rappelt sich hoch und nimmt Elías auf den Arm. Sie trägt den Jungen aus dem Zimmer in den Flur, hält inne und überlegt kurz, mit ihm rauszurennen. Gedanken, Pläne, Abwägungen wirbeln durch ihren Kopf, sie denkt an die Abendversammlung, die Kartoffeln, den Weg in die Stadt und den nahenden Winter, die Glasscherben und die Ginflasche, den Mann, der in ihrem Schlafzimmer steht mit seiner dreisten, brettharten Forderung, und vor allem an Elías und Margrét, Margrét und Elías, die starken Männer, die mit ihr in die Stadt fahren werden, um das Kind zu holen, er hat es ihr versprochen.

Sie klopft nicht an Ingas Tür, sondern öffnet sie einfach und legt den schlafenden Jungen wortlos neben ihre Freundin ins Bett, schleicht wieder hinaus und zieht die Tür hinter sich zu. Sie geht fünf lange Schritte durch den Flur, bleibt vor ihrer Zimmertür stehen und schickt ein kleines Gebet, oder einen Fluch, hinaus in die Ewigkeit, tritt dann über die Schwelle und fragt, was willst du?

Knie nieder, sagt er und knöpft seine Hose auf. Knie nieder, Schwester María, und ich werde dich segnen.

SVANGI

Hjalti! Wach auf!

Ich kriege die Augen nicht auf. Es ist, als hätte man mir eine schwarze Tüte über den Kopf gezogen, mir Gewichte an die Gliedmaßen gehängt, alles ist schwarz, bis auf das rote Pochen im Bein.

Etwas Kaltes berührt meine Haut, Wasser, ja, in Gottes Namen, Wasser, etwas Warmes und Nasses wird mir auf die Stirn gelegt.

Hjalti, du musst aufwachen. Sieh mich an!

Ich gehorche dem Flüstern, blinzle ins Licht und blicke in besorgte Augen, groß und braun, zusammengezogene Augenbrauen, was zum Teufel hat das zu bedeuten, was machst du hier?

Sie sagt »was?«, und ich muss husten, das Röcheln zerreißt mir fast den Brustkorb. Ich versuche es noch einmal: Was machst du hier?

Ich hab nach dir gesucht, sagt sie und hilft mir auf, legt etwas Rotes und Blaues unter meinen Kopf, einen Anorak von der Rettungswacht. Wir müssen uns um die Wunde kümmern, sie ist vereitert. Du musst die Zähne zusammenbeißen. Es wird wehtun.

Ich kann nichts sagen, schaue sie nur an, die Kleine, kaum älter als vierzehn, fünfzehn, kann das sein? Als ich sie zuletzt gesehen habe, war sie noch schlaksig, kichernd und mitten in der Pubertät, und jetzt dieser harte Blick in ihren Augen. Sie konzentriert sich auf die Wunde, arbeitet schnell und routiniert, schwarze Haarsträhnen fallen ihr in die gerunzelte Stirn und über den schlanken Hals, das ausgeprägte Kinn erinnert an ihre Mutter.

Margrét, sage ich mit heiserer Stimme. Ich dachte, du wärst auf dem Schiff.

Sie hebt nicht den Kopf, presst die Lippen zusammen. Nein. Ich war nicht auf dem Schiff.

Wie bist du entkommen? Wo warst du?

Sie streift mich mit einem flüchtigen Blick, ohne zu antworten, säubert weiter die Wunde, drückt den Mull so fest darauf, dass ich vor Schmerzen aufschreie. Ich muss nichts wissen. Für ein kleines Mädchen gibt es verschiedene Wege, zu überleben, wenn die Gesellschaft um sie herum zusammenbricht, wenn ihre Familie verschwindet, doch keiner dieser Wege ist leicht, keiner ist so, dass sie mit einem alten, verdreckten Kerl am Ende der Welt darüber reden möchte, ihrem fast Ex-Stiefvater, diesem dämlichen Hjalti.

Ich sinke wieder in die Dunkelheit.

Touristenproblem gelöst

Ministerpräsidentin spricht von einer provisorischen Lösung

REYKJAVÍK, 18. Oktober – Das Ministerium hat eine Vereinbarung mit der isländischen Luftfahrtbehörde ISAVIA getroffen, sie wollen für die vorübergehende Unterbringung ausländischer Reisender den Flughafen Leifur Eiríksson mieten. Das Ministerium übernahm die Verantwortung für die Belange von Ausländern im Mai, nachdem Gespräche zwischen der Ausländerbehörde und dem Tourismusverband ergebnislos blieben.

Es ist davon auszugehen, dass sich zum Zeitpunkt des Kontaktabbruchs im Januar ca. 20000 ausländische Staatsbürger im Land befanden. Dazu kommen 27000 ausländische Staatsbürger, die in Island wohnhaft sind.

»Es ist eine große Herausforderung, eine Lösung für das Touristenproblem zu finden«, sagte Elín Ólafsdóttir bei der heutigen Pressekonferenz. »Wir müssen diesen Leuten Versorgung und ein Dach über dem Kopf garantieren, bis das Problem dauerhaft gelöst ist.«

Mehrere Gruppen von Ausländern befinden sich bereits seit dem Frühjahr im Flughafengebäude, und das Ministerium plant, alle ausländischen Staatsbürger, die sich in Hotels und Pensionen im ganzen Land aufhalten, zum Flughafen zu bringen, bis eine Entscheidung über die weitere Vorgehensweise getroffen wurde.

Elín versicherte den Bewohnern von Suðurnes, sie hätten von den vielen ausländischen Touristen in ihrer Nachbarschaft nichts zu befürchten. »Wir haben einen zuverlässigen Sicherheitsdienst, der für das Wohl der Touristen und den Schutz der Bürger in der Region sorgt.«
Sie sagte, man arbeite an einer dauerhaften Lösung des Problems und komme gut voran, die Ergebnisse würden voraussichtlich nächsten Monat präsentiert.

MARÍA

Die Jeeps tauchen urplötzlich am Horizont auf, eine gezackte Zahnreihe, die immer näher kommt und sich durch die mit Raureif bedeckten Äcker frisst, eine mächtige Heuschreckenplage aus dem Norden.

Die Bauern stehen draußen in der beißenden Kälte und sehen zu, wie die Rettungsmannschaften anrücken, man diskutiert darüber, ob man sich verteidigen soll, kommt aber schnell davon ab. Sie sind bewaffnet, sagt Örn Úlfur, wir haben Kinder, Alte und schwangere Frauen bei uns, wir sollten lieber versuchen, mit ihnen zu reden. Vielleicht verlangen sie nur eine Steuer, vielleicht begnügen sie sich mit ein paar Kartoffeln.

Die Bewohner von Sóley verteilen sich, die Mütter bringen ihre Kinder ins Schulgebäude, die Älteren gehen eilig nach Hause. María hält Elías fest an der Hand, während sie die Stufen zur Schule hinaufsteigen, keiner sagt etwas, aber die Angst ist greifbar. Sie versammeln sich im größten Klassenzimmer, die Weltkarte im Raum erinnert an einen fernen Traum, an den Wänden hängen Zeichnungen von Gemüsesorten und von Menschen bei der Ernte.

Die Jugendlichen hocken sich dicht gedrängt auf den Boden, die Mütter nehmen ihre kleinen Kinder auf den Schoß. María bezieht neben dem Fenster Position, hinter dem Vorhang, und schaut hinaus, kann jedoch kaum ein Wort verstehen. Draußen sieht sie Örn Úlfur mit einer Gruppe von Dorfbewohnern stehen, Leute, die in guter körperlicher Verfassung sind, darunter auch Inga. Es ist eine kleine, aber eindrucksvolle Gruppe, insgesamt etwa zwanzig Personen, und María spürt eine seltsame Zärtlichkeit, als sie hinunterblickt zu den Menschen, die erhobenen Hauptes dastehen, die Hände in den Jackentaschen, sie sind zu meiner Familie geworden, denkt sie, trotz allem.

Man gewöhnt sich an alles, hat ihre Mutter immer zu ihr gesagt. Pass auf, worauf du dich einlässt.

Ach, Mama. Wenn du nur wüsstest.

Die Jeeps rollen ins Dorf, vorbei an der Fabrikruine und dem alten Laden, halten auf dem Platz vor dem Kartoffelspeicher, zwischen den Erntemaschinen und den leeren Wagen. Die Männer, die aussteigen, sind fast alle jünger als zwanzig, einige stämmig und muskulös, andere schlaksig, als wären sie gerade mal im Konfirmationsalter. Alle sind bewaffnet, mit Jagdgewehren und Knüppeln. Der mutmaßliche Anführer hat ein großes Gewehr geschultert, María kennt es vom Militär in ihrer Heimat, solche Maschinengewehre waren die Lieblingswaffen der alten Falangisten.

Rettungsleute, schnaubt Silla, die ihre kleine, quengelnde Tochter auf dem Arm hat und neben ihr steht. Das sind doch Kleinkriminelle und Junkies. Abschaum aus Reykjavík.

María entgegnet nichts, beobachtet nur, wie ihre Leute entschlossen, aber ruhig auf den Kartoffelspeicher zugehen, sie sind unbewaffnet und wirken ein bisschen lächerlich in ihren Gummistiefeln, erschreckend schutzlos gegenüber den Eindringlingen in den rotblauen Anoraks, einige haben die Ärmel hochgekrempelt, um ihre dicken, tätowierten Arme zu zeigen.

Die Bauern bleiben ein paar Meter vor den Rettungsleuten stehen, María versteht kein Wort, aber Örn Úlfur spricht die Männer an, und der mit dem Maschinengewehr scheint ihm einsilbig zu antworten. Örn Úlfur gestikuliert, er zeigt auf den Kartoffelspeicher, auf das Dorf und die Wagen, und

María wünscht sich, sie wäre draußen und könnte hören, was da abläuft, bis der Anführer etwas sagt und die Waffe hebt und die Bauern die Hände hochhalten und ein magerer Knabe auf Örn Úlfur zugeht und ihm sein Gewehr in den Bauch rammt und Örn Úlfur auf die Knie fällt und der Junge ihm lachend den Gewehrlauf in den Mund schiebt, zu seinem Anführer schaut, der nickt, und María reißt Elías vom Fenster weg und brüllt den Frauen und Kindern zu: Lauft! Lauft, so schnell ihr könnt!

SVANGI

Als ich wieder zu mir komme, blicke ich einem ausgemergelten Kind in die Augen, schätzungsweise neun Jahre alt, mit einem blonden, krausen Haarschopf. Schwer zu sagen, ob es ein Junge oder ein Mädchen ist. Das Kind mustert mich misstrauisch und dreht eine Patronenhülse zwischen den Fingern, es hat keinen besonderen Grund, erwachsenen Männern zu trauen, vor allem nicht solchen, die auf es schießen.

Ich zwinge mich zu einem aufmunternden Lächeln und setze mich auf. Ich bin fieberfrei, und die Wunde fühlt sich besser an. Der Verband riecht nach Pflanzen und Baumrinde.

Ich habe die Wunde mit Schafgarbe und Frauenmantel behandelt, sagt Margrét und schaut dann zu dem Kind, willst du mal rausgehen und gucken, wie die anderen vorankommen, Kleiner?

Der Junge steht auf und klettert geschickt vom Dachboden, er trägt eine Skihose mit Flicken und alte Gummistiefel, aber sein Islandpullover sieht relativ neu aus.

Wer sind sie?, frage ich.

Margrét zuckt die Achseln, nur Kinder. Sie wurden auch zurückgelassen, wie ich.

Wie alt sind sie?

Hrólfur ist der Jüngste, der ist acht. Jóhanna und ich waren zusammen, als die Schiffe abfuhren, sie ist genauso alt wie ich, und Hrólfur ist ihr kleiner Bruder. Jack ist, glaube ich, zwölf und Nína neun. Die kamen später dazu.

Was macht ihr hier?

Wir haben nach dir gesucht.

Nach mir? Wie hast du mich gefunden? Wer weiß von mir?

Mama hat mir gesagt, dass ich dich suchen soll. Bevor sie losgefahren ist. Sie hat mir geschrieben, dass ich dich hier suchen soll. Margrét hebt den Kopf. Sie hat geschrieben, du hättest ein Haus am Ende der Welt, und bei dir würde mich keiner finden.

Fischereiflotte bald elektrobetrieben

Dieselbetriebene Schiffe werden Geschichte sein

REYKJAVÍK, 5. November – Isländische Fischkutter können vermutlich schon nächstes Jahr teilweise mit Strom angetrieben werden, sagt der Vorsitzende der Vereinigung der Schiffindustrie. Die Entwicklung schreite voran, und die Motoren der Testschiffe liefen auch jetzt schon nur noch teilweise mit Diesel. Die Dieselvorräte des Landes verringern sich stetig, und die Regierung hat Fischfang mit dieselbetriebenen Fahrzeugen verboten. Dies entspricht nach Einschätzung von Ólafur Hjálmarsson, dem Vorsitzenden der Vereinigung, auch den Interessen der isländischen Schiffindustrie.

»Unsere Geschäftspartner fordern das, und wir müssen diese Forderung erfüllen, um größere Wirtschaftlichkeit zu erzielen. Und mit zunehmender Wirtschaftlichkeit, also weniger Dieselverbrauch, sind wir auf dem richtigen Weg«, sagt Ólafur.

Er berichtet, dass sämtliche Werften in Island inzwischen im Sinne des Umweltschutzes arbeiten. Ganz oder teilweise elektrobetriebene Schiffe seien die Zukunft. »Es liegt auf der Hand, dass wir unseren Strom nach der Stilllegung der Aluminiumfabriken für die Schifffahrt nutzen müssen, und für die Landwirtschaft.«

Das größte Hindernis sei der Mangel an Lithium für Batterien, auch gäbe es noch zu wenig technisch ausgebildete Mitarbeiter. »Wir müssen uns wieder auf die Kenntnisse unserer Vorfahren berufen«, fügt er hinzu. »Die meisten Boote werden weiterhin auf Segel und Ruder setzen müssen, nicht auf Strom.«

HJALTI

Der Flughafen ist kein Flughafen mehr. Eigentlich heißt er auch nicht mehr so, im Ministerium nennen sie ihn das Reisezentrum. Als könnte man immer noch einfach dorthin fahren und zu einer Reise aufbrechen, sich interessante Ziele aussuchen, als gäbe es noch andere Ziele als einen vollen Magen, ein Dach über dem Kopf, einen Weg zum Überleben.

Das Gebäude ist unverändert, es steht wie ein Fels in der öden Landschaft, nur davor ist es merkwürdig still, keine ankommenden und abfahrenden Autos, die Busse sind verschwunden, nirgends Flugzeuge, bis auf dieses eine Wrack, das auf der Seite liegt, auf einem zerbrochenen Flügel, der andere ragt in die Luft.

Die Angestellten scheinen alle drinnen zu sein, vielleicht ist gerade Essenszeit?, sagt Óskar, schaltet den Motor aus, steigt aus dem Wagen und schiebt den Stecker in die Ladestation. Es gibt nicht viele Elektroautos, und Hjalti ist Elín dankbar, dass sie ihm nicht nur den Wagen, sondern auch diesen stattlichen Begleiter zur Verfügung gestellt hat, nachdem sie es endlich kapiert hatte, dass sie ihn von der Fahrt hierher nicht abhalten konnte.

Und jetzt steht er mit diesem Óskar, einem gut gebauten Vergil, vor dem Tor zu dieser kleinen, windgepeitschten Hölle. Auf der Fahrt war der Mann wortkarg und wollte gar nicht erst wissen, was der Pressereferent des Ministeriums im Reisezentrum zu suchen hat, dort fährt man nämlich nicht hin ohne ein dringendes Anliegen.

Im Gebäude riecht es seltsam säuerlich, der typische Geruch von Eingesperrten, egal ob in Krankenhäusern oder

Schweineställen, und noch von etwas anderem, primitiverem, von Hunger und Exkrementen, Leben und Tod.

Sie tasten sich im Dämmerlicht zwischen Stapeln von Koffern, Kleidung und Möbeln hindurch. Ein struppiger kleiner Hund beäugt sie misstrauisch und verzieht sich dann hinter einen der Abflugschalter. Rund um die Toiletten herrscht ein bestialischer Gestank.

Hjalti achtet darauf, nichts zu berühren, der Boden ist voller Abfall und rutschig.

Wo sind sie?, fragt er, und Óskar zeigt nach oben, wir müssen durch die Sicherheitskontrolle. Er hat eine Pistole unter seiner Jacke, wirkt aber trotzdem hypernervös, über seine Stirn perlen Schweißtropfen.

Sie steigen die Treppe hinauf, der Gestank wird noch intensiver, je tiefer sie in das Gebäude vordringen. Vor der Sicherheitskontrolle wurde ein solides Gittertor installiert, aus Stahlstreben zusammengeschweißt. Zwei schwarzgekleidete Männer bewachen es, sie tragen Gewehre und weißen Mundschutz.

Halt, knurrt einer von ihnen, wer sind Sie?

Sie heben die Hände hoch, und Hjaltis Begleiter ruft: Hallo Andrés, ich bin's, Óskar Arinbjarnarson, kennst du mich nicht mehr?

Andrés lässt das Gewehr sinken, ach, du bist das, was willst du hier, hattest du nicht aufgehört? Sie schütteln sich die Hände und klopfen sich auf die Schultern, das ist Jóhannes, der ist neu, muss sich noch an alles gewöhnen. Óskar zeigt auf Hjalti: Der ist vom Ministerium, er arbeitet für Elín.

Kleiner Ausflug?, fragt Andrés, er ist glatzköpfig und schmal wie ein Galgen. Mal kurz in den Duty-free, was? Sie lachen, Hjalti ringt sich ein Grinsen ab, der Geruch ist ein

Albtraum, und die Männer haben ein merkwürdiges Glänzen in den Augen, ihre Pupillen sind geweitet.

Er sucht nach einer Frau und zwei Kindern, erklärt Óskar, und Hjalti reicht dem Mann ein Schreiben vom Ministerium. Wie heißt die? María?

María Ana Pacheco, sagt Hjalti und strafft sich, darum bemüht, breiter zu wirken. Das Ministerium muss mit ihr sprechen. Sie ist mit ihren beiden Kindern hier.

Dann müssen Sie reinkommen und selbst nach ihr suchen. Wir haben hier keine Namenslisten, entgegnet Andrés, überfliegt das Schreiben und gibt es ihm zurück. Wühlen Sie sich durch den Müll und gucken Sie, ob Sie was finden, das Ihnen gefällt.

Der Mann dreht den Schlüssel im Schloss und öffnet das Tor mit lautem Quietschen. Als sie den Duty-free-Bereich betreten, stockt Hjalti der Atem. In dem Saal befinden sich unglaublich viele Menschen. Der Lärm und die Schreie sind ohrenbetäubend, und die Menge drängelt in die kleine Cafeteria, in der anscheinend die tägliche Essensration ausgegeben wird. Andrés grinst breit, die Touris fordern Service und Bewirtung, kommentiert er das Geschehen. Der Fußboden ist mit Gepäck und Abfall übersät, Schlafsäcke, Decken und Matratzen, und die Leute treten auf dem Weg zur Essensausgabe einfach darauf herum.

Wie die Schweine, sagt Óskar mit Verachtung, seht euch an, wie die sich aufführen. Ältere Menschen und Kinder werden weggestoßen, fast niedergetrampelt, eine Frau mit einem Baby auf dem Arm stürzt auf den Boden, als ein junger Mann auf einen Tisch steigt und in die Menschenmenge springt, das sind Wilde, scheiß Touris.

Weitere Wärter tauchen auf, einer schießt in die Luft, sie

schlagen mit den Gewehrschäften auf die Leute ein, get in line, god damn it, bis allmählich Ordnung in die Menge kommt, die Menschen reihen sich mit deprimierten und sorgenvollen Gesichtern in die Schlange ein, Schalen und Tassen in den Händen, sie sind schmutzig und zerlumpt, teilweise auch verletzt, einige haben einen Verband um den Kopf oder tragen den Arm in einer primitiven Schlinge.

Gestern wurde nicht viel Essen geliefert, sagt Andrés, und jetzt glauben sie, sie kriegen nie mehr was zu fressen. Total dreist. Dabei können normale Isländer ihre Kinder kaum mehr ernähren.

Sie staksen durch den Saal, vorbei an Müllbergen und Menschen, die aus ihren Bechern schlürfen, Schüsseln und Finger nach der Mahlzeit ablecken. Was bekommen sie denn zu essen?, fragt Hjalti, und Andrés zuckt mit den Schultern, was gerade da ist, Quark, manchmal Fleischsuppe.

Es ist unmöglich, die Frau in diesem Gewühl zu finden, sagt Óskar, diese ausgezehrten Gesichter sehen alle gleich aus.

Doch es gibt noch mehr Räume und Flure, sie tasten sich weiter, die Waffen in Bereitschaft, und die Leute weichen ihnen aus. Die Wärter schubsen alle, die ihnen im Weg sind, zur Seite, treten die Leute weg.

Ein Mann mit einem kleinen Mädchen läuft auf sie zu, es liegt starr in seinen Armen und lässt den Kopf hängen.

Please sir, please help us, sagt er, my daughter is very ill. She needs a doctor, she needs medicine.

Scheiß Asiaten, murmelt Andrés und geht auf den Mann zu. Move back, brüllt er, we don't have medicine for you, we don't have medicine for our own children.

Please sir, beharrt der Mann, bis Andrés ihm den Gewehrlauf in den Bauch rammt. Der Vater taumelt zur Seite, schaut sie an, die ganze Verzweiflung dieser Welt in seinen Augen, seine Jacke ist fleckig, das Hemd hängt ihm aus der Hose, aber die Haare des kleinen Mädchens sind ordentlich geflochten, die schwarzen Wimpern auf den blassen Wangen wie gemalt.

Die werden immer aufdringlicher, Mann, schimpft Óskar und sagt dann zu Hjalti: Jetzt suchen Sie mal schön, wir haben nicht den ganzen Tag Zeit für so was.

Können wir sie nicht ausrufen lassen?, fragt Hjalti, unsicher, ob er das noch länger aushält, ohne sich übergeben zu müssen, ohne von diesem Elend überwältigt zu werden, doch Andrés schüttelt den Kopf, wenn man einen aufruft, kommen alle, dann stehen tausend Leute am Info-Tresen und behaupten, das wäre ihr Name.

Also gehen sie weiter, waten durch diesen stinkenden Menschensumpf, die Gesichter verschwimmen zu einem einzigen leidvollen Ausdruck. Immer wieder glaubt Hjalti, Marías Gesicht zu sehen, an einem der Kosmetikständer, hinter einer zerbrochenen Brillenfassung, neben einem leeren Regal im Buchladen. Sie könnte jede von diesen ausgehungerten Ausländerinnen sein, die sich nichts mehr wünschen, als niemals einen Fuß in dieses verfluchte Land gesetzt zu haben.

Irgendwann gibt er auf. Er nimmt kaum noch etwas wahr, und das Wehklagen macht ihn verrückt, er erträgt die Brutalität der Wärter nicht, die mit ihren schweren Stiefeln nach allen treten, die ihnen den Weg versperren, die brüllen und ihre Gewehre auf kleine Kinder und gebrechliche Greise richten. Elín hatte wahrscheinlich recht, diese Aktion war von Anfang an sinnlos.

Sie sind schon auf dem Weg nach draußen, als er plötzlich eine kleine, warme Hand in seiner spürt, er senkt den Blick, und da steht er, dürrer und großäugiger denn je, und lächelt schüchtern.

Elías, sagt Hjalti und beugt sich hinunter, umarmt den mageren Körper. Wo ist deine Mama?

Dahinten, sagt der Junge und streckt die Hand aus, Hjalti folgt ihm durch die Menge zu einer Nische, wo María an der Wand lehnt und gedankenverloren in ein kleines Notizbuch schreibt. Sie blickt auf und sieht sie kommen, stößt einen halb erstickten Schrei aus, springt auf und rennt ihnen entgegen. Sie fallen sich in die Arme, Hjalti kann es kaum glauben, dass er sie gefunden hat, seine Hände zittern, als er über ihre Wange streicht.

Sie ist abgemagert und schmutzig, aber immer noch dieselbe, plappert drauflos, ihre schwarzen Augen funkeln. Hjalti, du musst uns hier rausholen, wir sollten nicht hier sein. Wir sind isländische Staatsbürger – sie wirft den Wärtern einen hasserfüllten Blick zu –, aber sie hören nicht auf mich, sie weigern sich, das zu überprüfen, und bezeichnen uns als Ausländer.

Hjalti dreht sich zu Andrés, wutentbrannt, diese Frau wohnt seit fünfzehn Jahren hier und ist schon lange isländische Staatsbürgerin, sagt er. Ihre Kinder natürlich auch. Ich habe eine Anordnung, sie freizulassen, er hält ihm das Schreiben aus dem Ministerium vor die Nase.

Packen Sie Ihre Sachen, herrscht Andrés María an, und sie beginnt hektisch, ihre Habseligkeiten in eine Sporttasche zu stopfen. Hjalti versucht ihr zu helfen, wo ist Margrét?, fragt er, und sie antwortet atemlos, die ist abgehauen, sie hängt irgendwo da draußen bei ihrer Jugendgang. Wir sind nur zu zweit, Elías und ich. Ich muss sie sofort suchen.

Er trägt ihre Tasche, sie nimmt Elías an der Hand und lächelt Hjalti voller Dankbarkeit und Erleichterung ins Gesicht.

Der Junge bleibt hier, befiehlt Andrés.

Hjalti schaut ihn verwundert an. Was meinen Sie?

Die Frau kann gehen, für die haben Sie Papiere. Aber das Kind bleibt hier.

Wir lassen kein Kind hier zurück, entgegnet Hjalti, er ist ihr Sohn. Natürlich kommt er mit. Das steht in dem Schreiben.

In dem Schreiben steht, dass Sie die Erlaubnis haben, María Ana Pacheco und ihre Angehörigen mitzunehmen, sofern eine Genehmigung nach Paragraf 12 der Verordnung über das Inlandreiserecht von Ausländern vorliegt.

Und?, sagt Hjalti und bekommt ganz kalte Finger.

Er ist schwarz, sagt Andrés.

Hjalti bringt kein Wort heraus. Wo steht das in der Verordnung, stammelt er dann, dass Menschen mit einer anderen Hautfarbe interniert werden? Er ist Isländer!

Sein Vater ist Norweger, wirft María ein, seine Familie lebt seit Jahrzehnten in Norwegen.

Halt's Maul!, brüllt der andere Wärter und stößt sie mit dem Gewehrschaft. Mit dir hat niemand gesprochen.

Elías hat angefangen zu weinen, ein leises wimmerndes Jammern, er vergräbt sein Gesicht an der Hüfte seiner Mutter, die Hjalti panisch anschaut, ihre Hände liegen auf dem Kopf des Jungen.

Hjalti, bitte tu was, fleht sie, du musst irgendwas tun.

Ich rufe die Ministerin an, sagt er mit heiserer Stimme zu Andrés. Damit kommen Sie nicht so leicht durch.

Tun Sie das ruhig, entgegnet der Mann drohend, beschweren Sie sich bei Mama. Glauben Sie wirklich, dass die Ministerpräsidentin nicht genau weiß, was sie geschrieben hat? Glauben Sie, dass sie Ihnen die Erlaubnis gegeben hat, mit einem Haufen Neger im Schlepptau hier rauszumarschieren? Na los, fragen Sie sie.

Hjalti wählt mit zitternder Hand Elíns Nummer und lauscht auf das Klingeln. Er probiert die Büronummer, die Privatnummer, erreicht schließlich ihre Sekretärin, nein, tut mir leid, sie ist nicht auf der Arbeit. Er hinterlässt eine Nachricht, bittet sie, zurückzurufen, das ist ein Notfall, seine Stimme ist so brüchig, dass er kaum ein Wort herausbringt.

Andrés steht mit verschränkten Armen neben ihm, und Óskar schaut auf die Uhr. Wir müssen los. Nehmen Sie die Frau jetzt mit oder nicht?

María klammert sich an ihren Sohn, ich gehe keinen Schritt ohne ihn, was fällt Ihnen ein? Sie reckt das Kinn, ihre Augen funkeln. Nimm deinen blöden Brief und hau ab, Hjalti.

María, es tut mir so leid, sagt er heiser. Ich kläre das. Ich komme wieder und hole euch.

Glaubst du wirklich, sie weiß nicht, was sie tut?, zischt sie. Diese Verordnung kommt doch von ihr, von deiner geliebten weißen Königin! Und du arbeitest für sie. Du lässt das alles geschehen. Du bist es, der uns alle in diese Hölle verdammt hat. Geh nur mit deinen widerwärtigen Freunden und lass dich hier nicht wieder blicken.

Er kann nichts sagen. Er muss mit Elín sprechen, er muss María holen, sobald dieses Missverständnis korrigiert wurde. Resigniert dreht er den beiden den Rücken zu und folgt den Männern durch die Menschenmenge. Als er sich noch einmal umschaut, sieht er sie dort stehen, sich fest umarmend, Elías und María.

Sie sind fast am Tor angelangt, als Mutter und Sohn sie wieder einholen. Sie halten sich an den Händen, Elías wischt sich mit dem Ärmel seines Pullovers Tränen und Rotz aus dem Gesicht, María drückt Hjalti die Geige in den Arm und sagt atemlos, finde sie, Hjalti! Selbst wenn du uns nicht retten kannst, kannst du sie retten. Bitte rette Margrét!

Sie schaut ihm fest in die Augen, und er nickt. Dann geht er. Folgt dem Gorilla zum Wagen und sitzt wie erstarrt mit der Geige auf den Knien im Auto, er versteht nichts, versteht nicht, wie diese kultivierten, intelligenten Menschen, mit denen er jeden Tag zu tun hat, mit denen er in Meetings sitzt und in der Kantine isst, wie sie diesen Horror anordnen können, diese Hölle, diese grenzenlose Gewalt und den Hunger und den Dreck.

Sie fahren wortlos in die Stadt zurück, und Óskar lässt ihn am Platz vor dem Ministerium aussteigen. Alles ist so alltäglich und normal im Vergleich zum Flughafen, trotz der Barrikaden und der halbverbrannten Mülltonnen, trotz der Baumstümpfe und der schwerbewaffneten Rettungsleute, die das Ministerium bewachen.

Elín sitzt barfuß in Yogastellung in ihrem Büro und schaut aus dem Fenster aufs Meer, kehrt ihm den Rücken zu, als er eintritt. Ihre Waden sind immer noch schlank, trotz der Schwangerschaft. Er betrachtet ihre sorgfältig gepflegten Fersen und platzt heraus: Was denkt ihr eigentlich? Wie könnt ihr das zulassen?

Wir?, sagt sie, steht auf und streckt die Arme zur Decke. Du arbeitest doch hier, oder? Du warst bei dem Meeting, wo diese Entscheidungen getroffen wurden.

Elín, das ist ein Vernichtungslager. Die Leute sterben da drin. Sie hungern und werden geschlagen – der Geruch ist unerträglich, alle Toiletten sind kaputt.

Ach, sagt sie ironisch. Und auf die Idee bist du nicht gekommen, als wir über die Lösung des Ausländerproblems diskutiert haben? Als wir beschlossen haben, die Touristen im Flughafen unterzubringen, und du die Kampagne für einen sicheren Zufluchtsort im besten Flughafen Europas angeleiert hast?

Ich wusste nichts von bewaffneten Wärtern. Und dass die Leute dort hungern müssen.

Alle hungern, Hjalti. Nur du und ich nicht, weil das Ministerium für seine Angestellten sorgt. Die Bevölkerung hat nicht genug zu essen, und mit dem bisschen, was wir noch haben, verpflegen wir sogar noch die Ausländer.

Die Leute sterben da drin, Elín, viele sind krank.

Diese Leute können froh sein, dass sie hier sind. Im Reisezentrum haben sie immerhin ein Dach über dem Kopf und müssen nicht draußen erfrieren. Wir müssen Prioritäten setzen, wem wir helfen, du kümmerst dich doch auch zuerst um deine Familie, bevor du Fremden hilfst, oder? Aber wir bemühen uns wenigstens.

Wusstest du, dass sie Elías nicht rauslassen? Wusstest du das, als du das Schreiben aufgesetzt hast?

Sie zuckt die Achseln, lehnt sich gegen die Schreibtischkante und mustert ihn mit ihren strahlend blauen Augen von oben bis unten. Regeln sind Regeln. Wir können doch keine Gesetze über das Reiserecht von Ausländern aufstellen und dann einen kleinen schwarzen Jungen durch die Straßen laufen lassen. Das wäre doch widersprüchlich, oder?

Er ist isländischer Staatsbürger. Er wurde hier geboren!

Wir stehen vor einer wichtigen Aufgabe, sagt Elín betont langsam, als wäre Hjalti begriffsstutzig. Wir müssen dafür sorgen, dass die Nation solidarisch ist, enger zusammenrückt und stolz auf das ist, was sie vereint. Wir können uns nicht die Schwäche erlauben, Leute aus aller Herren Länder hier herumstreunen zu lassen und damit das Gesamtbild zu zerstören. Ich bin keine Rassistin, ich habe im Ausland studiert und war mit Menschen unterschiedlicher Nationalität und Herkunft befreundet. Das sind lauter nette Leute, aber eben nicht isländischer Abstammung. Ausländisches Blut verdirbt das isländische, das uns unsere Vorväter im Schweiße ihres Angesichts hinterlassen haben. Warum mussten denn so viele isländische Kinder im Lauf der Jahrhunderte an Seuchen, Kälte, Hunger und Elend sterben, doch nur, um die Nachkommen der Überlebenden abzuhärten. Wir entehren ihr Andenken, wenn wir Ausländern erlauben, mit ihrem Blut unser Volk zu verwässern.

Hjalti lässt diese Rede über sich ergehen wie ein Trottel und starrt sie mit offenem Mund an, die schöne, intelligente Elín, blühend und schwanger mit rosigen Wangen, die politische Philosophin und Anführerin, der er vertraut hat und blind gefolgt ist.

Ich bin mit allem einverstanden, wenn du sie freilässt, sagt er. Wenn du María und Elín rauslässt.

Sie schüttelt den Kopf. Deine Bitte ist unmoralisch und unter deiner Würde, erwidert sie. Ich soll für dich persönlich die Regeln brechen, das ist nichts anderes als Korruption.

Diese Regeln sind unmoralisch und widerwärtig, sagt er, sie sind unter deiner Würde. Du musst die beiden doch retten können. Ich flehe dich an!

Elín durchbohrt Hjalti mit ihrem Blick, du isst von meinem Teller und wirst aus meinem Portemonnaie bezahlt, du genießt alle Vorrechte, die dir meine Position bietet. Ich habe dich aufgebaut und dir diesen Platz an meiner Seite verschafft, ich habe dich zu meinem Ratgeber und Vertrauten gemacht, und du dankst es mir damit, dass du hinter dieser Ausländerin herläufst und von mir verlangst, dass ich ihr Kind rette.

Elín, stammelt er, ist es wegen des Babys? Bin ich der Vater?

Sie wirft ihm einen kurzen Blick zu.

Nein. Du hast nichts mit meinem Kind zu tun. Sie geht auf ihn zu. Ich habe nicht das geringste Interesse an dir. Ich will nur, dass du dich mir gegenüber loyal verhältst und dich auf die Aufgaben konzentrierst, die ich dir übertrage, dass du mir gehorchst, verdammt noch mal. Dass du deinem Land ein kleines bisschen Respekt und Dankbarkeit entgegenbringst. Wenn du das nicht kannst, dann ist es wohl das Beste, wenn du verschwindest.

Er wägt diese Worte einen Moment lang ab. Ja, wahrscheinlich ist es das Beste, sagt er dann. Es ist wohl besser, wenn ich gehe.

MARGRÉT

Sie ist allein.

Sie steht an der Stelle, wo früher einmal das Wohnzimmer war, und betrachtet die Überreste von ihrem Zuhause, hier ist lange niemand mehr gewesen. Eine Pfütze hat sich an der offenen Balkontür gebildet, die Bücher liegen auf dem Boden, zerrissen und beschmutzt. Irgendwer hat die Wohnung durchpflügt und das wenige, was von Wert sein könnte, mitgenommen. Die Instrumente sind weg, der Kühlschrank ebenfalls, die Küchenschränke sind leer.

Jemand hat in Marías Schlafzimmer gehaust, der Boden ist mit Müll übersät, und auf der Matratze sind dunkle Flecken.

Mama, flüstert Margrét und stützt sich am Türrahmen ab, wo bist du, Mama?

Sie ist allein, sie hat die beiden verpasst, und alles, was sie kannte und liebte, ist jetzt fort.

Im Kleiderschrank hängen keine Klamotten mehr, nur die drei Zahnbürsten stehen noch aufrecht im Zahnputzglas in dem verdreckten Badezimmer.

Endlich öffnet sie die Tür zu ihrem Zimmer, schaut auf die Verwüstung ihres kindlichen Daseins, dann zieht sie die Tür wieder zu. Sie ist selbst schuld. Sie hat ihre Familie verlassen, hat ihre Mutter und Elías im Stich gelassen und immer gedacht, sie könnte jederzeit in ihre Wohnung zurückkommen.

Sie ist ratlos und weiß nicht, wo sie noch nach Ihnen suchen soll. Die Fahrt nach Þykkvibær hat nichts gebracht, außer Geschichten über Gewalt, Vergewaltigungen und Plündereien wie man sie überall hört, doch María und Elías bleiben verschwunden. Sie seien wie vom Erdboden verschluckt, sagte die Frau, mit der Margrét sprach, sie hatte gerade ihren Mann beerdigt und wusste nicht, womit sie ihre Kinder über den Winter bringen sollte. Sie haben alles mitgenommen, sagte sie kopfschüttelnd und gab ihr trotzdem ein paar Kartoffeln als Proviant, als Margrét sich auf den Rückweg machte.

Es ist jetzt wichtig, logisch zu denken, sich zusammenzureißen, mit diesem stillen, verzweifelten Heulen aufzuhören. Könnte María ihr eine Nachricht hinterlassen haben? Sie geht zurück ins Wohnzimmer, sucht in den Ritzen des Sofas, schaut unter den Esstisch, blättert in Büchern. Nichts.

Noch einmal öffnet sie ihre Zimmertür, watet durch den Müll, hebt altes Spielzeug und Bettdecken hoch, blättert in Schulbüchern, ihrem Spanisch-Wörterbuch, ihr Atem ist schnell und flach, das Herz klopft ihr bis zum Hals. Sie tastet im Dunkeln herum, ohne zu wissen, wonach sie sucht, bis ihr plötzlich die Nachbarin einfällt.

Sie stürmt in den Hausflur, mit stockendem Atem, klopft energisch an die nächste Wohnungstür, drückt auf die Türklingel, dreimal, wartet eine halbe Ewigkeit, klingelt erneut. Endlich hört sie durch die Tür eine Männerstimme: Wir sind bewaffnet, wer ist da?

Ich bin's, Margrét, stammelt sie. Die Tochter von María, die nebenan gewohnt hat. Ich suche nach ihr.

Halberstickte Gemurmel dringt durch die Tür, dann sagt der Mann: Wir wissen nichts über sie. Hau ab.

Ist Þórný bei Ihnen?, versucht Margrét es noch einmal. Ich wollte nur fragen, ob meine Mutter was für mich dagelassen hat. Eine Nachricht, einen Brief oder so.

Nein, nichts, sagt der Mann. Lass uns in Ruhe.

Margrét ist fast schon wieder im Erdgeschoss, als sie die

Tür aufgehen hört und Þórný zu ihr hinunterruft: Hör mal, Kleine, das müsste dir gehören!

Margrét rennt wieder nach oben, nimmt zwei Stufen auf einmal. Die alte Frau steht in einem fleckigen Bademantel und Hausschuhen auf dem Treppenabsatz und hält ihr mit zitternden Händen die Geige hin.

Da war ein Mann hier, der hat nach dir gesucht, sagt sie entschuldigend. Er meinte, die hätte deiner Mutter gehört. Ich bin in letzter Zeit so vergesslich. Sie wirft dem bärtigen Mann in der Türöffnung einen ängstlichen Blick zu und tätschelt Margrét die Hand, es ist richtig, wenn du sie bekommst. Sie war immer gut zu mir, deine Mutter, bevor sie wegging. Auch wenn sie Ausländerin war, ergänzt sie und schließt die Tür.

Margrét hält die Geige an die Nase und riecht Staub und Baumharz, einen vagen Duft von María. Eine Botschaft von Mama. Früher war das Instrument einmal wertvoll, doch jetzt nicht mehr. María hat versucht, ihr Geigespielen beizubringen, aber Margrét fand es langweilig, für sie ist die Geige nutzlos.

Sie überlegt, möchte das Instrument aber nicht zurücklassen. Gedankenversunken steigt sie die Treppe hinunter und versucht, sich in ihre Mutter hineinzuversetzen. Dann bleibt sie stehen, legt das Ohr an die Geige, schüttelt sie, hört ein leises, kratzendes Geräusch.

Margrét mustert das Arbeitsgerät ihrer Mutter zögernd, schaut sich kurz um und schlägt die Geige dann mit voller Wucht gegen das Treppengeländer. Das Instrument zerbricht mit einem schmerzlichen Klagelaut, und ein kleiner Zettel flattert heraus. Sie hebt ihn auf und faltet ihn mit zitternden Händen auseinander.

Es ist der Ausschnitt einer Landkarte. Auf der Rückseite stehen ein paar Zeilen, in der zierlichen Handschrift ihrer Mutter.

SVANGI

Die Kinder sind wieder da, ihre Stimmen klingen wie Silberglocken in der Stille, und die Hütte füllt sich mit Leben und Geflüster. Sie stehen unten und schauen zu mir hoch, ich setze mich auf und betrachte diese kleinen Wilden. Sie sind wachsam, ihre Gesichter trotzig, argwöhnisch, neugierig, wer ist dieser plumpe, hässliche Kerl da oben? Der mit dem Gewehr? Sie sind in der Überzahl, aber ich bin älter und größer, der alte Troll könnte sie schnell in seinen Sack stecken und in seinen großen Kochtopf, hohoho!

Margrét macht den ersten Schritt. Kinder, das ist Hjalti. Er hat mit meiner Mutter zusammengelebt und wohnt jetzt hier. Er wird nicht mehr auf uns schießen. Sie schaut mich mahnend an, und ich komme zu mir, schüttele den Kopf und murmele: Nein, bitte entschuldigt das mit dem Gewehr, ich dachte, ihr wärt von der Rettungswacht.

Sie spricht weiter, das ist Jóhanna, das ist Jack, Nína, und Hrólfur hast du ja schon gesehen. Die Kinder sind tüchtig, sie können mit anpacken, und wir haben Hunger.

Sie haben ein Lamm geschlachtet.

Ich konnte sie nicht daran hindern, lag hilflos im Bett und kämpfte mit der Infektion, während sie meine Schafe jagten, lachend wie kleine, ausgelassene Füchse. Wahrscheinlich hat Týra ihnen geholfen, das arme Lamm in die Enge zu treiben, und dann zugeschaut, wie sie es zum Hof getragen und mit einem stumpfen Messer abgemurkst haben. Es war ein hübscher Bock, vielleicht hätte ich ihn leben lassen, ihn für die Zucht verwendet, aber dafür ist es jetzt zu spät. Auf dem Hofplatz hat sich eine Pfütze aus Blut gebildet, das dem Tier aus dem zarten Halsstumpf floss.

Man kann nicht behaupten, dass die Kinder besonders ökonomisch vorgehen. Sie zerteilen das Tier mit Feuereifer, kichernd schneiden sie ihm den Bauch auf und untersuchen die Eingeweide, dann heben sie das Gedärm heraus und stochern mit den Fingern in der Niere. Jack schnappt sich den Kopf, steckt ihn auf einen Stock und rennt damit lachend über den Hofplatz, Jóhanna taucht einen Finger in das Blut und bemalt die Gesichter der kleineren Kinder, zieht einen Strich vom Haaransatz bis zur Nasenspitze, zwei Striche unter die Augen, malt sich dann selbst die Lippen an und leckt sie grinsend ab. Ihre blonden, fast weißen Haare sind mit Blut verklebt. Die Kinder sehen aus, als hätten sie an einer bizarren Opferzeremonie teilgenommen.

Ich schleppe mich seufzend die Treppe herunter, es ist wohl besser, wenn ich das Zerlegen des armen Tieres übernehme. Wir hängen die winzigen Keulen in den Dachgiebel und kochen aus dem Rest eine Suppe, die Haut ist eingerissen und wohl zu nichts mehr zu gebrauchen.

Das Fleisch auf dem Teller duftet und dampft, wir schneiden die Sehnen ab und kauen gierig, schlürfen aus verbeulten Blechtassen den Sud. Die Kinder haben Miesmuscheln, Löwenzahnwurzeln und Löffelkraut gesammelt und zusammen mit dem Fleisch gekocht, es ist ein Festmahl.

Genau die richtige Suppe für Geächtete, sage ich und puste verlegen in meine Tasse, kann mich nicht erinnern, wann ich das letzte Mal mit anderen Menschen zusammen gegessen habe. Sie mustern mich verstohlen und finden mich bestimmt seltsam, wie ich geräuschvoll und vor mich hin brabbelnd meine Suppe schlürfe, mit meinem Bart, der voller Muschelschalen und Tang ist. Sie unterhalten sich nicht beim Essen, schauen mich nur an und tauschen Blicke, grinsend, kichernd, mit gelben Muschelresten zwischen den Zähnen.

Es ist noch gar nicht so lange her, da haben sie zum Frühstück Cornflakes und freitagabends Pizza gegessen. Sie waren im Fußball- oder Turnverein, surften abends auf YouTube, fuhren in den Sommerferien nach Benidorm oder ins Sommerhaus im Brekkuskógur. Und jetzt schleichen sie wie Polarfüchse über Berg und Tal, deuten Spuren und Vegetation, essen, was sie finden. Elternlos, heimatlos, und doch scheine ich in dieser Gruppe der Bemitleidenswerteste zu sein, der alte Mann in dem Haus am Meer.

Ich blicke in die Runde, wir entspannen uns, haben nicht mehr solche Angst voreinander. Wenn Menschen um einen heißen Suppentopf sitzen und ihr Essen miteinander teilen, das Brot brechen, dann geschieht etwas mit ihnen, hat Leifur immer gesagt. Das Gehirn produziert ein Hormon, Oxytocin, das auch beim Sex und beim Stillen ausgeschüttet wird. Biochemische Liebe. Liebe vergibt alles und duldet alles, aber vielleicht ist sie auch nur ein Hormon, diese heilende Kraft, die uns aneinander bindet. Leifur hat nur gelacht, die Wissenschaft gibt ihre Antworten, aber wir haben unsere eigenen.

Ihr hattet Glück, dass ihr auf Svangi gestoßen seid, sage ich in einem zweiten Versuch, die Stille zu durchbrechen. Hier gibt es unendlich viele Buchten und Fjorde, ihr hättet den ganzen Sommer weiterlaufen können.

Mara hatte eine Karte, sagt der Junge, den sie Jack nennen, er könnte von den Philippinen stammen.

Woher hast du die?, frage ich, und Margrét schaut auf, sieht mich an, greift in ihre Tasche und zieht einen schmutzigen, zusammengefalteten Zettel heraus. Er ist abgegriffen und feucht, und sie zögert, ihn aus der Hand zu geben, lange war er ihr Rettungsanker, die letzte Verbindung zu María, die letzte Segnung ihrer Mutter, aber nun hat er seinen Zweck erfüllt, sie ist am Ziel angelangt.

Ich falte ihn vorsichtig auseinander, es ist eine Kopie von einem Abschnitt aus einer Landkarte, der Weg ist mit Kugelschreiber eingezeichnet, mit großem Abstand an Dörfern und Nationalstraßen vorbei, über Hochheiden und Gebirgspässe, dann hinunter in den Fjord. Ein Smiley zeigt an, wo das Haus seht, ich habe es María einmal sehr genau beschrieben.

Ich mustere die Karte und dann die blutverschmierten Gesichter der Kinder neben mir. Tja, ihr habt es geschafft. Und was jetzt? Was wollt ihr machen? Hier gibt es nichts für euch.

Hier sind keine Rettungsmänner, sagt Margrét. Hier kann man in Frieden leben. Sie schaut mich an. Hier bist du.

Weihnachtsschlägerei in Smáralind

Zahlreiche Randalierer festgenommen

REYKJAVÍK, 25. Dezember – Polizei und Rettungswacht verhafteten fast siebzig Personen, nachdem es gestern im Einkaufszentrum Smáralind zu Krawallen und Schlägereien gekommen war. Mindestens vier Menschen starben, darunter ein fünfjähriger Junge, es gab zahlreiche Verletzte.

»Sieht so neuerdings der Geist der Weihnacht aus«, sagte Sindri Snær Halldórsson, der Leiter der Rettungswacht, nach dem Einsatz in Smáralind, »sich wie Barbaren zu verhalten?«

Das Einkaufszentrum ist seit diesem Sommer geschlossen, aber in den vergangenen Monaten fanden dort illegale Geschäfte mit Lebensmitteln und anderen Gebrauchsgütern statt. Laut Berichten gingen dort Drogen- und Schnapsdealer, Kredithaie, Prostituierte und Bettler ihren illegalen Machenschaften nach.

Die Tumulte brachen aus, als sich an Heiligabend Tausende Menschen auf den Plätzen des Einkaufszentrums einfanden, um Weihnachtseinkäufe zu tätigen. Doch die Vorräte der illegalen Händler reichten nicht aus, die meisten Kunden gingen leer aus, und es kam zu äußerst aggressivem Verhalten.

»Das war pure Verzweiflung«, sagte ein Augenzeuge, der seinen Namen nicht nennen will. »Die Leute hatten alle möglichen Wertsachen mitgeschleppt, um sie gegen Essen einzutauschen, und als es nichts mehr gab, sind sie einfach ausgerastet.«

Laut Zeugenaussagen richtete sich die Wut der Menschen zunächst auf die Händler, die sich aus dem Staub machten, doch kurz darauf sei es zu einer Massenschlägerei zwischen den enttäuschten Kunden gekommen. Die Leute hätten brutal um sich geschlagen, auch Messer und Schlaggegenstände seien eingesetzt worden.
Polizei und Rettungswacht stürmten das Gelände und trieben die Menge mit Wasserwerfern auseinander. Sindri Snær beteuerte, es entspreche nicht den Tatsachen, dass den Krawallen Proteste gegen die Regierung vorausgegangen seien.
»Der Einsatz verlief gut«, sagte er. »Die Randalierer sitzen hinter Schloss und Riegel und kommen so schnell nicht wieder auf freien Fuß.«

In ihrer Vorstellung sind sie Tiere. Sie teilt sie in Wölfe, Bären und Füchse ein.

Aber egal, ob Wolf, Bär oder Fuchs, sie wollen doch sowieso alle dasselbe, wollen abgemagerte, verdreckte Kinder vögeln und werfen uns dann einen Happen Essen zu, gerade genug, um uns am Leben zu halten.

Jóhanna ist noch dünner als Mara, sie gibt Hrólfur fast ihr gesamtes Essen, aber Mara beneidet sie trotzdem, denn sie sind wenigstens zu zweit. Sie denkt fast gar nicht mehr an Elías und Mama, dann muss sie immer anfangen zu heulen, und wenn man im Kinderschloss heult, ist man geliefert.

Sie lassen sie nicht mehr raus, nennen sie Diebespack und Drecksratten, man könne ja nicht zulassen, dass sie die ganze Stadt ausraubten und plünderten. Sie müssen für Recht und Ordnung sorgen, sagen sie und lachen, als hätten sie einen Witz gemacht, sie haben immer ihre Gewehre dabei und stehen vor der Tür Wache.

Die meisten der älteren Jungs sind zu ihnen übergelaufen, sind zu Füchsen geworden, kleinen, ängstlichen, bissigen Füchsen, die alles tun, um die anderen zu beeindrucken. Sie demütigen und schikanieren die kleineren Kinder, halt dich von den Füchsen fern, schärft Mara Hrólfur ein, und er nickt mit ernster Miene. Allerdings sind nicht alle übergelaufen, Hrafn ist verschwunden, Sjonni ist verschwunden, und Jóhanna meint, dass sie tot sind.

Mara kann sich nicht vorstellen, dass Hrafn tot ist, dafür ist er zu klug, zu redegewandt, mit seinen lachenden Augen, als Glücksritter hätte Mama ihn bezeichnet.

Sie will nicht an Mama denken. Auch nicht an Hrafn. Obwohl er es eigentlich verdient hätte, tot zu sein, weil er alles kaputt gemacht hat. Weil er Wölfe und Füchse und Bären in das Kinderschloss eingeschleust hat und ihnen erlaubt hat, die Kinder zu schlagen, sie an den Haaren zu den Matratzen zu schleifen und zu missbrauchen, ihnen ihr Essen wegzufressen und ihnen alles Wertvolle abzunehmen, ihre Fahrräder, ihre Handys, ihre Kleidung.

Mara, Jóhanna und Hrólfur haben mehr Glück als andere, sie wohnen zusammen in Hrafns altem Zelt, und die Mädchen haben es geschafft, Hrólfur zu beschützen, bis auf das eine Mal, als er verloren ging und sie ihn nackt und zitternd im alten Lager fanden. Sie hatten ihm die blonden Haare abgeschnitten, aber ansonsten wirkte er unverletzt, wollte ihnen nichts erzählen, aber geweint hat er nicht und er schläft auch wieder gut. Die Haare wachsen wieder, sagt Jóhanna und streicht ihrem Bruder über die Wange, sie haben beide diese dunklen Mandelaugen.

Die Mädchen müssen mit den Männern mitgehen, Mara versucht, es als Arbeit anzusehen, sie schließt die Augen und denkt dabei an etwas anderes, schließt sich ein in das kleine, harte Kästchen in ihrer Brust, wo sie Mama und Elías aufbewahrt, und manchmal auch Hrafn, ein kleines bisschen von Hrafn.

Sie weiß, was sie tut, sie wählt immer die Bären. Wenn sie kommen, um die Mädchen zu holen, sucht sie sich einen Bären aus und nimmt Augenkontakt zu ihm auf. Auf diese Weise ist sie fast immer sicher, denn Bären wollen einen nicht verletzen, manchmal entschuldigen sie sich auch und geben einem eine extra Ration zu essen.

Bei einem Wolf möchte man nicht landen. Die sind selten, aber noch schlimmer als die Füchse.

Die Wölfe tun einem weh und kommen gern zu mehreren.

Mara betäubt sich nicht mehr mit Alkohol und Klebstoff, sie muss einen klaren Kopf bewahren.

Sie muss hier raus, sie weiß, dass es in der Stadt Lager gibt, in einem davon könnte María sein. Das Leben in den Lagern ist kein Zuckerschlecken, sagen die Bären, dort sei es kalt und es gebe nicht viel zu essen und die Leute müssten fast Tag und Nacht arbeiten, aber es kann nicht schlimmer sein als hier. Sie wird rauskommen, und sie wird Jóhanna und Hrólfur mitnehmen.

Und eines Nachts, wenn der Bär neben ihr schläft, abgefüllt mit Dope und Fleisch und Sex, wird sie ihr kleines, scharfes Taschenmesser herausholen und ihm die Halsschlagader durchschneiden, ganz sanft, als würde sie einem kleinen Kind über die Wange streichen, und ihm das Gewehr und den Schlüssel abnehmen, wenn er verblutet ist. Sie wird sich davonschleichen und Jóhanna und Hrólfur wecken, das Essen holen, das sie unter den Betten versteckt hat, und mit ihnen hinaus in die Nacht huschen. Wenn jemand sie aufhält, wird sie ihn erschießen. Sie wird zwei Fahrräder klauen, damit alle glauben, sie wären auf der Straße unterwegs, aber stattdessen gehen sie runter zum Strand und werfen die Räder ins Meer. Danach wandern sie am steinigen Ufer entlang in die Stadt, bis zu den Lagern, und geben nicht auf, bis sie María und Elías gefunden haben. Und dann findet sie irgendeinen Ausweg. Sie wird der Karte folgen und das Ende der Welt finden, sie wird sie alle retten.

Alles wird gut. Die Männer sind nichts anderes als Tiere.

Sang- und klanglos fuhren sie mit den Schiffen fort. Stiegen die Gangways hinauf, verschwanden in den Passagierbereichen, den Frachträumen, dem Gedränge und der stickigen Luft in den düsteren Bäuchen der Schiffe. Nicht viele Menschen sahen sie losfahren, die meisten schauten weg, wandten sich von den Häfen ab, schlossen sich ein, während die Transporte stattfanden.

Fünfzigtausend Mann.

Einige von uns standen am Weg, als die traurigen Grüppchen vorbeizogen, suchten nach Freunden, Verwandten, Bekannten, aber das war schwierig in der kalten Dunkelheit. Die meisten waren abgemagert und schmutzig, sahen alle gleich aus, manche trugen kleine Kinder auf den Schultern oder schoben Alte und Kranke in Rollstühlen vor sich her.

Manchmal sah man ein vertrautes Gesicht, ein Name wurde gerufen, jemand rief zurück, hob zum Abschied die Hand. Wer aus der Schlange ausbrechen wollte, wurde gnadenlos niedergeknüppelt, aber sie erschossen niemanden, das hätten wir gehört.

Die Menschenmenge hätte sich vermutlich wehren und die Polizei überwältigen können, doch es gab keinen Kampfgeist. Die Leute schienen das alles nur hinter sich bringen zu wollen, sie wollten dem Dreck, der Kälte, dem Hunger in den Lagern entkommen, wegkommen, das Land verlassen, um wenigstens eine winzige Chance auf ein anderes Leben zu haben. Wir, die wir ihnen nachschauten, waren zu wenige, zu eingeschüchtert, um Widerstand zu leisten, und zwischen den beiden Gruppen standen die Polizisten mit ihren

Helmen und Schilden, mit Schlagstöcken, Pistolen und Pfefferspray.

Sie haben unser Angebot angenommen und fahren nach Hause, erklärte die Ministerpräsidentin bei ihrer letzten Fernsehansprache des Jahres. Die Ausländer haben das Recht, wieder in ihr Heimatland und zu ihren Familien zurückzukehren. Die isländische Nation überlässt ihnen vollgetankte Schiffe für die Heimreise. Diese Entscheidung war nicht leicht, die Reedereien brauchen den Kraftstoff, um die Versorgung der Bevölkerung zu sichern. Aber wir müssen auch unserer gesellschaftlichen Verantwortung nachkommen, wir müssen Mitgefühl zeigen.

Sie lächelte ihr kaltes Lächeln, mit ihrem Kind auf dem Arm. Ich schaltete den Fernseher aus.

Manche meinten, die Reise sei nur vorgetäuscht. Die Kapitäne würden draußen auf dem Meer die Steuerinstrumente zerstören und mit den Lotsen nach Hause zurückkehren, sie würden die Schiffe führungslos in Wind und Sturm treiben lassen, irgendwann würden sie sinken oder stranden und die Menschen langsam verhungern und verdursten. Manche tuschelten sogar, die Schiffe würden auf hoher See versenkt, das Meer würde sämtliche Ausländer verschlingen, Touristen, Einwanderer, Muslime, Demonstranten, Oppositionelle, all die Randgruppen, all die Unangepassten.

Ich ging runter zum Hafen und sah das Schiff ablegen. Ich glaube, ich habe sie gesehen.

Marías müdes Gesicht, Elías' schwarze Augen, ich meine, er hätte mich auch gesehen, mir den Kopf zugedreht und mich zum Abschied angeschaut, aber ich war mir nicht sicher dort im Dunkeln, ich sagte nichts und rief nicht nach ihnen.

Als ich am Kai stand und die Schiffe in die Finsternis gleiten sah, dachte ich, jetzt wird die letzte Verbindung gekappt, erst jetzt reißt der Kontakt ab. Wir sind allein.

Dann ging ich.

SVANGI

Im Fjord fällt extrem viel Schnee, und von Herbst bis Ende Februar sieht man keine Sonne, die Sommer sind hell und sonnig, aber kurz, erzählten die Leute, die ihre Jugend hier verbrachten. Es gab viel Arbeit und nur wenig Vergnügen.

Einer von denen, die hier lebten, war mein Großvater, der nach einer Rachitis in der Kindheit mit O-Beinen und eingefallenem Brustkorb den Fjord verließ. Er sprach mit großer Zärtlichkeit über diesen Ort, über Schwäne und Seehunde im spiegelglatten Wasser und Gletscher-Hahnenfuß unten am Strand, dennoch wollte er nie wieder einen Fuß auf den Hof setzen.

Er erzählte mir Geschichten, die ich mir ins Gedächtnis rufe und den Kindern abends vortrage. Ich erzähle ihnen von dem geflügelten Ungeheuer, das im Steilhang an der Fjordmündung sein Unwesen trieb, einem riesigen Pferd mit mächtigen Pranken anstelle von Hufen und Schwingen so breit, dass sie Spuren in den Schnee zogen, wenn es sich in die Lüfte hob. Die kleine Nína sagt, sie habe mal ein geflügeltes Pferd aus Plastik besessen. Ich erzähle ihnen von Pegasus, und wir sind uns einig, dass das Ungeheuer in dem Steilhang vielleicht ein verkanntes Dichterross war, dass die Leute, die hier lebten, in Momenten der Inspiration in Panik gerieten, dass ihre Fantasie ihnen zum Fluch wurde.

Die Kinder gruseln sich bei der Geschichte von dem Schäfermädchen, das auf dem kleinen Hof auf der anderen Seite des Fjords lebte und zum Wiedergänger wurde. Die Bäuerin hatte ihm das Butterfass auf den Rücken gebunden und es bei heftigem Sturm losgeschickt, um die Schafe zusammenzutreiben. Die Sahne sollte auf dem schmächtigen

Kinderrücken zu Butter werden, doch das Mädchen erfror. Fortan spukte es in der Gegend so heftig, dass die Bauern flohen und den Hof verließen.

Ich hätte auch gespukt, sagt Jóhanna wütend, ich hätte diese fiese Bäuerin abgemurkst.

Hast du das Mädchen schon mal gesehen?, fragt Jack, und ich schüttele den Kopf. Das sind nur alte Geschichten, dennoch ist es bezeichnend, dass die Bewohner des Fjords selbst die harmlosesten Wiegenlieder abwandelten.

Piep, piep und Flattern
Die Schwäne die schnattern
Der Wind die Wolken schüttelt
Ob's an der Türe rüttelt?
Tu als würdst du schlafen
Dann kann dich keiner strafen
Piep, piep und Flattern.

Die neuen Bewohner von Svangi leben in Eintracht mit dem Schrecken. Die Kinder sind wild und genügsam, sie gehorchen mir nicht, aber sie kümmern sich umeinander, sie kümmern sich um mich. Ich muss ihnen alles beibringen, was ich kann, Fisch fangen und verarbeiten, die Schafe versorgen, melken, schlachten und ihr Fleisch haltbar machen, Seehunde und Kormorane fangen, Gänse und Schwäne jagen, ihnen nachlaufen und sie erschlagen, wenn sie flugunfähig sind, Eier und Beeren und Flechten sammeln und für den Winter aufbewahren. Wer weiß, vielleicht überleben sie. Das wäre dann mein Erbe, diese kleinen Indikatoren eines sozialen Gefüges am nördlichen Zipfel der Welt.

Wir besitzen weder Bücher noch Instrumente, aber Margrét singt mit klarer Stimme, Jack kann Geschichten erzählen, bei denen sich einem die Nackenhaare sträuben, die Kinder schnitzen und malen Bilder in den Sand.

Und in einer Sommernacht, als die Sonne auf der Wasseroberfläche an der Mündung des Fjords tanzt und unsere harte Existenz in Gold hüllt, da ziehen sie das Boot ins Wasser und rudern hinaus auf den Spiegel, sie haben Seile und Tücher an den Mast gebunden, segeln der Mitternachtssonne entgegen, ziehen sich aus und springen nacheinander ins eiskalte Wasser. Ihr Lachen schallt hinein in den Fjord, zu dem alten Mann, der auf einem Stein am Ufer sitzt und über die Dunkelheit und das Licht sinniert, über das Vergangene und das Zukünftige, und er weiß, dass die Geschichte gerade erst begonnen hat.

Die Welt kann manchmal so klein sein, dass sie aus nicht mehr als einem alten Mann und fünf heimatlosen Kindern in einem verlassenen Fjord besteht.

Aber wir sind hier. Wir leben.

Hört ihr?

Quellenhinweis

S. 183-184 und S. 200:
Aus: Gísli Gunnarson, *Upp er boðið Ísaland.* Örn og Örlygur, 1987.

S. 275 und S. 276:
Aus: Guðrún Ása Grímsdóttir, *Jahrbuch des isländischen Reiseverbands,* 1994.